山河枕
第二部·家燈暖
下卷
（完結篇）
墨書白——著

目錄
CONTENTS

第二十四章　以身守城

楚瑜的「瑜」字旗揚起來時，趙軍便有些騷動。領軍的將領符信是趙玥手下一員猛將，他並不是最擅長兵法的將領，卻是跟著趙玥時間最長、對趙玥心思揣摩最透的將領。他從趙玥還是秦王世子時就跟隨趙玥，對於趙玥此次出兵的原因極為清楚，這也正是趙玥此次派他領軍的原因。

「元帥，」副將駕馬來到符信身邊，擔憂道：「是瑜字旗，守城的怕不是錢勇，而是楚瑜。」

「那正好。」符信冷笑：「陛下就怕她不在。別多說，不惜一切代價，全力攻城！」

符信一聲令下，所有人都往城池不要命的攻上來。

楚瑜站在城樓上，一眼掃過城樓下的人馬，心裡就沉了下去。

城樓下兵馬至少有五萬之眾，而如今白嶺之內，守兵不過三千。

當年鳳陵以多勝少，與鳳陵城地勢和重重機關有關，如今白嶺不過平原，沒有地勢便利，沒有機關，甚至城內箭矢都不算充裕，要守住城池，實在太難。

楚瑜內心沉下去，看見士兵攀城而來，她抬眼看向主將。如今趙玥手下將領她大多清楚，她認出符信，心裡便對自己的猜測有了幾分把握。

如今趙軍雖然是大軍前來，但他們繞開了玖城直逼白嶺，就算攻占下白嶺，等玖城士兵回過頭來，反而會和衛韞呈夾擊之勢，在白嶺對他們甕中捉鱉。而符信這樣不惜一切代價攻城的架勢，明顯不是正常打法，也就是說，他們根本不是志在白嶺，白嶺這個城，對他們一點都不重要。

以趙玥的心思，他要的怕不是白嶺，而是白嶺內的衛家人。其他將領家人被擒，或許還有幾分可能放棄自己家人，然而對於幼年喪兄喪父，一個人帶著衛家掀得天下大亂的衛韞來說，要他放棄家人，實在是太難了。

哪怕他真的為了將士百姓放棄了自己家人，怕也會心緒大亂，事後自刎謝罪也不是不可能。

顧忌趙玥陰毒，看到符信這勢在必得的模樣，楚瑜站在城樓上，揚聲道：「符信，你要什麼我知道，你不就是要綁個人威脅衛韞嗎？我跟你走！」

符信騎在馬上，聽到楚瑜的聲音，大笑道：「楚瑜，妳和衛韞什麼關係？我綁妳有個屌用！妳將衛老夫人和衛家那六位小公子交出來，我便立刻退兵。否則我入白嶺，必讓白嶺雞犬不留，寸草不生！」

聽到這話，楚瑜的眼神頓時冷了下來，這時攻城已經開始，人如螞蟻一般湧到城牆上，箭雨落下之處，全都是人，他們彷彿不怕死一般，搭了雲梯，一個個衝上來。

楚瑜站在城樓上和符信冷冷對視，她提了聲音道：「符將軍好大的口氣，你前後左右都是我衛軍之地，玖城守軍在爾等出現在城鎮時便知消息，如今已在趕來的路上，不知道符將軍可做好了準備？」

「對付玖城軍隊的準備我未必有，」符信大笑起來：「但拿下楚將軍的準備，符某卻是有的！」

說話間，人已經攀到城樓上來，城樓上廝殺成一片，蔣純提劍揮砍著士兵，眼中露出急色。

楚瑜明白，如果此刻人就攀到了樓上，白嶺可能真的堅持不到玖城來。

最可怕的還不是白嶺守城軍與趙軍的軍力天差地別，而是符信說的話——交出衛家，立刻退兵；不交衛家，入城之後，雞犬不留。

有了這句話，一旦有人覺得抵抗不過，怕會為了保命，倒戈指向衛家。

這一仗不能打得太久，不然很快就會有內賊的出現。

楚瑜從來不對人心報乙太大的期望，她咬了咬牙，正要開口時，就聽到一聲大呼：「我跟你們走！」

說話間，所有人都愣住，看向這衝到城樓上的女人。

柳雪陽穿著青衣，站到高臺上嘶吼：「你們不就是要老身嗎？退兵！老身隨你們去！」

聽到這句話，符信抬了抬手，所有人停住了攻城的動作，兩邊士兵對峙著，柳雪陽顫抖著走上前，看著符信，朗聲道：「符將軍，你讓士兵退出一里，我立刻下來。」

「衛老夫人，」符信坐在馬上，吊兒郎當道：「您一個老人家，來了得有人照看啊，衛家不是有六位小公子嗎，也一併帶了吧？」

「婆婆！」聽到這話，蔣純終於反應過來，慌張衝上前，一把抓住柳雪陽的袖子，焦急道：「您來這裡做什麼？您不能去，小公子也不能去，您要是去了，小七怎麼辦？」

「無妨。」柳雪陽顫抖著，她臉上雪白，但似乎已經下了某種決定，她握住蔣純的手，牙齒打著顫：「我不帶那些小的，我就一個人，我過去，等白嶺平安了，我不會拖累小七。」

聽到這話，蔣純愣了，隨後便明白了柳雪陽的意思，她睜大了眼，忙道：「婆婆，事情還沒到這一步，您……」

「楚瑜，」柳雪陽抬起頭，目光落到楚瑜身上，她靜靜看著楚瑜，楚瑜也看著她，柳雪陽神色複雜，許久後，她終於道：「妳終究還是回來了。」

楚瑜點了點頭，抬手道：「老夫人，您先回去吧，這不是法子。」

「我不會拖累小七，我跟他們走，白嶺退兵，我……」柳雪陽咬緊牙關。

楚瑜平靜地看著她，溫和道：「您若真這麼做，那就是一輩子拖累他。」

柳雪陽愣了愣，楚瑜嘆了口氣：「衛老夫人，您是他母親，若他母親以這樣的方式死去，衛韞這一輩子，怕都再難安穩睡下。」

「可還能怎麼辦？」柳雪陽目露了然，她抬起手，指著趙軍，紅著眼道：「妳守得住嗎？」

楚瑜沒說話，柳雪陽便知道了結局，她艱難地笑起來：「若妳守不住，我不能讓白嶺為我衛家陪葬。」

楚瑜靜靜看著柳雪陽，她發現柳雪陽永遠在做出乎她意料的事。她雖然糊塗、古板、迂腐，甚至有些自私，但在大是大非上，她又有著莫名的原則。

上輩子為了護住家中女子，柔弱如她可以對士兵拔劍，試圖保住衛府最後的尊嚴，然後被誤殺而死。

這輩子，她也願意為了保住一城百姓站起來，去奔赴這場必死之局。

「衛老夫人，」楚瑜輕嘆一聲，她看著柳雪陽，真誠道：「若他日妳我能活著相見，看天下太平，我還能不能再當一次妳的兒媳？」

沒想到此刻楚瑜會問出這樣的話，柳雪陽愣了愣，她沒有回答，好久後，她垂下眼眸，慢慢道：「我都已經死了，自然不會管了。」

「妳喜歡他，他喜歡妳……」柳雪陽輕嘆了一聲：「罷了。」

聽到這話，楚瑜笑起來：「有老夫人這句話，我便放心了。老夫人說得是，這一城百姓，自然不能為了衛家陪葬。」

楚瑜嘆了口氣，柳雪陽便以為她是應下了，然而還沒開口，就看見楚瑜抬起手，一個手刀就砸到柳雪陽身上，然後一把扶住當場暈過去的柳雪陽，給蔣純示意道：「將婆婆扶下去。」

「楚瑜！」一看見城樓上的動靜，符信就急了：「妳這是做什麼！衛老夫人都敢動手，妳是反了嗎？」

「符信，」楚瑜隔著人群看向對方，笑著道：「我不會讓老夫人同你走的，她年紀大了，你這樣凶神惡煞，怕是嚇著她。」

「妳是不要白嶺了嗎？」

「要！」楚瑜大聲道：「白嶺，我要。可這裡的人你只能帶走一個。我知道趙玥要老夫人做什麼，無非是威脅衛韞，我告訴你們，這裡有一個人，你帶走之後，衛韞絕對不會不管她。」

符信愣了愣，旁邊副將趕忙道：「誰？」

「她是衛韞未過門的妻子，如今已經身懷六甲。衛韞雙十有一，這是衛韞第一個子嗣，你說衛韞管不管？」

聽到這話，在場所有人都愣了。

比起六位小公子，衛韞的子嗣，還是長子，那註定不是世子爺就是郡主的孩子，自然重要得多。

可衛韞哪裡來的子嗣？又哪裡來的夫人？

然而其他人不知道，符信心裡卻有了底。他來時趙玥已經將情況與他說得透澈，如今楚瑜會說這句話，唯一能擁有衛韞子嗣的女人，自然是——

「我。」楚瑜大笑起來：「我楚家大小姐楚瑜，我代替衛老夫人隨你入京，如何？」

「誰知道妳說得是真是假？」副將大吼：「妳和衛韞無媒無聘，妳隨便弄個野種來糊弄我們怎麼辦？」

「放肆！」長月怒吼：「閉上你的狗嘴！」

「你……」

副將還要大罵，便聽楚瑜開了口：「我肚子裡的孩子是不是衛韞的，趙玥心裡沒有數嗎？」

說著，楚瑜似笑非笑看了過去，她撫摸著自己的長纓槍，盯著符通道：「符將軍，今日就兩個選擇。要麼我跟你走，要麼我們賭一把，看我能不能守城到玖城官兵過來。你若賭贏了，白嶺滿城上下百姓權當送你，但我保證，我衛家上下一個都不會留給你，我看你拿誰去威脅衛韞，你拿什麼和趙玥交差？」

「我若賭贏了，」楚瑜朗笑：「玖城官兵若至，我保證你們今日兵馬，一個都回不去！」

聽到這話，在場士兵騷動。

符信緊盯著城牆上的楚瑜，旁邊副將猶豫片刻，終於道：「元帥，當初楚瑜鳳陵城可守了那麼久……這玖城軍隊也不知道什麼時候到……」

符信沒有說話，楚瑜繼續道：「符將軍，你可以慢慢想，你想得越長，我越高興。而且，符將軍你可知，如今你最該想的是什麼？」

說著，楚瑜掃向符信身邊竊竊私語著的將士，笑著道：「你最該想，有多少士兵心裡害怕玖城的人隨時可能過來，隨時做好了逃跑的準備！」

這話讓副將有些慌了，軍心渙散，這是大忌。

符信面上不表，心裡卻也有些猶豫，楚瑜坐在城樓上，擦拭著自己的纓槍。

其實符信對白嶺的守軍沒有確切數字，當年楚瑜守鳳陵的具體情況也沒有太清楚。

他只是聽了趙玥的話，領了一個絕對優勢數量的軍隊來攻打這個城池。他來之前甚至沒想到楚瑜會在這裡。

楚瑜過去的戰績和此刻鎮定的姿態讓符信有一絲動搖，楚瑜就坐在城樓上，漫不經心等著他們，甚至還和旁邊的晚月有說有笑。

「元帥……」趙軍中的其他人也有些扛不住了，他們開口。

符信終於下了決定，抬頭道：「好！妳此刻出來，我們立刻退兵。」

「符將軍爽快！」

楚瑜擊掌，她從城牆上跳下來，走到蔣純身邊。

蔣純看著楚瑜，捏緊了拳頭。

「婆婆不是聰明人，她若去了華京，最好的辦法，也就是自刎。妳不一樣，妳有把握……」蔣純的聲音微微顫抖，她眼裡帶著似乎隨時就會碎開的希望，她看著楚瑜，慢慢道：「對吧？」

楚瑜沒說話，她靜靜看著蔣純，突然笑了。

「宋世瀾挺好的，妳要是喜歡他，就去找他。不喜歡他……那就算了。」

「妳突然說這些做什麼？」蔣純艱難笑開：「這些話，以後再來說。」

「好。」楚瑜應了聲，似乎什麼都不會發生的模樣，隨後鄭重道：「那我走了。」

「嗯。」蔣純垂下眼眸，她不敢看楚瑜，就低著頭，語速極快道：「我會去找小七，他會來救妳。我還會去找妳大哥，去找宋世瀾。他什麼要求我都可以答應。阿瑜，」蔣純叫住楚瑜，死死盯著她的背影：「妳會回來。」

楚瑜沒說話，她背對著她，好久後，她回過頭，笑著道：「其實這些話我不想說，但我怕我不說，萬一沒機會了呢。」

蔣純愣了愣，楚瑜想了想，看向渝水的方向，慢慢道：「妳同小七說，我把孩子的事兒都昭告天下了，他得去我家下聘，把我三媒六娉抬回來。要是運氣不好，那他也得把棺槨抬回來，放在衛家的陵墓裡，我先放著，在下面等著他，等百年之後，他再下來，到時候，我與他合葬。」

說完，楚瑜轉過身，極快朝下走去。蔣純呆了很久，才猛地反應過來。

「楚瑜！」

她瘋狂追了過去，然而楚瑜走得極快，她走在路上，朝士兵打著手勢：「開城門！」

蔣純追在後面，她總差那麼幾步，她哭著叫著楚瑜的名字，大聲道：「楚瑜，妳站住！站住！」

然而楚瑜的武藝比她好出太多，她就看見那人靈巧地從長梯上翻下去，直接跑出城門。

蔣純還想再追，錢勇衝過來抓住她，旁邊士兵也關上城門。蔣純哭得滿臉是淚，她衝上樓去，便看見楚瑜背對著她，紅衣銀槍，一個人走在平原之上，黃沙被風捲著飄散在空裡，她含笑走向符信。

沒有回頭。

楚瑜走到符信面前後，符信讓軍醫上來把脈，確認是懷孕之後，也沒有多做糾纏，讓人將楚瑜綁了，便立刻撤兵。

楚瑜被他們綁著，蒙住眼睛，戴上鐵鍊，被逼著灌下迷藥後，便昏昏沉沉睡了過去。

他們不敢在白嶺多做停留，匆匆將人馬換成兩批，一批小隊帶著楚瑜迅速出白州，另一批走相反的方向吸引火力，正面和玖城來的士兵迎戰。

他們一進白州，就是甕中之鱉，這也是為什麼衛韞沒有想過趙玥會攻打白嶺的原因。他從來沒想過，趙玥居然願意用這樣多的人，換他的家人。

然而趙玥就是這樣做了。

符信明白趙玥的意思，所以這一戰最重要的，就是把楚瑜和她肚子裡的孩子安安穩穩送到華京，成為趙玥手中的人質。

符信退兵之後，蔣純眼淚也止住了。如今楚瑜走了，她得和錢勇主持大局。她抹了眼淚，轉頭同錢勇道：「錢將軍，勞您重新修整設防，清點傷亡人數和物資，我先回去看看老夫人，等老夫人醒了，我立刻來幫您。」

「二夫人放心，這些事交給我就好，老夫人貴體為重。」

得了錢勇的話，蔣純立刻轉身回了府中，蔣純回府來時，柳雪陽還沒醒，她坐在邊上，看著大夫給柳雪陽扎了針，柳雪陽終於醒了過來，她一睜眼，便急聲道：「阿瑜呢？」

「婆婆，」蔣純強忍著哽咽，強作鎮定道：「楚大小姐，已被趙軍帶走了。」

「趙軍走了？」柳雪陽愣了愣，隨後她猛地反應過來，怒道：「他們帶走她做什麼？當帶走的也是我！妳莫要糊弄我，此刻他們可還是僵持著？我過去……」

「她懷了孩子。」蔣純突然開口。

柳雪陽往外走的動作頓住了，她回過頭，不可思議地看著蔣純，顫抖著聲道：「妳說什麼？」

「她懷了孩子，小七的長子。」蔣純閉上眼睛，聲音帶著顫抖：「她懷了孩子，卻還在戰場之上奔波。她顧忌婆婆，怕傷了小七名聲，所以一直沒有公告世人。她沉默是為了衛家，為了婆婆，為了小七，如今她將這件事說出來……」

蔣純輕笑起來，笑聲裡帶著嘲諷，她抬眼，看向柳雪陽：「卻還是為了衛家，為了白嶺百姓。」

柳雪陽呆呆地看著蔣純，蔣純含著眼淚，盯著柳雪陽，一字一句：「她從未想過自己。」

「她這一輩子……」她的呼吸急促起來，猛地提了聲：「嫁到衛家來，可有片刻想過自己？可婆婆妳做了什麼，妳欺她辱她，妳怕她耽誤妳兒子的光明前程，妳逼著她離開衛府，一輩子要做暗中人。如今她去了華京，她一個人去了華京當質，可趙玥是必死的，若不能留趙玥，她活得下來嗎？」

「她不會拿自己逼小七……」蔣純的眼淚流下來，她盯著柳雪陽：「她知道，您是小七的母親，如果小七為了天下放棄您，要麼不孝，要麼不義。而且，小七已經沒有家人了，所以您必須活著。」

「她走了，小七還可以有下一任妻子，下一個孩子。所以她去了，她為了衛家鞠躬盡瘁，將衛家從泥地一路撐著走到如今割據一方衛韞自立稱王，如今還要用自己死去成全衛韞的名聲，她可有半點對不起衛家，對不起衛韞？」

「妳總覺得她配不上衛韞，可妳、衛家、衛珺、衛韞，又有誰配得上她這份深情厚誼？」

蔣純大吼，她似乎要將自己所有壓抑著的，憋著的東西，一股腦傾訴出來。

柳雪陽在她的怒吼中慢慢平靜下來，她靜靜看著她，張口道：「妳在怪我。」

蔣純沒說話，她的髮絲凌亂地散在額邊，臉上還帶著戰場上留下來的血跡。她從未這樣頂撞過柳雪陽，在柳雪陽審視的目光中，她慢慢開口：「是。」

「我怪妳。若她活著，所有的遺憾可以彌補。若她死了……」蔣純的眼神有些渙散：「所有對她的做過的錯事，都會成為罪孽。」

柳雪陽沒說話，她咬著唇，微微顫抖。

蔣純有些累了，她閉上眼，嘆息：「婆婆，其實我怪不怪您並不重要，您當上心的，是小七如何想。您如今無事便好，先去休息吧。我去錢將軍那裡了。」

說完，蔣純便轉過身，用帕子擦著眼淚，匆匆走了出去。

戰後還有許多事要處理，她在這裡不能耽擱太久。

看著蔣純出去，柳雪陽站在原地，好久後，她終於道：「給……給王爺，去個信……」

「老夫人……」侍女上前，扶住柳雪陽，柳雪陽慘白著臉，沙啞道：「妳們問問王爺，我替他去楚家，提個親……看他願不願意？」

白嶺的消息傳到衛韞那裡的時候，衛韞剛攻占下渝水。

一場大戰後，渝水上下幾乎是血洗，這一戰衛韞聯合秦時月沈佑強攻，等城破之後，所有人都在激動之中。衛韞下令晚間設宴，犒賞三軍。

夜間軍中大宴，高歌群舞，眾人情緒激昂，沈佑站在所有人中間，喝著酒給大家講故事，秦時月和衛韞就坐在一邊，兩個人拋開了將帥的差別，彷彿衛韞還是少年時一個小將，秦時月也只是家臣，一人一碗酒，靠在一起看沈佑講故事。

「他一直這麼能說的嗎？」

沈佑的段子一個接一個，所有人笑個不停，衛韞忍不住開口，看向和沈佑合作了好幾次的秦時月。

秦時月低低應了一聲，隨後道：「話多。」

衛韞笑了，抬頭看著天空道：「渝水拿下了，青州拿下也就不遠了。等青州局勢平穩，昆、青、洛、瓊四州聯合，趙玥一死，一個燕州也就不足為患。」

「是啊。」秦時月嘆了口氣，他看向遠方：「趙玥死了，天下就定了。」

「到時候，」衛韞轉頭看他：「時月你想做什麼？」

秦時月沒說話，衛韞知道他寡言，轉過頭去，慢慢道：「我小時候總覺得，自己當好一個將軍就可以。後來我覺得，自己不僅得當將軍，還得當權臣。只有自己掌控命運，你才能得到你想要的。」

秦時月喝了口酒：「七公子要什麼，屬下都會為七公子取來。」

衛韞笑了，他抬起手，拍了拍秦時月的肩：「別這樣說，時月，你也是個大將軍了。」

秦時月喝酒的動作頓了頓，轉頭看著衛韞，衛韞笑容明亮：「等戰事完了，我給你加官進爵，提你去給魏清平求親，怎麼樣？」

秦時月的身子僵在原地，衛韞大笑起來：「怎麼，害羞了？」

秦時月一時有些慌張無措，衛韞轉過頭，看著沈佑喝高了在那裡唱歌，他唱的是北狄語，那歌衛韞在北狄聽過，那時候他傷得重，楚瑜照顧著他，背著他走過荒漠，踏過黃沙。

「等到時候，」他聲音裡全是眷念：「我也要去給她提親。我要三媒六娉，把她正兒八經抬回來……」

話沒說完，一個士兵急急忙忙跑了過來。

他跑得慌張，衛韞一看便皺了眉，士兵跪到衛韞面前，喘著粗氣：「王爺，白嶺……趙軍突襲白嶺！」

「玖城的人呢？」衛韞猛地站起來：「玖城破了？」

「沒有，」士兵搖著頭：「趙軍繞過了玖城，只在白嶺攻城半日就走了。」

這話說得所有人愣了愣，哪怕趙軍十幾萬人，半日攻下白嶺也不太可能。沈佑走過來，焦急道：「那白嶺如何了？」

「白嶺沒事。」士兵喘著氣，所有人鬆下心來，只有衛韞直覺不好，他盯著士兵，聽士兵道：「大夫人自願為質，被趙軍抓走了。」

如今能在衛家軍中被口誤叫做大夫人的人，只有那一位。

衛韞的臉色猛地變得蒼白，秦時月皺著眉道：「他們只帶走了大夫人？」

如果只是一個楚瑜，分量怕是不夠。那士兵搖著頭，急促道：「大夫人還懷了孩子，說……說……」

說著，他看了衛韞一眼，有些忐忑道：「說是王爺的長子……」

一時之間，全場都安靜了下來，大家呆呆地看著衛韞，沈佑尷尬地笑起來：「大夫人真是機智，要不是有這個謊，老夫人怕也……」

「是我的孩子。」

衛韞突然開口，沈佑的笑容維持不住，然而衛韞沒有管其他人，他蒼白著臉，整個人都在顫抖，彷彿拼湊而起的一個人，隨時隨地，就會坍塌下去。

他努力讓自己鎮定下來，捏著拳頭，沙啞著聲音，問向面前的士兵：「大夫人，為什麼……會在白嶺？」

然而問完後，他自己卻率先知道了答案。

楚瑜那樣的性子，如果知道自己懷孕，肯定會第一時間告訴他。

如今戰場太亂，她找不到他，只能去白嶺。去了白嶺，遇到這樣的事，又不可能不管。

他紅著眼，腦中一片紛亂。可他拼命告訴自己，不能慌，不能亂，不能急。

他得冷靜下來，楚瑜、他的孩子，都在趙玥手裡，他得撐著，撐著把她活生生的、完好無缺的救回來。

秦時月看出他的狀態不對，悄無聲息扶住了他，冷靜道：「王爺，世子還等著您去救他。」

所以得平靜下來，不能慌，不能亂。

衛韞藉著秦時月的力氣站著，慢慢閉上眼睛，拼命拉拽著自己的理智，終於開口道：

「可知顧楚生在哪裡？」

泉湧離渝水不遠，不過一夜的距離，如今泉湧剛恢復生機，災情得到控制後，剩下的就是讓這片土地以他旺盛的生命力，自然而然成長繁衍。

魏清平和顧楚生經歷了馬不停蹄的兩個月賑災之路，終於休息下來。

這夜下了一夜的春雨，顧楚生在屋中睡得不太安寧，他夢見自己少年時，那時他在昆陽當縣令，府衙破落，夜裡有雨，雨水就會落進屋裡。

於是楚瑜拿了個木盆，接著那些雨，雨大的時候，能聽見劈里啪啦砸在木盆裡的聲音。

他夜裡睡不好，輾轉反側，然後他就感覺有人用溫熱的手捂住他的耳朵。

「你明天還要辦公。」

年少的她盤腿坐在他身邊，捂著他的耳朵，眼裡是亮晶晶的笑意：「我明早睡，你晚上睡，我守著你，好不好？」

年少的他差點被這樣突如其來的溫暖擊潰，於是他拼了命反擊這份快要把他吞噬的歡喜。

他冷冷看了她一眼，翻過身背對著她：「我不喜歡妳，妳別白折騰了。」

「沒關係啊，」她靠近他：「你不喜歡你的，我守著我的。」

「顧楚生，」她笑嘻嘻道：「我守你一輩子，我什麼時候不想守了，就不守了。你別擔心我難過，喜歡你，我高興得很。」

他背對著她沒說話，他在夢中很想轉過身去，可是他又不敢轉身，他怕一轉身，這夢也不成夢了。

於是只有雨水劈里啪啦砸落的聲音，從夢裡下到夢外，他醒過來時，太陽已經出來了。

他穿好了衣衫，抱著書本，到了村中講學。

閒來無事，魏清平看診，他就在村中開了私塾，給孩子講學。

「天地玄黃，宇宙洪荒，寒來暑往，秋收冬藏……」

他領著孩子在院子裡讀著《千字文》，朗朗書聲伴隨著朝陽升起。

這時，卻有人從渝水而來，披星戴月，風雨襲身。然後他終於在清晨來到顧楚生院落前，他就站在門口，所有人停住了聲音，顧楚生回過頭，看見青年白衣銀冠，身上全被雨水打濕，然而那狼狽模樣，卻不損他半分英俊。

他張了張口，終於出聲。

「阿瑜被趙玥帶到華京去了，我要救她。」

他似乎自己都不知道自己在說什麼，只是麻木地看著他，僵硬地開口：「你開條件吧，顧楚生。」

「只要她好好回來，」他的目光有些渙散，然而又儘量被拉扯回來，落到顧楚生身上，沙啞道：「我什麼都捨得。」

聽到這話，顧楚生微微一愣，片刻後，他便反應過來。

趙玥要對衛韞親人下手這件事，他並不意外。心思陰狠狹隘，他不會將正面戰爭真的放在戰場上和衛韞硬碰硬。

衛韞是磊落君子，趙玥卻是真正的小人。所以衛韞和楚瑜永遠想不到趙玥會做出什麼樣的事，顧楚生卻是可以預料。

顧楚生沒說話，片刻後，他忍不住問了句：「什麼都能給？」

「能。」

「我要你放手，和她分開呢？」

「能。」

「我要日後你永不入華京，我在內朝，你為我依仗呢？」

「你不作惡，那就能。」

「我要你放過姚勇、趙玥，不報家仇呢？」

衛韞顫抖了一下，然而他捏緊拳頭，還是咬牙開口：「可以。」

顧楚生沉默地看著他，衛韞沙啞道：「我知曉你在華京必還有人。我如今若是直接入京，趙玥怕就真的要下手了。我請你回華京，連同長公主護住她，我正面直攻入城，入了華京，一切便結束了。」

「那你為什麼不直接和趙玥談，他要什麼，你給什麼，不就行了？」

「我手下還有那麼多人，這天下還有這麼多人。」衛韞毫不猶豫開口：「我可以不要我的一切，但我若拿了別人的性命和未來去交換阿瑜，我怕她這輩子都看不起我，我也看不起我自己。」

「那你又同我談？」顧楚生盯著他。

衛韞抬眼：「憑你此刻站在泉湧，我願與你談。」

一個願意千里迢迢親自賑災的大學士，再壞，又能壞掉哪裡去。

顧楚生審視著衛韞，衛韞從容地看著他，好久後，顧楚生抬起頭，看向天邊朝霞，眨了眨濕潤的眼：「罷了，她出事，我怎麼可能不理，回去便回去吧。」

「這裡有一份名單，」衛韞從袖子中遞過一份名單和一塊玉佩：「這些人是我安插在京中的線人，必要之時，你都可以調動。」

顧楚生掃了名單一眼，點了點頭，隨後道：「我這就去準備。」

衛韞應了聲，在顧楚生轉身前，他終於道：「還有一件事。」

顧楚生回頭來，「嗯」了一聲。

衛韞抬眼，目光裡全是克制的情緒：「她肚子的孩子……」

「她有了孩子？」顧楚生猛地提了聲音。

衛韞不敢看他，目光落到面前雜草上，將話繼續說完：「她如果願意生下來，無論男女，日後都是我王府的繼承人……」

顧楚生的臉色變得極其難看，衛韞深吸一口氣，退一步，展袖作揖，恭敬道：「顧大人，我妻兒，都拜託您了！」

「簡直是……」顧楚生一時不知道罵什麼才好，看著恭敬彎腰行禮的衛韞，他最終甩了袖子，怒道：「生下來也未必跟你姓，你不要再想多想其他。如今既然已經走到這一步，我便回去，按著原計劃行事。一個月內，等趙玥毒發，我與長公主一同執政，屆時我們控制了趙玥，向天下發下赦令，你便領兵直接到昆州，將華京的人全部換成你和楚臨陽、宋世瀾的人。」

「好。」

顧楚生得了這話，也不拖延，立刻收拾了東西，由衛韞的人護送著，一路奔向華京。

楚瑜早顧楚生四日到達華京，她一路都被餵著藥，睡得昏昏沉沉，等她澈底清醒的時候，發現自己在一個漆黑的小屋裡。

這個屋子沒有一點光亮，伸手不見五指。楚瑜叫了一聲：「有人嗎？」

有回聲傳來，屋子並不算大。楚瑜摸索著走去，終於摸到一面牆，她抬手從身上解了一塊帕子落到地上，然後順著牆用自己的身子丈量過去，繞了一圈後，大概猜出了這個屋子的大小。

而後她坐下來，在黑夜裡抱著自己。

將一個人關在黑暗中，不說話，不做事，一開始還好。然而沒多久，楚瑜就開始有些躁動，她覺得耳鳴，耳邊似乎有貓抓在什麼東西上一樣尖銳的響聲，她開始頭疼，忍不住站起來，招呼道：「有人嗎？有沒有人？」

她不斷叫著人，許久後，終於聽見一個方向傳來了腳步聲，她猛地回過頭去，片刻後，她聽見「吱嚓」一聲響，房門猛地被打開，光亮刺入眼中，她忍不住用手擋住臉，而後燈光亮了起來，她聽見陸續進入的人聲，等她終於緩過來，將手慢慢放下時，她便看見趙玥坐在她面前。

他穿著明黃的袍子，坐在椅子上，撐著下巴，俊美的臉上似笑非笑，目光落在她身上，卻沒有什麼焦點。

「楚大小姐。」他輕聲開口：「又見面了。」

楚瑜不說話，靜靜看著他，趙玥低笑了一聲：「哦，不對，朕不該叫楚大小姐，朕該叫妳什麼呢，世子夫人？」

他抬手敲了敲自己腦袋，隨後露出恍然大悟的表情：「朕明白了，懷了平王孩子的女人，當是平王夫人吧？只是不知道，夫人是平王的第幾位夫人呢？就算是第一位夫人，也不知道，平王什麼時候有平王妃呢？」

「你說這些做什麼？」楚瑜冷淡開口。

趙玥嘆了口氣：「衛韞給我找不痛快，我還不能同妳找回來嗎？」

「可惜呀，」趙玥靠著椅背，敲著自己的下巴：「夫人與我妻子有舊，還懷著身孕，我也不能做得太過。」

「陛下對長公主情深義重，」楚瑜嘲諷：「那何不看在長公主的面子上，將我送回去呢？」

「她不會同意的。」趙玥笑著開口，眼裡全是纏綿：「我是她丈夫，她縱使心軟不讓我折磨妳，也絕不會幫你們。我是她丈夫，是她孩子的父親，如同衛韞之於妳，妳敢為衛韞犯天下之大不違，她也敢。」

楚瑜沒說話，她覺得趙玥此刻的狀態有些奇怪，於是沉默片刻後，詢問道：「長公主還好嗎？」

趙玥愣了愣，他的反應有些遲緩，片刻後，才反應過來她在說什麼，他點了點頭道：「好。」

「孩子快五個月了。」趙玥笑起來：「朕聽到胎動聲，朕想，這位一定是太子。」

楚瑜沒說話，趙玥而似乎有些累了，他站起來道：「朕乏了，大夫人，妳要是有閒情逸致，可以寫一封信給衛韞，他只要願意為了妳退兵，將軍隊交給朕，獨身上華京，朕就保妳無虞。他要是不聽話，」趙玥轉過頭，露出溫柔的笑容：「朕不介意，把妳一截一截送回去給他，哦，還有妳的孩子。」

他的眼落到楚瑜肚子上，那目光有些渙散，似乎看不大清楚，裡沒有什麼溫度，但卻像刀刃一樣，帶著森森血氣。

「我會把妳的孩子剖出來，轉交到他手裡，這樣，你們一家三口，就可以團聚了。」

「陛下，」楚瑜笑起來：「妾身真的好怕。」

「若是當真害怕，」趙玥抬眼，看向楚瑜的方向：「就寫信回去！」

「好。」楚瑜點點頭：「將筆墨留下，我想想，怎麼寫。」

「留給她。」趙玥甩了袖子，便轉身走了出去。

侍從留了筆墨給楚瑜，轉身便打算離開，楚瑜用筆敲敲硯臺：「再給我上一盤酸辣鳳爪，沒有吃的，寫不動。」

「妳！」侍從回過頭，怒瞪著楚瑜。

楚瑜立刻迎上對方眼神，抬筆指著他道：「我可警告你啊，我是個孕婦，你要是把我嚇流產了，或者嚇死了，嚇出什麼三長兩短來，你們陛下可沒什麼本錢找衛韞麻煩了，到時候你們陛下弄死你啊！」

這話倒也是事實，於是侍從提著刀，一時砍也不是，不砍也不是。僵持了片刻，他怒喝一聲，便轉身離開。楚瑜低頭給自己磨墨，提了聲音道：「別忘了鳳爪！你不給我，我等會兒還要煩你們，煩死你們！」

楚瑜在房間裡被關了四天，顧楚生就到了華京。

他到華京的消息傳到趙玥耳中，趙玥正在聽張輝給他念摺子。他現在已經看不清東西了，然而他不能讓任何人知曉這件事，於是只能依賴張輝給他念所有的摺子。太醫陸陸續續來看過，卻都看不出個所以然來，趙玥已經讓張輝安排，將江湖中的聖手玉琳琅請到宮裡來給他看診。

他聽到顧楚生回來的消息，冷笑道：「他倒是敢回來！」

「不僅回來了，」張輝低低道：「聲望還很高。聽說百姓聽到他入城，都自發去迎接他了。」

趙玥冷哼了一聲，不想理會這個消息，片刻後，他轉頭道：「梅妃怎麼樣了？」

「一切都好，」張輝低聲道：「近來在給皇子做小衣服，昨個兒還問起陛下消息。」

聽到這話，趙玥眼中帶了暖意，又道：「宮裡的地道挖通了嗎？」

「通了。」張輝沉下聲來：「一旦有任何差池，奴才一定會護送好梅妃和小皇子出城。」

聽到這話，趙玥應聲，點了點頭。

張輝見趙玥不說話，遲疑片刻後，猶豫道：「您今個兒，要不要去見見娘娘？」

趙玥沉默著，好久後，他終於道：「等她睡下後我再過去吧，白日見著她，她這麼聰明，看出我的異樣來，空擔心，對她和孩子都不好。」

張輝應下，讓人安排下去。等張輝下去，趙玥伸了伸手指。

他不敢告訴張輝，他好像，有幾根指頭，已經不能動了。

趙玥休息了一會兒，外面就傳顧楚生求見的消息。他讓張輝拉了簾子，自己坐在簾子裡，等著顧楚生進來。

顧楚生走進大殿之中，跪下給趙玥行了禮，平靜道：「見過陛下。」

「顧大人好膽識啊。」趙玥笑著開口：「劫了姚大人的糧草救濟災民，丟了元城，如今還敢回華京？」

「臣無錯，為何不敢回？」顧楚生跪在地上，答得坦坦蕩蕩。

趙玥猛地拍在扶手上，怒道：「你還有臉說你沒錯？你若無錯，元城怎麼丟的？你劫姚勇糧草做什麼？你不尊聖令在青州那麼久又做什麼？」

「陛下，」顧楚生抬眼看他：「您是帝王，百姓有災，該不該救？如果該救，那麼在非戰時，我挪用了軍用糧草救人，小錯雖有，大節無妨，又有何錯可言？元城是將士棄城，不是微臣棄城，微臣一介文臣，為百姓留於城中，被敵軍所俘，僥倖未死，又怎能算錯？陛下，臣如果有錯，那唯一的錯只是，陛下心裡，臣錯了。」

趙玥不言，他隔著簾子盯著顧楚生。

其實他看不清東西，可他卻無比清晰的覺得，對方如一頭猛虎，就在簾子後面，死死盯著他。

兩人的沉默彷彿無聲的對弈，端看誰先輸。

趙玥無比想在這一刻叫人來，將顧楚生拿下，可顧楚生在京中勢力盤根錯節，他怕他此刻叫了人，出來的人裡，卻大半是顧楚生的。沒有摸清顧楚生的底牌，他不敢貿然開戰。他們兩個人彷彿各自拿了一把刀架在對方脖子上，誰都不敢動手，只能如此僵持。

許久之後，趙玥吐出一口濁氣，輕笑起來：「顧大人說的是，是朕近來心情不好，遷怒了顧大人。不過，朕心中一直將楚生當兄弟，有一份禮物，想送給楚生。希望楚生得了這份禮物，看明白為兄的心意，日後一心一意好好輔佐為兄，不要成為宵小幫凶才是。」

聽到這話，顧楚生有些疑惑：「陛下說的禮物是……」

「楚瑜。」趙玥往前探了探。

顧楚生神情一凜，他捏緊了拳頭，克制住表情，卻是笑了：「陛下什麼意思？」

「楚瑜此刻在我這裡做客，哦，她還懷了衛韞的孩子，想不到吧？」趙玥笑道：「他們一個嫂子，一個小叔子，瓜田李下，卻仍舊行此亂倫之事。無媒苟合也就罷了，還弄了一個孽種出來，楚生，」趙玥嘆了口氣：「想必，你心裡很不好過吧？不過無妨，等朕殺了衛韞，這個孩子，朕為你取了，到時候朕親自為你主婚，你看如何？」

顧楚生沒有說話，他捏著拳頭，抬起頭，言語間全是警告：「你別動她。」

這話取悅了趙玥。他低低「呵」了一聲，慢慢道：「我動不動她，」他聲音溫和：「就看你怎麼做了，顧大人。」

第二十五章　瘟城

顧楚生從宮裡出來時，已經是深夜了，華京的春天比青州要來得早，也要暖和很多。顧楚生獨自站在長廊上，片刻後，他深吸一口氣，隨後轉過身隱入夜色之中。

他先去找了衛韞名單上的人，拿著衛韞的玉佩與他們對接後，他仔細詢問了趙玥的日常作息，隨後同下面的人吩咐道：「你們明天夜裡聯繫上長公主，我的人和衛韞的人兩方協作，將長公主從宮裡帶出來。」

所有人點了頭，兩邊人馬規劃出一條路後，第二天夜裡，顧楚生便在宮門外等著。

而此時，一個盲眼的女子被領進了內宮之中。

這女子穿著一身月白色長裙，她雖然眼盲，行走卻與正常人沒有差別，她走到宮殿之中，給趙玥恭敬行禮，聲音平和從容：「玉琳琅見過公子。」

「起了吧。」趙玥聲音有些虛浮，玉琳琅耳朵動了動，站起身，趙玥掀了簾子，他在模糊中能看到一個影子，勾起嘴角：「聽聞玉姑娘醫術了得，但又是天生眼盲，不知玉姑娘為何不治好自己的眼睛呢？」

「我若治好了自己的眼睛，公子會讓我站在這裡嗎？」玉琳琅含笑出聲。

趙玥低笑起來：「真是個聰明的姑娘。」

說著，張輝上前，給趙玥搭了手枕，然後恭敬請了玉琳琅道：「玉大夫，這邊請。」

玉琳琅也沒讓人攙扶，自己坐到椅子上，然後將手搭在趙玥手腕上。

「我這病，已經看過許多大夫了。」趙玥低笑：「所有人都說我是因為太過疲乏，可我不信，所以想請玉姑娘來看看。」

玉琳琅沒說話，又換了一隻手給趙玥診脈，接著她仔細問了趙玥的起居飲食，病症習慣，而後她寫了一個方子，讓人將藥湯熬製出來，再用銀針扎入了趙玥穴位之中，拔針出來後，放入熬好的藥湯之中。

藥湯瞬間變了色，玉琳琅平靜道：「什麼顏色？」

張輝趕忙上去，看見藥湯中顏色越來越濃，最後變成了黑色。

張輝驚慌道：「黑色。」

玉琳琅點了點頭，露出了然來，趙玥含笑道：「玉姑娘心中是有答案了？」

「的確如公子所想，您沒有生病，您這是患毒。」

趙玥面色不動，他早已預料。玉琳琅慢慢道：「此毒少見，乃慢性毒藥，必須有至少一個月的下毒過程，此藥一般由下毒之人在性事前服用，可加劇人的快感，使用兩月之後，與其交歡之人變會開始覺得手足麻痹，雙眼昏花，時常頭疼，再過兩個月，便虧開始口不能言，眼不能視，四肢麻木，動彈不得，最後澈底喪失意識，慢慢死去。」

聽到這話，張輝頓時變了臉色，趙玥的目光有些恍惚茫然，好久後，他慢慢道：「除了性事，還有其他法子下毒嗎？」

玉琳琅有些奇怪地看了趙玥一眼，隨後低頭道：「此毒重點是體液相交，性事、汗液、眼淚、津液……任何與之相關的液體觸碰交往，都有可能。當然，如果下毒者有耐心，長期以香味下毒，也不是不可，但至少要用幾年時間，所以一般人不會這樣做。」

趙玥聽到這話，慢慢笑了：「那，下毒之人本身，可有妨礙？」

玉琳琅頭一次聽到問下毒人相關的，她不由得覺得這位公子更奇怪了，然而拿人錢財，她仍舊點頭道：「下毒者本身無礙，只會增加其性事中的歡愉，所以有些貴人會將此物當做春藥使用。」

「那此毒可有解？」張輝不滿於趙玥一直在問他認為不重要的事，焦急道。

「一開始或許還有解，但公子中毒已深，我也只能減輕症狀，解毒一事，怕是無法。」

「能拖延多久？」趙玥聲音平淡，對生死似乎毫不在意。

玉琳琅猶豫了片刻，終於道：「活下來的時間，這不好說，按公子如今的情況，快則半月，慢則一年，不過，民女至少能保證公子體面離開。」

「什麼叫體面離開？」趙玥笑出聲。

玉琳琅淡道：「讓公子與平常無意，不會成為活死人，該做什麼做什麼，直到該走的那一天。不過，若是如此，公子的活下來的時間，怕不會太長。」

趙玥沒說話，旁邊張輝怒喝：「妳胡說八道什麼！妳這庸醫，說什麼死不死的？妳必須治好我家公子，否則我殺了……」

「張叔。」

趙玥淡淡道，張輝僵住了聲音，他紅著眼，終於退了下去。

「玉姑娘，」趙玥捲起簾子，朦朧看見玉琳琅的身影，他淡道：「我的孩子大約還有四個月就要出世，我若求一份體面，妳能讓我等到他出世嗎？」

「這……」玉琳琅猶豫片刻，終於道：「我試試吧。」

「謝過姑娘了。」

趙玥笑道，他彎著眉眼，如果不是那一身明黃，那眉眼中的溫柔之色，便像一個普通的教書先生。

「那麼，」他輕嘆：「請姑娘，給我最後一份體面吧。」

「公子放心，」玉琳琅淡道：「我能做的，都會儘量做到。」

趙玥點點頭，玉琳琅喚了張輝來，給了他一個方子，讓人將那些草藥做成藥包後，用布條綁著覆在趙玥眼睛上。

「這樣敷一夜，明日您就該能看見了。」

「謝過。」

張輝送走了玉琳琅，等回過頭時，就看見趙玥獨自坐在金座之上。他穿著明黃九爪龍袍，頭頂華冠，白布覆在他眼睛上，在腦後繫成結，垂落下來。

他一直保持著微笑，靜靜坐在那裡，張輝走上前，猶豫片刻，終於道：「陛下不用聽那江湖郎中胡言亂語，屬下再派人去找良醫。」

「她是不是胡言亂語，你我不清楚嗎？」趙玥站起身，張輝立刻去扶他，趙玥往宮門外摸索著走出去，慢慢道：「讓人將薰香都撤了，以後我身邊的人不准帶香。」

「陛下……」張輝顫抖著聲音：「這麼久以來，您只臨幸過梅妃娘娘……」

趙玥微微一愣，片刻後，他篤定道：「不是她。」

「您曾經動手害死了她的丈夫，殺了她的哥哥，又將她的獨女遠嫁番邦……」

張輝一直在抖，他想說這些話很久了，可是這些話，誰都不敢說。誰都知道後宮裡那個梅妃在這個皇帝心目中是什麼位置，然而走到如今，他卻不得不說了。

「如此深仇大恨……」張輝終於道：「您覺得，她放下了嗎？」

趙玥沒說話，他站在長廊上，夜風很溫柔，帶著春天的生機。

「我小時候，」他慢慢開口：「曾經覺得，這世界所有都很美好。我以為人一輩子，積德行善，就能得到很好的回饋。可我的善良沒有換來回報，只有一味欺辱。」

「我是秦王府的世子，卻無人敬我，繼母和弟弟一次又一次想要殺我，一次一次羞辱我，而我父王也坐視不管，很多時候，我都覺得，我死了，對於所有人才是好事。」

「只有她沒有這樣對我。」趙玥嘴角噙笑：「她待我好，特別好。每個人都看不起我，都覺得我是多餘那一個，只有她護著我，陪著我。我曾想做一個好人的，張叔，」趙玥的聲音低下來：「在我擁有她的時候，我曾想，這一輩子，我就守著她就好。可是後來我發現，我忍讓，我心軟，結果就是她嫁給了梅含雪。所以我回了秦王府，當了世子爺，害死了梅含雪。你以為她不知道嗎？她知道。」

趙玥輕呵出聲：「我猜她知道。可在秦王府落敗時，她還是救了我。」

「我和她之間，隔著好幾代的血仇，她父王殺我皇爺爺，他哥哥殺我父王，我殺她丈夫她哥哥，我們之間早就是血海深仇，可我還是一次次喜歡她，她還是一次次放過我。我從年少到如今，每一次落魄，她都沒有放棄過我。張叔，這輩子誰都會背叛我，可她不會。」

「如果她都背叛我，」趙玥頓了頓，最後低聲道：「我又該信誰？」

所以她不會背叛他，不能背叛他。

這一輩子，他唯一能信的，就是她。

「可人心會變的啊。」張輝焦急道：「陛下，人能原諒一個人一次、兩次，但不會……」

「張輝！」趙玥提了聲音：「你住口！」

張輝僵住了動作，許久後，他跪下去，閉上眼睛，顫抖著聲道：「微臣知錯。」

趙玥沒說話，他似乎有些冷，好久後，他拉了拉衣衫，終於道：「地宮那條通道，關鍵時候，你帶著梅妃出去。到時候你別讓她醒著，帶出去了，你護好她和小皇子，如果有其他意外，你就自己走吧。」

「我在北狄給你和其他兄弟準備了新身分，過去好好活著。」

「陛下……」張輝聲音裡帶著哭腔。

可他說不出來，他什麼都說不出來。他侍奉的君主，最後一刻，還是給了他們退路。

所以他不是不知道，而是知道了，卻還得裝著什麼都不明白，強行去抓那個虛幻的夢境。

玉琳琅給趙玥看著病的時候，顧楚生的人接觸到長公主，如今趙玥不常去長公主那裡，長公主夜裡都是獨自休息，在長公主配合之下，計畫進行得異常順利，顧楚生在宮門外等了一會兒，長公主就急急出現在顧楚生面前，焦急道：「怎麼回事？」

「妳先上車。」

顧楚生放下車簾，讓長公主上了馬車。等長公主上來，顧楚生低聲道：「楚瑜被趙玥抓了，用來要脅衛韞，如今我打算用妳為質，交換楚瑜。」

長公主微微一愣，隨後立刻點頭道：「行。他如今很在意孩子，雖然很少來見我，但經常讓人來問孩子的情況。」

「他如今身子怎麼樣？」顧楚生迅速詢問。

長公主僵了僵，隨後低下頭道：「他經常頭疼，開始忘事兒，眼睛也不太看得清東西了，他不敢讓別人知道，但我看出來了。他最近到處找名醫，他還當我不知道呢。」

「他如今就算找到名醫，也救不回來了。不過，他若是知道這是妳下的毒……」顧楚生皺起眉頭。

長公主輕笑：「他後宮這麼多妃子，我就不信他沒睡過。一個一個查，他查得過來嗎？」她聲音裡帶著冷意，顧楚生察覺她的異樣，抬頭看了她一眼，淡道：「別難過。」

「您說什麼呢？」長公主笑起來，她抬手將頭髮挽到耳後：「不難過，他能死了，我高興得很呢。」

顧楚生猶豫片刻，終於道：「我很好奇，」他抬眼看她：「妳對他，當真沒有情誼了？」

「有，」長公主低笑起來：「怎麼會沒有呢？只是，顧大人，」長公主抬眼看他：「人生從來不是一條線。不是說我愛他就代表我不殺他。我愛他，可是家仇是真，屈辱是真，他寵幸他人是真，他不配為君是真，無論是為了我家人、我女兒、我自己，還是這天下百姓黎民江山，我都要殺了他。殺了他後，我會讓他入我棺木，封他為駙馬。」

「我不否認我愛他，」長公主聲音平淡：「這並不可恥，然而，這不會改變什麼。顧大人放心。」

顧楚生沒說話。

他放心。上輩子，長公主就是這麼做的。哪怕愛著他，卻也果斷殺了他，然後封他為駙馬，讓他入皇陵。

顧楚生垂下眼眸，長公主看了他一眼，了然道：「顧大人此去回來，似乎有很大不同？」

顧楚生沒說話，長公主轉頭看向護國寺的方向，淡道：「佛門清淨，我近來覺得心緒難安，便會誦經念佛。顧大人若放不下執念，不妨試試。」

「謝公主提點。」顧楚生真誠道謝。

馬車朝著顧府去時，衛韞卻已經攻下了青州最後一城。

渝水破後，青州便再無天防，衛韞知道趙玥不是真的想攻打白嶺，便根本沒有撤軍，反而在趙玥的書信來之前，一路疾襲，和沈佑、秦時月分成三路，拿下了整個青州。與此同時，傳信給在洛州的楚臨陽，讓他帶兵前來。

等趙玥書信到時，青州已經全陷於衛韞之手。衛韞看著趙玥的來信，秦時月焦急道：「王爺，趙玥怎麼說？」

「他要我們退兵回渝水。」衛韞捏著信件，冷著聲道：「接信之日開始算，晚一日，他就送大夫人一根指頭回來。」

秦時月倒吸一口涼氣：「那怎麼辦，我們退回去？」

「楚大哥還有多久？」

「來信說今日午時便至。」

「準備拔營，楚大哥來了，將青州渝水以西全部給他，我們退回渝水。派人盯住給趙玥送信的人，別讓他們飛鴿傳書，飛出來的鴿子，一律射殺。」

趙玥要求退兵是預料之中的事，將楚臨陽叫到渝水，他退兵一事也就算做到了。如果沒有飛鴿傳書，等趙玥第二封信來，怕又是要大半月時間。

而這大半月，也足夠顧楚生掌握京中局勢。按照當初的預計，趙玥如今應該快要毒發，顧楚生和長公主聯手拿到華京的掌控權，也就這些日子了。

衛韞再推了一次如今的狀況，隨後道：「退守渝水之後，領兵入昆州。」

「王爺是打算，只要顧楚生掌握軍中局勢，立刻攻入華京？」

衛韞點點頭，他抬眼看向華京的方向，目光裡帶了幾許溫暖：「我不能讓大夫人和小世子留在那裡太久，我得去照顧她。」

聽到這話，秦時月愣了愣，隨後他笑起來：「說起來，小侯爺已經是當父親的人了呢。」

衛韞聽到這話，抿了抿唇，忍不住彎起嘴角。

他攏著袖子眺望遠方，好久後，終於道：「是啊。」

他也是當父親的人了。

衛韞做好了所有準備，顧楚生則將長公主恭敬請到了顧府，讓私兵準備好之後，便坐在屋中等著趙玥。

此時已是天明，趙玥正將藥包取下，他模糊的眼一點點清明起來，張輝看見他眼神裡有了焦距，高興道：「陛下，可是看見了？」

趙玥適應了一會兒，他看不見已是許久的事了，今日突然得見了光亮，他的心情也好了起來，朗聲道：「重賞玉姑娘！」

說著，他起身往長公主宮殿疾步而去，高興道：「梅妃如今可起了？」

他剛問出聲，便看見宮女疾步衝了進來，慌張道：「陛下！」

「放肆！」張輝叱喝：「如此匆忙，成何體統？」

「陛下，」宮女沒有理會張輝，焦急道：「梅妃不見了！」

趙玥冷了臉色，張輝猶豫上前：「可要派人去找……」

「關上城門，自今日起，若無聖令，禁止出城。」趙玥冷著聲音開口，隨後往御書房走去，吩咐道：「召大學士顧楚生入宮覲見。」

顧楚生就等著趙玥的話，他換上官袍，神色從容入宮，叩首道：「拜見陛下。」

趙玥摒退了眾人，開門見山道：「長公主人在哪裡？」

顧楚生抬起頭，露出疑惑的神情道：「陛下什麼意思？」

「少給我裝模作樣！」趙玥怒吼：「你把人給我弄哪裡去了？」

「陛下說得奇怪，梅妃在哪裡，微臣怎麼會知曉？」

趙玥沒說話，他盯著顧楚生，微微喘息：「朕給你見楚瑜，朕保證楚瑜沒事，你把長公主給我送回來。」

「陛下和我要一個人，卻只是打算用見一見來換嗎？」顧楚生含著笑，也不同趙玥繞彎子。

趙玥敲著金座，冷著聲：「你知道楚瑜是朕用多大代價換來的，你以為綁了梅妃，我就會放了楚瑜嗎？」

「陛下綁了楚大小姐，為的是讓楚大小姐作為人質威脅衛韞。那楚大小姐在華京，讓衛韞覺得自己受到威脅就可以了，為什麼一定要在陛下手裡呢？」

顧楚生看著趙玥，嘆息：「陛下，微臣並非想與陛下為敵，微臣只是擔心楚大小姐，她如今懷著身孕，本就是危險的時候，微臣只是想親自照顧她。」

「你對她深情厚誼，」趙玥嘲諷：「但人家未必領情呢？她如今已經是衛韞的人了，你還要為她與朕這麼叫板嗎？」

「當初梅妃娘娘已有駙馬，」顧楚生靜靜看著趙玥：「您又放手了嗎？」

這話讓趙玥愣了愣，他看著面前的顧楚生，猛地反應過來。

顧楚生不可能和衛韞聯手……

趙玥太清楚，顧楚生是同他一樣的人，當年他恨不得吃了梅含雪，如今的顧楚生，怕也是早就想殺了衛韞，又何談聯手？

他猶豫片刻，顧楚生輕笑：「我不與陛下說暗話，楚生心裡只有三件事，百姓、皇權，以及楚瑜。我為了百姓所以搶了姚勇的糧草，您別逼我。您總不想，和微臣在華京裡先內鬥起來吧？」

「你威脅朕？」

「是陛下在威脅微臣！」顧楚生猛地提了聲音：「微臣所提的要求，有哪一步又是壞了陛下的謀劃的？她從小嬌生慣養，如今又懷了身孕，你將她關著，她出了三長兩短你讓我怎麼辦？」

「將心比心，梅妃娘娘在我手中，」顧楚生冷冷看著趙玥：「我一日見不到楚瑜，您一日別想見梅妃。楚瑜掉了一根頭髮，我就讓長公主十倍償還！」

「你敢！」趙玥拍案而起：「你敢碰她一根手指頭，我就把楚瑜肚子的孩子剖出來給你，衛韞的孩子，想必顧大人看到，一定欣喜。」

聽到這話，顧楚生笑了：「陛下說得極是，我瞧著衛韞的孩子，的確很欣喜，就不知道陛下見著自己的孩子，高興不高興？」

趙玥的面色變得煞白，顧楚生大笑出聲，轉身往外走去。

趙玥見他渾不在意的模樣，終於忍不住開口：「你當真將楚瑜放在心上？」

顧楚生停住步子，許久後，他輕嘆，「若不是放在心上，微臣何必與陛下爭執至此？」

兩人誰都沒說話，許久之後，趙玥終於道：「我讓人將她送到顧府，從此你與她一起軟禁。」

「陛……」

「這是底線！」趙玥提了聲。

顧楚生沒說話，他盤算了片刻，點頭道：「好。你將她送到顧府，我見到了人，就將梅妃娘娘送回來。」

說完，顧楚生大步走了出去。

等他出門之後，趙玥一腳踹翻了桌子，張輝忙出來道：「陛下，陛下息怒！」

「欺人太甚……」趙玥顫抖著聲：「欺人太甚！」

「陛下，」張輝小聲道：「不如奴才帶人跟去，只要娘娘脫身，奴才立刻……」

說著，張輝做了一個「割喉」的姿勢，趙玥冷笑：「在京城殺顧楚生？你知道他有多少人埋在華京？」

「他要是真的反了，」趙玥神色冷峻：「誰殺誰，還指不定呢。」

「那陛下……這是忍了？」張輝有些猶豫。

趙玥沒說話，許久後，他慢慢笑起來：「忍了？」

他眼中露出嗜血的凶狠：「朕這輩子忍了多少事，朕如今都要死了，還要忍他們？他們不是在意這大楚、這天下、這百姓嗎？」

趙玥覺得血氣翻湧，他雙手撐在膝蓋上，喘著粗氣道：「朕不好過，他們誰都別想好過！他們覺得朕如今很壞？哈，」趙玥笑道：「朕就讓他們看看，人能壞成什麼樣子！張輝，你吩咐下去，」趙玥招了招手，將張輝召回到身側，小聲道：「讓江白的士兵，將瘟疫的屍體全部抛屍在河裡。」

「陛下？」張輝驚恐道：「您這是……您這是……」

「怎麼，張輝，」趙玥笑著靠到靠椅上：「你也覺得朕荒唐了？」

「陛下……」張輝不知道該如何勸說。

趙玥一手撐著頭，笑著道：「那朕還想做另一件事呢，你再派人，去北狄，告訴蘇查，朕與他裡應外合，夾擊白州，再從青州單獨給他順出一條道，讓路與他直取華京，送他燕州。再告訴陳國同樣的話，讓他夾擊洛州。這大楚江山，任何一個國家，他們打得下來的，朕全簽下盟約讓給他們！他們如今缺糧朕給糧，他們缺兵朕給兵，朕只有一個要求，」趙玥微笑起來：「把衛韞、宋世瀾、楚臨陽這些亂臣賊子，全給朕碎屍萬段！」

「陛下……」張輝顫動著唇：「您瘋了……」

「朕瘋了？」趙玥聽到這話，大笑道：「對啊，朕瘋了，可那又怎麼樣？」

趙玥站起來，摔袖在身後，怒道：「朕瘋了，朕也是這大楚的帝王！朕是他們逼的！年少時這天下都欺辱朕，朕費盡千辛萬苦，好不容易當上皇帝，他們又要這樣處心積慮反了朕。朕做錯什麼了？朕廢了這樣大的力氣，做了這麼多犧牲，好不容易登上皇位，朕為長公主修個摘星樓怎麼了？朕苛捐重稅，難道不是為了防著他們？他們沒有反心，朕需要這樣防備嗎？朕是天子，是君主，他們是臣！是奴才！他們卻這樣逼朕……」

趙玥的聲音慢慢低下來：「他們想殺朕，便也罷了……他們還想挑撥唯一對朕好的人來殺朕……這天下已經把朕所有擁有的都奪去了，連朕如今唯一的、最重要的長公主，他們都想搶，你說，」趙玥抬眼看向張輝：「朕做這些，朕錯了嗎？」

「他們這樣對朕，還容不得朕報復嗎？從他們逼朕那一天，他們就當知道，自己得付出什麼代價！」

張輝沒說話，趙玥平靜地看著他：「張輝，你若不願意，朕不逼你，走就是了，你侍奉了朕多年，朕不會對你做什麼。」

說完，趙玥轉過身去，沒看張輝，然而過了許久後，他聽見身後傳來張輝的聲音：「屬下領命。」

趙玥閉上眼睛，深深舒了一口氣。

他擺了擺手：「將楚瑜送走，去接娘娘，然後派人把顧府圍了。」

張輝走下去，帶著人去了地牢。去地牢的時候，楚瑜迷迷糊糊睡著。地牢裡不分白天黑夜，她也不知道自己是醒著還是睡著。張輝看著她，沒好臉道：「出來，跟著。」

楚瑜心裡稍定，便知道不是衛韞就是顧楚生將她救出來了。

她笑著伸了個懶腰，從床上下來道：「張公公親自來接，楚瑜真是惶恐啊。」

張輝沒有理會她，領著楚瑜出去，將楚瑜綁好之後，送上馬車，楚瑜在馬車上數著數，數了約有半個時辰，馬車終於停下來，然後聽見張輝道：「下來。」

說著，楚瑜便感覺面前簾子被人揭開，她抬眼，便看見顧楚生站在馬車外，他面色平靜，對她的出現沒有絲毫意外，楚瑜倒是愣了愣，隨後高興道：「顧楚生？」

顧楚生輕輕笑了笑，他伸出自己書生氣的手，溫和道：「我來接妳了，下來吧，走慢些。」

後面的侍衛替楚瑜解了繩子，楚瑜趕忙搭上顧楚生的手，借力下了馬車。

顧楚生轉頭同張輝打了招呼，便讓人將長公主扶了出來，長公主和楚瑜視線相交片刻，神色冷漠地點了點頭，便跟著張輝離開。

楚瑜隨著顧楚生進了顧府，立刻便明白過來：「你將長公主綁了來換我？」

「嗯。」顧楚生低低應了聲，同時吩咐管家：「將大夫領過來。」

說著，他回過頭，平和道：「近來身體可有不適？他們可對妳做了什麼？」

「沒有。」楚瑜搖搖頭，她認真想了想，抬手放在自己肚子上，卻是笑了：「也不知道是不是自己的錯覺，就是覺得孩子似乎大了些。」

顧楚生沒有說話，他背對著她，閉上眼睛，沉默片刻後，他又張開眼，領著她往大堂去，往前道：「妳與他婚期約是什麼時候？」

「不一定呀，」楚瑜聳聳肩：「誰知道呢？」

「荒唐！」顧楚生怒喝，他頓住腳步，提了聲音道：「他自個兒做事兒，心裡都沒有個底的嗎？」

楚瑜愣了愣，隨後有些不好意思道：「他倒是想早點成親，可是我覺得，不大好啊……他娘親不喜歡我……我嫁進衛府，那還不如自己過呢。」

說著，楚瑜的目光不由自主落在庭院裡，漫不經心道：「你不知道啊，婆婆不喜，真的特別麻煩。」

顧楚生沒有說話，這庭院和上輩子的庭院一模一樣，她說這這些話，看著這個庭院，怕又是想起了什麼。

他張了張口，有那麼一瞬間，他特別想說，不一樣了。

這輩子與上輩子，完全不一樣。

如果她嫁給他，這輩子，他不會讓她受上輩子那份委屈。

然而這些話不能說出口，這輩子不一樣的不只是他，還是楚瑜。他克制著自己，嘆了口氣道：「先進來，看看有沒有什麼問題。」

楚瑜跟著顧楚生進來，大夫提著藥箱跟著進了大堂，大夫給楚瑜號脈，詢問了楚瑜具體的事宜後，皺了皺眉頭。

「可有不妥當之處？」楚瑜有些疑惑。

大夫嘆了口氣道：「夫人懷孕以來，周途勞頓，加上又服用了大量迷藥，雖然大夫人身體康健，但孩子怕是底子不好，近來還是要好好休養，我給夫人開些藥，夫人每日要按時服藥，憂思切勿太過。」

楚瑜應了聲，顧楚生有些擔憂，卻也沒有多說。

等大夫下去了，楚瑜撐著下巴，嘆了口氣：「你說我會不會生出個傻子來。」

「別瞎說。」顧楚生瞪了她一眼。

楚瑜笑起來：「說著玩的。你與小七是如何商量的，將我救出來，下一步怎麼打算？」

「衛韞此時應該取下了青州，開始往昆州過來。長公主如今回宮，會找機會加大藥量，等趙玥毒深不能動彈後，我與長公主會控制內宮，到時候我直召衛韞回京，他帶兵入京，天下可安。」

「還是以前那條路子？」

「嗯。」顧楚生應了聲。

楚瑜點點頭，想了想，她有些奇怪道：「這麼久了，趙玥就沒懷疑過？」

「懷疑了。」顧楚生眼裡帶著冷意：「他找了許多江湖郎中，最近據說領了玉琳琅進宮，如今玉琳琅被看守在內宮之後，我們正在找機會下手。」

說著，顧楚生突然想起來：「這些事兒妳別操心了，先安心養胎吧。」

「那我不想這事兒了，」楚瑜點點頭，又道：「你能聯繫上衛韞嗎？」

顧楚生沉默片刻，無聲息捏緊了袖子，卻是道：「如今趙玥將妳我都軟禁了，等長公主得手吧。」

說著，他收了楚瑜面前的瓜子，起身道：「別吃了。以後這些不清不楚的東西，都少吃。」

楚瑜有些莫名其妙，什麼時候瓜子都成不清不楚的東西了？

長公主被領回宮中，去宮中的路上，她的隨行丫鬟迅速將內宮發生的事兒給長公主說了一遍。

「陛下如今似乎能看清東西了，將那玉琳琅看得很重。」

長公主沒說話，她垂下眼眸，卻是道：「妳近日，讓郭守儘量將士兵調一批到我的宮殿外值班，再讓他將我們的人想辦法湊在同一天同一個時辰值班，最好是夜裡。」

郭守是長公主安插在御林軍中的人，蟄伏五年，如今在御林軍中頗有地位。

宮女應了聲，長公主又道：「那玉琳琅沒法子？」

「陛下的人輪流守著，」宮女低聲道：「的確無法。」

長公主點了點頭，眼中露出一絲寒芒，「那我們需得快些。」

華京暗潮流湧時，衛韞剛領著人到昆州邊界，他不敢靠太近，就在白州與昆州邊界處安靜蟄伏，等著顧楚生傳訊息回來。

這樣的等待是這麼久以來少有的安靜時刻，沈佑與他在城樓上眺望著遠方喝酒。

「王爺想大夫人嗎？」沈佑看著衛韞目光一直望著華京的方向，不由得開口。

「自是想的。」

「顧楚生是喜歡大夫人的吧？」

「嗯。」

「王爺放心讓顧楚生去救大夫人？」沈佑皺起眉頭：「女人總是慕強，若大夫人對顧楚生動了心，怎麼辦？」

衛韞聽到這話愣了愣，他提著酒壺，片刻後，卻是笑了：「我也不知道怎麼辦。」

「我本來想回答，那就搶回來。可我又覺得，我沒什麼理由說這樣的話。沈佑，我發現這麼多年來，每一次緊要關頭，從來不是我在她身邊。當年鳳陵城的時候，是顧楚生陪在她身邊，我在北狄突襲皇庭。如今還是顧楚生在她身邊，而我則帶兵在這裡，等著隨時攻入華京。」

「你說一個丈夫做成我這個樣子，有與沒有，又有什麼差別？」

沈佑沒說話，衛韞輕輕放下酒壺，嘆了口氣：「所以我想，要是我不能搶回她，不若戰死沙場，也無遺憾。可這個答案也不行，我若戰死沙場了，她受欺負了怎麼辦？北狄未滅，陳國蠢蠢欲動，我沒了，大楚和她，就靠顧楚生那個書生嗎？」

「所以吧，」衛韞轉頭看向沈佑：「我猜想著，若她真的喜歡上顧楚生，我最可能的，就是守她一輩子。再有一次鳳陵城，再有一次如今，顧楚生陪著她，我來守著她。」

「王爺……」沈佑輕嘆，衛韞抬手，拍了拍他的肩。

「別多想了，」衛韞起身轉身道：「回去歇著吧。」

「王爺，」沈佑叫住他：「要是大夫人安穩回來了呢？」

衛韞沒說話，他雙手攏在袖間，垂下眼眸。好久後，他輕笑道：「要是這一仗她安穩回到我身邊，我這輩子都不想再打仗了。」

「我守了大楚江山二十多年，」衛韞慢慢道：「餘下大半生，我想陪她一輩子。」

「挺好的。」沈佑笑了笑：「還有人可以等，是件好事。」

說著，沈佑又想起來：「宋世瀾是不是去白嶺了？」

說到這裡，衛韞忍不住揚起笑容：「聽到白嶺被圍，他立刻修書到白嶺問了情況，然後說忙完就過去，他那邊才把曹全的地盤打下來，轉頭就去白嶺，現在應當到了。上次從白嶺走的時候還同我說，若二嫂不答應他，他不會再回來了，如今還是繃不住了吧？」

兩人說著的時候，宋世瀾剛到白嶺。

他先去拜見了柳雪陽，蔣純稱病不在。等拜見柳雪陽後，宋世瀾藉著去找小公子的由頭，轉身就偷跑去了蔣純院子，蔣純正一個人待在屋裡寫字，聽到外面有敲門聲，她上去開門，一開門，就看到外面露出一張帶著狐狸眼、笑意盈盈的臉，蔣純立馬關門，宋世瀾趕緊按住門道：「讓我進來說話！」

「宋王爺，這於禮不合。」

宋世瀾不動，抬手按著門，蔣純用了所有力氣抵著門，兩人較著勁兒，好久後，宋世瀾嘆息。

「阿純，」他無奈道：「終究還是妳贏了。」

他慢慢開口：「上次我說娶魏清平，是騙妳的。」

蔣純愣了愣，宋世瀾停在門外，也沒藉機推門，只是道：「我這次過來，將聘禮也抬過來了，妳要與不要，我都放在衛府。我不娶妻了，我就等著妳。什麼時候妳答應了，我也不用再下一次聘。」

蔣純猶豫片刻，嘆息道：「你這又是何必？」

「妳可以不嫁我，」宋世瀾輕笑：「可誰也別想當著我的面，把聘禮抬上妳家門來！我先來了，妳若想再嫁，也得有個先來後到，他們都後面去。」

第二十六章　蔣純

聽到這話，蔣純愣了愣。她靜靜看著面前的青年，其實他們年歲並無相差，甚至於，宋世瀾還大了她兩個月，然而她已經有了一個十二歲的孩子，宋世瀾卻是從未婚配、甚至連一個侍妾都沒有的年輕王爺。

蔣純垂了垂眼眸，因著那人突然急躁的心跳慢慢冷靜下來。她沒有楚瑜那份熱血和勇敢，她就是再普通不過的一個女子，從不把未來放在虛無縹緲的感情上。於是她平靜道：「王爺說笑了。」

「讓我進去喝口茶？」

「於禮不合。」

「那我在院子裡同妳說說話。」

「無話可說。」

「那我就強行進去了……」

「你……」

「你們做什麼！」

一聲暴喝，兩人同時回頭，就看見剛剛練完武回來的衛陵春站在長廊盡頭，他手裡還提著長纓槍，長髮單束，額頭上的汗尚未拭去，帶著少年人的英氣，冷著聲音道：「宋王爺，你站在我娘門口做什麼？」

「大公子，」宋世瀾退了一步，朝著衛陵春笑道：「我來找你娘說說話。」

「我娘不想和你說話，」衛陵春冷著聲音：「請回吧。」

宋世瀾沒出聲，他瞧了瞧蔣純，又看了看衛陵春，隨後笑著躬身道：「若什麼時候二夫人想開了，願意與宋某說幾句話，宋某隨時恭候。」

蔣純應了一聲：「王爺慢走。」

宋世瀾轉身離開，蔣純似乎有些疲憊，她轉身走進屋中，衛陵春跟了進來，將手中紅纓槍交給旁人，擦著汗道：「我今個兒聽說宋世瀾又來府上下聘，奶奶耳根軟，被他哄了哄，就真把聘禮留下了。府上都說，妳要嫁人了。」

「你別聽他們瞎說。」蔣純親手將帕子絞了水，遞給衛陵春道：「你擦擦汗。」

「娘，」衛陵春接過帕子，擦著汗，垂眸道：「其實我覺得宋王爺人挺不錯的。」

蔣純微微一愣，皺起眉頭：「小孩子想這麼多做什麼？」

「我不小了。」衛陵春認真開口，蔣純回過頭去，看見衛陵春認真的眼神，「我聽說七叔就我這麼大的時候，就跟著爹上戰場了。七叔答應過我，等我打贏了衛夏叔叔，就讓我跟著他上戰場去。」

蔣純心裡「咯噔」一下，她張了張口，想說什麼，卻又不敢開口。

衛東是留在沙場上的，看著兒子這張酷似衛東的面容，聽著他說要上戰場，她就不可抑制想起來當年衛東走的時候。可她卻不能阻止，沙場征戰，這似乎是每個衛家人必經的道路，如果衛陵春不願意，她自然會不顧一切讓兒子棄武從文，可這麼多年，衛陵春一心一意跟隨著他父親的腳步，他付出的努力她看在眼裡，於是她什麼都不敢說，也不能說。

她沉默著，衛束便笑起來：「我知道母親在擔心什麼，只是每個人生來就有自己的使命，我覺得，能成為保護別人的人，哪怕是馬革裹屍，我亦無怨言。我只是擔心母親……」

「你無需擔心我。」蔣純冷靜開口：「我是你母親，不需要你一個孩子來為我擔心。」

「小的時候，父親悄悄同我說過，母親看著堅韌，其實和一個小姑娘一樣，要我長大了，也要像他在一樣好好照顧母親。」

蔣純微微一愣，衛陵春繼續道：「父親當年曾對我說，如果有一日他不幸去了，你若遇到喜歡的人，他希望我不要不高興。因為他知道，哪怕您選擇了其他人，您心裡也是愛著我，愛過他的。只是人生有不同的階段，您在他活著時好好愛他，在他離開後好好結束，這才他最大的念想。」

「你別說了！」

蔣純猛地提了聲，然而提聲之後，又覺得自己過於激動，她抿緊了唇，轉過頭去，平息了自己的氣息後，慢慢道：「我沒有再嫁的想法，你好好練武，跟著你七叔上戰場，好好護著自己，別想那麼多不吉利的事。」

說著，她抬眼看過去：「今日的兵法課學了嗎？」

「母親，」衛陵春嘆了口氣：「您當真不喜歡宋世瀾嗎？」

「我……」

「您看著我，認真說，」衛陵春認真看著她：「您當真不喜歡宋世瀾嗎？」

這一次，蔣純沒有說出口。

其實衛東說得對，人生有不同的階段，她當年是真的好好愛著他，如今也緬懷他，如果不遇到宋世瀾，這份感情大概能延續一輩子。

可是有了宋世瀾。

他與衛束截然不同，沒有他那份樸實，也沒有他那份認真，庶子出身走到如今，那個人的內心和手段與衛束比起來，可謂不堪。

可是不可否認的是，那樣一個人，卻也有自己光亮之處，於暗夜中引著人，無法抑制靠近過去，猶如飛蛾撲火，奈何不得。

她騙不下去，衛束輕嘆了口氣，起身道：「六嬸四日後設宴在後院，請您過去。」

「我知曉了。」

「那，母親，我先退下了。」

「嗯。」

衛陵春退開後，蔣純閉上眼睛，她抬手捂住額頭，好久後，輕輕嘆息。

宋世瀾此番過來，不僅是來看蔣純，也是來同白嶺商貿，瓊州少戰，多糧少兵，而白嶺多礦，加上韓秀在這裡，盛產兵器，宋世瀾之前已經與衛韞說好，此番過來，是特意來看定下來的兵器。

他逗留了幾日，每日從韓秀那邊回來，就到蔣純門口來。

他臉皮厚，蔣純不許他進院子，他就坐在牆上，然後高聲朗誦他寫的情詩。

他本就長得俊朗，又善於言談，念詩時，許多人圍著指指點點，蔣純覺得尷尬，只能放他進院子。

於是念詩就變成了彈琴、吹笛、送花、送簪子……

總之追姑娘的手段，他是換著法子來，所有人看得熱鬧，蔣純也不知道自己是怎麼個想法，見著他的時候羞惱，等院子安靜了，又覺得清冷。

最後她冷著臉同宋世瀾道：「宋公子，你若當真喜歡我，又何必做這些讓我不開心的事？」

宋世瀾正坐在窗臺上念詩，桃樹已經抽芽，花苞點綴在枝頭，宋世瀾放下書，轉頭笑了笑：「妳若真不開心，那我便走了。可是蔣純，我若走了，妳才是真的不開心。」

蔣純微微一愣，宋世瀾低下頭去，繼續念：「窈窕淑女，君子好逑……」

四日後，等到王嵐設宴，宋世瀾也要走了。所有人把這場酒宴當成他的餞別宴，熱熱鬧鬧一片。蔣純就坐在宋世瀾對面，王嵐給大家釀了酒，招呼著大家。

大家正說著話，就聽外面來報，說是沈佑沈將軍來了。

王嵐微微一愣，宋世瀾笑了笑道：「怕是來找我的。」

王嵐垂下眼眸，低低應了一聲，宋世瀾便起身招呼沈佑道：「沈將軍！」

沈佑看見這院子裡的人，呆了呆後，目光從王嵐身上迅速掃過，隨後便像什麼都沒看見一樣，恭敬給柳雪陽等人見禮後，轉頭同宋世瀾道：「宋王爺。」

宋世瀾笑著指著小桌道：「有事坐下來說。」

其實沈佑也沒什麼事，不過是如今所有戰事停下來，衛韞領著人去了昆州，剛好宋世瀾又來了白嶺，衛韞便讓他來見見宋世瀾。

宋世瀾和沈佑交換一下消息，便喝起酒來。王嵐和蔣純坐在一起，沉默著沒有說話，還好家裡孩子多，倒也不覺得尷尬。

王嵐釀的酒很甜，但是後勁兒不小，等宋世瀾和沈佑聊完天的時候，發現旁邊的人有些不勝酒力，柳雪陽便讓人招呼著人散了。

蔣純由侍女送著回去，她看上去還很清醒，離醉酒似乎還很遠，然而當宋世瀾站在她身後叫住她的時候，她卻覺得，自己大約是真的醉了。

她看見那人站在長廊盡頭，叫她道：「二夫人，我帶妳去看桃花，行不行？」

蔣純沒說話，宋世瀾便道：「看星星也行。」

蔣純沉默著，她看著那人笑意盈盈的眼，也不知道為什麼，好久後，她慢慢道：「都行。」

宋世瀾笑著走過來，領著蔣純騎馬出府，去了郊外的山上，兩人在山下放好馬，爬上山頂，到山頂上的時候，月光明亮，照得山河都輪廓清晰。宋世瀾指著遠處一條大道：「等太陽出來後，我就從那條路回瓊州了。」

「嗯。」

「等下次找著機會，我再回來看妳。」

「不必……」

「來來，妳下來。」宋世瀾去拉蔣純，蔣純遲疑片刻，卻沒推開，順著他的力道，跳到前面的石頭上，跟著他來到最前方的大石頭的邊角。宋世瀾拍了拍身邊，同蔣純道：「坐在這兒，這兒風景好，看桃花看星星還是看著我走，都可以。」

蔣純沒說話，她安靜坐著，他抓著她的手腕，察覺她沒抗拒，宋世瀾接下來的話，突然就卡了殼，他猶豫片刻，突然道：「蔣純，有人給妳看過手相沒？」

「沒。」

「要不，」宋世瀾轉頭看她，月光下，姑娘神色清冷又平靜，她似乎很清醒地知道自己在說什麼、做什麼，又似乎什麼都不知道。宋世瀾猶豫片刻，終於道：「我給妳看看手相吧？」

「好。」

蔣純垂下眼眸，宋世瀾將手滑下去，握住蔣純的手，蔣純的手顫抖著攤開在宋世瀾的手心，宋世瀾低頭看著那人瑩白的手，許久後，他慢慢笑了。

「我知道妳醉了，」他聲音溫和，抬起眼來，看著她的眼睛，笑著道：「可我還是很高興。蔣純，我想這輩子，我總能等到妳的，對不對？」

蔣純沒有說話，她就靜靜看著他。她感覺自己內心特別安寧，特別平靜。

宋世瀾合上她的手，溫和道：「我回去後，會給妳寫信，妳能不能給我回信？」

「妳不給我回信也沒關係，」宋世瀾認真道：「我還是會給妳寫的。」

「宋世瀾，」蔣純終於開口，她看著他清澈又溫柔的眼睛，認真道：「你娶我，別人會笑話你的。」

「我不娶妳，」宋世瀾笑起來：「我會笑話我自己的。」

「蔣純，我如果在乎別人，」宋世瀾眼裡神色晦暗不明：「我一個庶子，哪裡走得到今天？」

他每一步都是險路，都是屍骨之路。人言於他，又算得上什麼？

蔣純沒有說話，她垂下眉眼，低低道：「哦。」

「蔣純，」宋世瀾有些好奇：「妳為什麼喜歡衛束？」

蔣純愣了愣，她的思緒有些散漫，若是以往她不會輕易說到衛束，然而此刻她覺得自己似乎有了莫大勇氣，回憶那個人的好。

「我是庶女，以前誰都沒對我好過。嫁過去的時候，別人都說，衛束是當兵的大老粗，肯定會打我……」

「可我第一次見他時候，就是成親那天，我太害怕太緊張了，不小心崴了腳。我想肯定要不好了，結果他把我背起來，一路背了進去。」

蔣純笑起來：「從來沒人對我這麼好過，他是第一個。」

宋世瀾靜靜聽著，聽她陸陸續續說著衛束的好。那人的好似乎說也說不完，一直到天亮了，她慢慢有些清醒了，聲音才小下去。她突然想起來，衛束再好，也已經沒了。彷彿晨間露珠，在太陽升起的時候，蒸發得了無痕跡。

她突然失去了興致，慢慢起身道：「你也到了該走的時候了，回去吧。」

說著，她想要回邊上去，然而酒勁沒有全部散去，腳下一滑，就往後倒，宋世瀾一把攔住她，扶起她道：「沒事吧？」

蔣純沒說話，宋世瀾發現她輕輕提著一隻腳，愣了片刻後，便蹲下身道：「我背妳下去吧。」

蔣純沉默著，宋世瀾笑起來：「妳這個人，怎麼彆彆扭扭的，我剛認識妳的時候，可比如今爽快俐落多了。」

說著，宋世瀾突然主動將人一抓，就靠到自己背上，隨後背起來靈巧跳上山去，高興道：「比坐轎子舒服吧？」

蔣純沒說話，她靠著這個人的背，突然感覺自己彷彿回到了十五歲那年。

她閉著眼睛，聽宋世瀾在旁邊說話，他的話特別多，聽著還有點孩子氣，她靜靜靠著他，突然就覺得，似乎也沒那麼難過了。

她昏昏沉沉睡過去，宋世瀾走到山下，慢下腳步，他聽著身後的人均勻的呼吸，忍不住笑起來。

「口是心非。」

他低笑了一聲，走出山林，就看見侍衛們等在馬邊，正要開口，就被他用眼神止住。

侍衛早已將東西都收拾好，就等著他，他將蔣純送上馬車，替她蓋上被子，看著這人睡著的側顏，他溫和了聲道：「我這就去了，妳記得給我寫信。」

「在家有時間多出去玩，別操心太多。妳現在還年輕，別把自己活得像個死氣沉沉的老太太。」

說著，他抬手將她頭髮挽到耳後，聲音溫柔：「衛束待妳好，我會待妳更好。他待妳好，是性格使然，其實我性格不好，可是，」他低下頭，附在她耳邊，輕聲開口：「我喜歡妳。」

我喜歡妳，願意寵妳，願意愛妳。

睡著的人眼珠動了動，沒有說話，宋世瀾低笑一聲，起身出了馬車。

外面傳來人打馬遠走的聲音，蔣純慢慢睜開了眼睛。

白嶺一片安寧時，衛韞已經在昆州整頓好了兵馬，就等著顧楚生和長公主傳訊出來，他立刻直取華京。

「顧大人已經接回了的大夫人，但同時被趙玥軟禁，大夫人正在顧大人府中休養，顧大人說，大夫人現在體質偏弱，需要靜養一段時間，不能妄動，讓王爺稍安勿躁，等他們徹底控制住華京後再做打算。」

探子彙報著從華京來的消息，衛韞頓了頓筆，抬眼道：「大夫人具體是怎麼個情況？」

「說是懷孕期間周途勞頓，趙玥又對大夫人用了迷藥，需要調理。」

衛韞垂下眼眸，壓住眼中的情緒，轉頭到白州各地傳來的消息道：「長公主那邊怎麼說？」

「長公主說，現在皇帝叫了玉琳琅入京，幾乎沒怎麼見她，怕是猜到了自己中毒之事，也不知道玉琳琅的醫術如何，讓王爺做好最壞打算，必要時帶兵入天守關。而且，長公主的意思是，王爺能不能想個法子，殺了玉琳琅？」

衛韞聽著這話，停頓片刻，想了想，轉頭道：「將沈無雙叫過來。」

說著，他低頭批覆著摺子道：「還有呢？」

「圖索來的消息，」探子接著道：「蘇查似乎在整兵。」

「整兵？」衛韞抬起頭，皺眉道：「他整兵做什麼？」

然而問完後，他腦中電光火石猛地閃過，急切詢問道：「玉琳琅什麼時候入華京的？」

「半月前。」

「圖索的訊息是什麼時候傳出的？」

「五日前。」

衛韞沒說話，他算了一下消息從趙玥那裡傳到北狄，圖索察覺消息再傳回昆州的時間，他沉下來臉，心裡有了打算。

趙玥這個人，他從來不吝於用最壞的想法去想對方，必要時候趙玥會聯合外敵，他一點都不意外，畢竟趙玥做這種事情，也並不是第一次。他若是知道自己將死的消息，怕是不顧一切什麼都做得出來。

蘇查如今早就被他們打怕了，如果不是因為大楚內亂，他早就平了蘇查，如今北狄就靠圖索和蘇查僵持，他本來想收拾完趙玥再打蘇查，然而他的心思，怕是蘇查也知道。所以蘇查會不惜餘力幫助趙玥，而趙玥必定許諾了蘇查什麼。

可是如今衛宋楚三家聯手，青州已平，僅憑謝家和燕州的軍力，光靠一個蘇查，怕是不足以扳倒他們，所以趙玥一定還會想盡辦法煽動外敵……

衛韞思索著，旁邊陶泉撚著鬍鬚道：「王爺是在想什麼？」

「先生，」衛韞抬眼看向陶泉：「您說，您若是趙玥，如今想要請人幫忙，會請誰呢？」

陶泉笑了：「趙玥如今的敵人就是您、宋世瀾、楚臨陽三家。宋世瀾是牆頭草，楚臨陽以百姓為重，您與他血海深仇，所以首要對付的，肯定是您，那我必然是要聯繫北狄的。」

衛韞點點頭：「還有呢？」

「楚大小姐與衛家關係天下皆知，楚臨陽又極看重家人，所以要想辦法牽制住楚臨陽。一方面已經綁了楚大小姐，另一方面必然要煽動陳國，讓陳國騷擾洛州，楚臨陽才無法脫身。」

「你若想讓陳國騷擾洛州，要怎麼辦？」

「陳國與洛州征戰多年，本有世仇，許以重利。」

「不夠。」

「那王爺是覺得……」陶泉有些疑惑，衛韞目光銳利：「陳國土地貧瘠，主要以旱稻和牛馬為食，數次犯境，均因國內災害無糧。今年他們量產普通，我若是趙玥，想讓陳國出兵，必定分散在各地，以雷霆之勢高價購糧。等上面發現糧食不足，再許以重利給國君。」

陶泉沒說話，衛韞將手中書信放在一邊，站起身，「咱們速度不能比他慢。」

「王爺的意思是，他們高價購糧，我們就低價賣糧，保證了陳國的糧食供給……」

「王爺。」說話間，沈無雙走了進來，笑著道：「聽說王爺叫我？」

衛韞沒說話，他轉過頭看著沈無雙道：「想請你幫個忙。」

「嗯？」

「殺個人。」

衛韞這話讓沈無雙愣了愣，衛韞平靜道：「趙玥如今肯定在四處求醫，你偽裝一下，去給趙玥看病。他這個人疑心病重，你去了之後千萬別耍手段，給他好好看，然後你以會診之名見到玉琳琅。」

「玉琳琅？」沈無雙提了聲音：「她去給趙玥看病了？」

「嗯，」衛韞聲音冷淡：「她不能醫好趙玥。你見到她，能策反最好，若不能，」衛韞沉下身來：「好好送她上路。」

「那我怎麼回來？」沈無雙愣了愣。

衛韞沒有說話，他抬眼看向沈無雙：「你帶上一支信號彈，到時候把藏身的地點發出來，我的人會去接你。」

「不過，」衛韞猶豫片刻：「我不能百分百保證……」

話沒說完，沈無雙卻明白了，他沉默著想了想，卻是笑了：「行。」

他開口道：「要是我出不來，我就讓趙玥一命換一命。」

「儘量回來。」

「看造化囉。」沈無雙吊兒郎當地聳聳肩，隨後道：「那我去吩咐一下，將軍中常用的藥物都準備好，明早出發。」

聽到這話，衛韞猛地想起什麼，突然叫住他：「軍中有什麼必須要有的藥嗎？」

「什麼？」沈無雙愣了愣。

衛韞繼續道：「有什麼藥物，是軍中必須要，不可或缺的嗎？」

「當然有，」沈無雙笑起來：「有一味最基礎的藥，專門用來止血，而且可以預防感染和瘟疫，最重要的是這種要便宜，你知道軍中的藥大多昂貴……」

「你知道陳國軍中用藥的情況嗎？」

「不難猜，」沈無雙迅速開口：「這種基礎的藥一般是自己國家產出來，一旦長途運輸都會變得昂貴，軍資承擔不起。陳國有一味叫霜紅的藥，就等於我們這……」

「他每年量產多少？」

衛韞就著這味藥迅速問起來，沈無雙雖然不知道衛韞問這個做什麼，卻還是老老實實回答。

衛韞聽沈無雙說完後，點了點頭，沈無雙見衛韞沒有開口，便道：「那我走了？」

「嗯。」

衛韞應聲，等沈無雙走到門口，他突然叫住他道：「無雙，」沈無雙回過頭，就看見青年抬頭看著他，認真道：「保重。」

沈無雙愣了愣，隨後擺手道：「放心，不會出事。」

說完，沈無雙頓了頓，他終於道：「衛韞，其實有時候做人不能做太好，也別太為別人著想，要自私一點，想要什麼就說，想做什麼就做，別一味容忍縱容。對人好太久了，別人就會不珍惜，覺得你做這些理所應當。」

衛韞沒想到沈無雙會說這樣的話，沈無雙想了想到：「我覺得你小時候斷了腿還敢拔刀插我桌上的樣子，好像更有人情味一點。」

「行了，」他擺擺手：「敘舊就到這裡，哥哥我走了。」

說完，沈無雙擺了擺手，轉過身去：「別再叫我了，我真得走了。」

這次衛韞沒再說話，他靜靜看著沈無雙背對著他離開，等看不見了，才聽陶泉道：「王爺可是有了主意？」

「我們賣糧食，」衛韞回過頭，卻是道：「趙玥出手賣糧，我們就用糧食換霜紅，霜紅換完了，就換馬。」

「王爺的意思是，我們糧食對衝讓陳國不缺糧，陳國便不會出兵。若陳國還決定出兵，這時他們缺藥缺馬，只要開戰，不久後必然潰不成軍。」

「正是這個意思。」

「但若陳國發覺……」

「所以要快，」衛韞果斷道：「趙玥只要動手，我們立刻動手，買通官員，黑市交易，等消息到了陳國皇帝那裡，怕他就來不及了。」

「可是……」陶泉皺起眉頭：「才經歷過大災，我們還要與北狄對戰，糧食怕是……」

「我們會寫信給楚臨陽，我們出一部分，加上楚臨陽的，最重要的是，去西寧借糧。」

衛韞這話讓陶泉愣了，西寧與大楚之間隔著一個陳國，的確是太遠了。

陶泉想了片刻，才反應過來：「王爺的意思是，你要去西寧？」

「嗯。」衛韞冷聲開口：「我得去西寧，同他商討伐陳大計。」

西寧是與陳國常年交戰，去西寧借糧後還要策動西寧伐陳，絕不是一件易事。

然而衛韞卻已經定下來，起身道：「讓衛秋準備一下，連夜啟程。陶先生，」衛韞轉身看著陶泉，認真道：「我走以後，便全權由你主持軍中大事，沈佑鎮守白州抵禦北狄，秦時月抗住燕州，其餘將領由您安排，」說著，他退了一步，躬身道：「拜託了。」

「王爺，」陶泉忙扶起衛韞：「這本是卑職分內之事，王爺何必如此多禮。」

「此去西寧，前路未知，」衛韞平靜道：「若我未歸來，還望陶先生替我主持大局，迎大夫人平安歸來，由大夫人挑選繼承人，無論如何，好好輔佐他們。」

「王爺放心，」陶泉認真道：「卑職知曉。」

衛韞點點頭，又與陶泉商議了一陣，將所有打算分成兩封信寄給楚臨陽和宋世瀾後，衛夏也已經收拾好了東西，同衛秋一起等著衛韞。

衛韞與陶泉拜別之後，便星夜兼程，一路奔向西寧。

一路之上，衛韞飛鴿傳書，到處打聽著陳國糧價的消息，同時指揮著人將糧食運輸到陳國暗樁的地方，但卻按住沒有販賣。

此時趙玥已經動手，陳國糧價開始炒高，而衛韞鋪好了陳國的運輸管道後，也終於到達了西寧，他遞交了國書拜見西寧皇帝，然而等了一日，對方卻沒有任何動靜。

衛夏有些坐不住了，他起身道：「王爺，這西寧國君什麼意思？把我們晾在這裡一天了……」

衛韞沒說話，他閉著眼，雙手攏在袖間，似乎在思索什麼。

衛秋冷笑：「明擺著，西寧不想淌渾水，根本就不打算見咱們。」

「他怕是知道咱們是來當說客的，」衛夏有些頭疼：「若能見個面還好，要是面都見不到，這怎麼辦？我們時間也不多了……」

「我聽說，」衛韞慢慢睜開眼睛：「明日是春神祭，國君要上神女廟。」

衛夏和衛秋愣了愣，衛夏有些遲疑道：「王爺的意思是……」

「今天聯繫了人，我混入神女廟中，你們明日帶人闖山門，在前方製造混亂，我趁亂挾持西寧國君，」說著，衛韞眼中帶了冷意：「他不想談，那我們就讓他，不得不談！」

衛韞在西寧準備著一切時，白州和瓊州，卻開始有人不斷病倒。

起初只是一兩個人，可病情很快就傳染開來。

魏清平是最先發現情況不對的人，她從青州一路回來，到達白州城池時，便有人請她去一個村子。

「也不知道怎麼回事，一夜之間，大家都病了。」

村長咳嗽著，領著魏清平往前走去。他似乎是普通的風寒，旁邊人都不甚在意，魏清平帶著藥材浸過的面紗，戴著手套，和所有人保持著距離，跟著村長往前走。

她熟知地震後隨時可能爆發瘟疫，一直以來行醫都十分戒備，那村長同他描述著所有人的症狀，然而等走到村裡，魏清平看見一個棚子裡躺著的人，心裡有了幾分慌亂。

最初咳嗽、腹瀉、高燒不退……

這些症狀，同她在青州發現的瘟疫，有著詭異的相似，然而當時她和顧楚生處理得極好，按理來說，就算爆發，也該在青州才對。

而且按照村長的話來說，不到十天就可以讓一個成年人死亡，這樣的速度，比青州快太多了。

最重要的是，如果真的是青州疫情的變種……

到目前為止，根本沒有任何治療辦法。

魏清平揪著心，聽著棚子裡哼唧的聲音，她提步上前，用一根木杖挑開了蓋著病人的被子。流著膿腐爛的傷口暴露在魏清平眼前，她面色劇變！

是青州那場瘟疫……

然而它沒有在青州爆發，它爆發在了白州，在一個遠離青州的城市，在江白城水源下游！

魏清平臉色煞白，她看著滿地嚎哭的人，有病人爬過來，試圖抓她的裙角，她猛地退開一步，旁邊人也察覺不對，有些疑惑道：「郡主？」

魏清平鎮定下來，她平靜轉身道：「立刻建立崗亭，封鎖村子，從今日起，來到這個村子裡的人不准出去一步！」

「郡主？」所有人猛地抬頭。

魏清平神色冷靜：「大家不要害怕，我不走，我也在這裡，我會給你們看病，一直到你們活下來，或者我死去。」

聽到這話，所有人愣住了，魏清平揚聲道：「快！封鎖村子，建立和外界來往的崗亭，崗亭的人不能和外界接觸，現在還不確定感染方式。我現在寫了藥材，讓外面人趕緊運輸藥材過來……」

魏清平言語鎮定，所有人看著她的模樣，內心一點一點平靜下來。然而在人看不見的地方，她的手一直在抖。

疫情爆發到這個程度，完全超出了控制的範圍，可她作為醫者，她沒有辦法。

她如今是所有人的支撐，她只能扛著，只能站著。

她回到醫廬，迅速寫藥方以及隔離的用品，讓自己的藥童去分辨感染與還可能沒有感染的人，然後教授那些沒有感染的人如何隔絕感染。

開始戒嚴之後，最初沒有進來的士兵成為他們唯一的通訊管道，魏清平不允許他們接觸，就在崗亭那裡建了一道門，雙方將東西放在門口交換。而所有出去的東西，必須用藥物嚴格殺毒後才能出去，而接東西的人也必須使用手套觸碰。

魏清平將需要的藥寫好，隔離方式寫好，以及在青州的經驗寫下來後，將具體情況寫清楚，然後要求排查整個白州的情況以及感染原因，並通知下去，全州戒嚴。

等做完這一切後，她看著送信的人要離開，猶豫片刻後，終於道：「還有，告訴秦時月秦將軍。」

送信的人停住腳步，魏清平聲音裡帶著幾分顫抖：「每個人有每個人的責任，我是醫者，他是將士，他要做好自己的事，別來找我。若他敢來，這輩子，我都看不起他。」

送信的人抿了抿唇，點頭道：「屬下知道了。」

魏清平的信傳出去後，陶泉接到信，立刻吩咐下去，白州各城報了疫情情況後，陶泉猛地意識到，這場疫情竟是沿江一路蔓延的！

趙玥不顧一切取蘇白那一場戰在他腦海中閃過，衛韞走之前同他的對話響了起來。

——「趙玥如今敵的人就是您、宋世瀾、楚臨陽三家……」

如果北狄牽制衛家，陳國牽制楚家，那宋世瀾呢？

趙玥就真的不管宋世瀾了嗎？

江白那條長江最長的流域不是在白州，是在瓊州和華州啊！

陶泉猛地站起來，大喊道：「來人！來人！替我傳信於宋王爺！」

陶泉的信走的是飛鴿傳書，同時送出十餘隻信鴿，以確保到宋世瀾手中。

而宋世瀾此時正在太平城中巡查，太平城僅來許多人得了相同的病症，因為這些人大多是飲用江水，官吏認為是有人在上有投毒所致，宋世瀾為安民心，便來查明此事。

然而等到了太平城，宋世瀾才發現，情況比官員報上來要嚴重百倍，而太平城縣令也已經跑了，宋世瀾無奈之下只能自己親自坐鎮，等著新縣令到任。

他向來是個親力親為的人，每日都去視察情況，偶爾還幫一下官員，在民間聲望頗高。

瓊州華州沿海，遠離內陸，因而物產豐富，又少有戰爭，民風淳樸，生活富足。哪怕是在重兵之時，宋世瀾來了，百姓還能在劇痛中對宋世瀾笑出來。

宋世瀾很喜歡這樣的感覺，他每天都會給蔣純寫信，描述著瓊州美好，然後問她一句，什麼時候他能娶她到瓊州？

蔣純很少回他信，然而宋世瀾也喜歡寫，每日都寫著，樂此不疲。

那日春光正好，副官跟著宋世瀾走在人群中巡查著百姓官員，副官看著宋世瀾含笑的模樣，忍不住道：「昨日又給二夫人寫信了？」

「你又知道？咳……」宋世瀾咳嗽了兩聲，隨後抬眼，笑意卻是遮不住：「這次她必然會回信給我。」

「王爺近來似乎經常咳嗽。」

「大概是染了風寒吧。」宋世瀾漫不經心。

副官想了想，接著道：「王爺寫了什麼？」

「我同她說，」宋世瀾輕笑道：「我同衛陵春說了，我才是他親生父親。」

副官愣了愣，結巴道：「這……這……衛二夫人……」

「王爺，王爺！」侍衛急急忙忙跑進來，拿著信件道：「白嶺來的消息！」

「這麼快？」

宋世瀾愣了愣，然而他立刻意識到，這個時間不對，絕不是蔣純給他的信，他沉下臉來，迅速從侍衛手中接過信件。

他打開看到信件，臉色瞬間劇變。

上面是陶泉給他關於疫情的消息，還附帶了隔離以及檢查的方法。

他呆呆地看著那張紙，旁邊副官道：「王爺？」

「吩咐下去……」宋世瀾沉下聲，轉頭同身後人道：「凡是有咳嗽、發熱、腹瀉、眼帶血絲、皮膚潰爛的人，都留在城裡，手臂上有破損的絕不能出城，其他人立刻出城，出城後遷移到郊區宋家村，觀察一月無事，才能正常出行。城中一切，按照這張紙上行事。」

所有人愣了愣，然而被吩咐的人拿過宋世瀾手中的紙，立刻道：「是。」隨後轉身去安排所有事宜。

「王爺？」等人走後，副官遲疑道。

宋世瀾克制著情緒，垂下眼眸，將信的另外一份副本遞給副官：「將這封信交給四公子宋世榮，告訴他，接下來全權配合楚臨陽和衛韞的安排，一定要不惜餘力扳倒趙玥，宋家選了這條路，就不能退了。」

「王爺，這是怎麼回事……」

「這是瘟疫。」

聽到這話，副官愣了，宋世瀾抬起頭，看著副官道：「從今天開始，按戶籍將完好的百姓送出去，你沒有事，就趕緊走。」

「那我們讓大夫……」

他認真地看著副官：「此疫無解。」

副官微微一愣，隨後點頭道：「好，那王爺，我護送您出去。」

聽到這話，宋世瀾沒說話，片刻後，他慢慢笑起來，「我不能走。」

「王爺？」副官抬起頭，露出震驚的表情。

宋世瀾抬起手，撩起了袖子。

他手臂上有一塊小小的傷口，彷彿是潰爛了一般。

副官呆呆地看著宋世瀾，然而宋世瀾面上卻彷彿什麼都沒發生一樣，他放下袖子，平靜道：「你出去後，讓宋世榮主持大局，立刻和陶泉密切通信，魏清平在他們那裡，一定會不惜餘力想辦法阻止疫情，我們跟著白州學。其他地方如有和太平城一樣的情況，立刻以相同方法處理，寧可錯殺一百，不能放過一個。」

「王爺……」副官低著頭，顫抖著聲道：「您不說，沒有人知道……」

「我知道。」宋世瀾聲音平靜，他雙手攏在袖間，朝著城門外走去：「我的命沒有比誰的命更精貴，我本就是歌女之子，庶子之身，走到今日，已經足夠了。」

「王爺！」副官提高了聲音：「二夫人怎麼辦？」

「您出去，」副官焦急道：「我護送您出去，我一個人照顧您，要是我被感染了，我就同您一起死。我們絕對不會傳染給其他人，我帶著您去找魏清平，她一定有辦法……」

「她若有辦法，我能活著等到她。」宋世瀾神色平靜：「她若沒辦法，我就算出去，也沒辦法。」

「而且，」宋世瀾抬眼看向副官：「我只要出去，就是一個行走的感染體，你知道疫情的感染方式嗎？你不知道，如果我呼口氣都是感染，那麼我出去，就是害了別人。」

「兄弟，」宋世瀾笑起來：「人一輩子要知足……」

「您還沒娶到二夫人，您還沒有世子，」副官焦急道：「您不能放棄……」

「我沒有放棄。」宋世瀾抬眼看向城門。

城門已經迅速彙聚了人，士兵和人群對抗著，大聲道：「一個一個來！一個一個來！」

宋世瀾聲音抬眼看著他們，淡道：「我沒有娶到她，她也還沒足夠喜歡我，我沒有孩子，也沒什麼掛念的親人，其實這樣正好。」

「來這世間來的乾乾淨淨，走也走得無拘無束。你若真的想救我，」宋世瀾目光落到副官身上，沉穩道：「就出去找魏清平和其他大夫，想盡辦法救所有人。大家得救，我就得救。」

副官呆呆地看著宋世瀾，宋世瀾抬手想拍拍他的肩膀，然而猶豫片刻，他還是放下手，轉身走向人群。

封鎖出城這件事已經讓人群澈底慌亂起來，大家隱約意識到什麼，許多人高吼著：「為什麼不讓我們出去？」

「你們是不是想把我們鎖死在裡面？你們是不是不管我們了？」

「你們想讓我們死！想讓我們死！」

大家嘶吼著，就是這瞬間，宋世瀾大吼：「諸位！」

所有人看過去，宋世瀾跳到一旁擊鼓的臺子上，看著眾人道：「諸位，在下宋世瀾。」

「宋王爺？」

「宋王爺也在這裡！」

「宋王爺，您來了？您要為我們主持公道！」

「諸位，」宋世瀾平靜道：「不瞞大家，此次病症，實為瘟疫，瘟疫來勢凶猛，白州瓊州都在想盡辦法診治，我們從來不會放棄百姓，鎖城只是為了不感染更多人，然而鎖城之後，朝廷一定不會放棄大家，食物、藥材、大夫，都會正常入城。」

「說得好聽，」有百姓大喊起來：「等你們出城了，城門一關，還有我們什麼事？說什麼不感染更多人，達官貴人患病不也一樣出去？就只有我們這些貧賤百姓受災！」

這話一出，所有人群情激憤，宋世瀾靜靜聽著，片刻後，他撩起袖子。

手上潰爛的傷口出現在眾人面前，他神色平靜：「我不走。」

大家愣了愣，宋世瀾聲音平穩：「我已染瘟疫，會留在這裡陪著大家，我只要還能站起來，就會盡我所能，照顧需要照顧的人。我在這裡，以我為保，我宋家絕不會放棄一個不該放棄的百姓。」

「我同諸位一樣，我也想活下去，我也有愛的人，我想娶她，我已經下聘，也為她準備好嫁衣，就等她允許。」宋世瀾笑起來，眾人呆呆地看著他，所有人都能從他眼中讀出那一份溫柔：「我會活著出去，大家也都會活著。我懇請大家，大家排好隊，讓你的親人、朋友，所有該離開的人離開，剩下的人，同我一起在太平城裡，我們會等到大夫，草藥，等我們活下來出城的時候，大家同我一起，去白嶺求親。」

「我不覺得留下就是死了，你們也不該這樣覺得。」

沒有人說話，宋世瀾站在高處，同他的副官道：「李源。」

李源沒動，宋世瀾提了聲音：「李源！」

「末將在！」李源紅著眼高吼。

宋世瀾聲音溫和：「你上前來。」

李源顫抖著身子，走到宋世瀾身前，宋世瀾撩起他的袖子，他的手臂乾淨，沒有半點傷痕，宋世瀾抬眼看向他的眼睛，他含著眼淚，盯著宋世瀾。宋世瀾笑了笑：「男子漢大丈夫，哭什麼。」

「走吧。」宋世瀾放開他，平靜道：「出去待著，將信傳出去，觀察一個月後再去見四公子，別到處亂跑。」

有了宋世瀾和李源帶頭，人群終於自發組織起來，以戶為單位，按著戶籍名字，一個一個往外出去。

許多已經確診的人都沒有上前，偶有渾水摸魚的也被推下。

如此過了一天，終於沒有人排隊。

太平城城門緩緩關上，宋世瀾看著城門外的夕陽，他也說不清是什麼感覺，就覺得那一輪太陽特別紅，像血色一樣，落在人心頭，平添滋生出繼續絕望。

他輕輕咳嗽，同留下來的侍衛一起回了府衙裡。

府衙裡還有一封未寄出去的信件，他看了一眼，忍不住就笑了。

而遠在白嶺的蔣純，在幾日沒接到宋世瀾的信後，終於有些慌了。

可她面上不能顯現出來，便漫不經心去找衛陵春打聽道：「如今瓊州還好吧？」

衛陵春如今跟著陶泉在做事，聽到這話，衛陵春躲閃道：「挺……挺好的。」

蔣純直覺不對，她皺起眉頭，直起身道：「可是發生了什麼？」

「沒啊，」衛陵春尷尬地笑起來：「都挺好的，挺順利的。」

蔣純面上沒說話，片刻後，她將錢勇叫了過來，錢勇是個直性子，蔣純嘆了口氣道：

「錢將軍，宋王爺那件事……你知道了吧？」

「啊？」錢勇露出驚詫之色：「您怎麼知道的？誰告訴您的？」

「您也別瞞我了，」蔣純露出哀戚之色：「我大致已經清楚，我就是想知道，他如今的情況，可需要小王爺出手？」

「您也別太難過。」錢勇嘆了口氣：「這瘟疫的事，都是天命。郡主已經想辦法找解疫的法子了，宋王爺吉人自有天相……」

「瘟疫？」蔣純提了聲音：「你說宋世瀾感染了瘟疫？」

「是啊，」錢勇有些發懵：「您同我說的，難道不是他把自個兒關在太平城這件事？」

蔣純沒說話，她捏著扶手，沙啞道：「你說，他把自己，關在太平城？」

「是啊，太平城如今的災情可嚴重了，」錢勇大大咧咧道：「宋王爺聽說染了病，就乾脆把城關了，自己和民眾一起在裡面等死呢。說是等著郡主拿方子，可如今這樣子，有什麼方子啊，拖一天是一天……」

錢勇絮絮叨叨說著，蔣純卻沒了回應，他看著蔣純失魂落魄的樣子，好久後，終於道：「那個……二夫人，要不……我先走了？」

蔣純低低應了一聲，錢勇猶豫了一下，退了下去。

她坐在房間裡，一直沒動，從下午到晚上，就一直安靜坐著。

衛陵春回來的時候，聽說蔣純一直坐在屋裡，他猶豫著開了門。

月光落進去，接著月光，他看見母親坐在椅子上，她穿著一身白衣，手撐著額頭，整個人如一尊雕塑一樣，維持著這個姿勢，好久好久。

兩個人都沒有說話，許久後，衛陵春慢慢道：「您別難過，宋叔叔是有福氣的人，他不會有事。」

蔣純沒說話，衛陵春想去點燈，卻聽蔣純突然開口：「別點燈。」

衛陵春停住動作，他在黑夜裡背對著蔣純，他不知道自己該說什麼，再如何早熟，他終究只是個孩子。好久後，他慢慢道：「母親，其實您也沒有多喜歡宋叔叔，人沒了，還會有下一個，沒事的。」

「不喜歡……」蔣純聽到這話，卻是低低笑出來，她抬起頭來，月光下，她臉上全是淚痕，也不知道哭了多久。她看著衛陵春，反問：「不喜歡？」

「是不是你們所有人都覺得我不喜歡他，都以為我不喜歡他？」她站起身，靠近衛陵春：「是不是連他都覺得，我特別討厭他，我不喜歡他？」

「對，」她也不知道是在同誰說，沙啞道：「我是很討厭他，我討厭為什麼會有這麼好一個人要出現，要同我說喜歡我，要給我一個這麼美好、這麼讓我歡喜的未來。我討厭他，我更討厭我自己。我算什麼？小門小戶，庶女出身，你父親的疼愛已經夠了，我該懷念他一輩子，緬懷他一輩子，我拿什麼資格，有什麼臉，去對另一個人動心？」

「我這輩子，」她哽咽開口，看著衛陵春：「我這輩子，就該守著你父親的牌位，守著衛家，守著你，看著你長大成人，娶妻生子，百年之後去見你父親。我這輩子，就該是這樣而已。所以他為什麼要出現，而我又有什麼資格？我若嫁了他，我拿什麼臉見你父親，又拿什麼臉見你？而他那麼好一個人，又為什麼要這麼委屈，娶我這樣的女人？」

「我討厭他，討厭我自己，討厭我放不下、捨不得、斷不了、離不開。討厭我到這一刻鐘……」她頓住聲，盯著衛陵春，慢慢道：「到這一刻鐘，都不敢，去找他。」

衛陵春沒說話，他靜靜看著蔣純，好久後，他伸出手，抱住蔣純。

少年的懷抱很溫暖，他的手臂還很纖細，但卻很有力道，有著習武之人特有的精瘦，蔣純微微一愣，聽見衛陵春慢慢道：「娘，我希望妳過得好。」

蔣純呆呆彎著腰，被衛陵春抱在懷中：「父親也和我一樣，我們都希望妳過得好。人死了就死了，哪怕下一世也和這一輩子沒有關係。妳死了之後，不必去見父親，因為誰也見不到。不要把人生寄託在死後這樣虛無縹緲的事情上。」

「娘，」他溫柔道：「我長大了，妳放心去做所有妳喜歡的事，就像妳對我做的一樣。我知道妳不想讓我上戰場，可是妳依舊支持我。我也一樣。」

說著，他收緊了手，眼淚在眼眶裡打轉：「我很希望娘一直在我身邊，我也很希望娘一輩子當衛家二夫人，可是，比起您是一個完美的母親，我更希望您是一個快樂的母親。」

衛陵春閉上眼睛：「用愛我的名義束縛妳自己，我受夠了。」

蔣純沒說話，她被孩子擁抱著，聽著他稚嫩又直白的言語，感覺無數情緒鋪天蓋地湧來，她依靠著他，嚎啕出聲。

「我想去找他……」

「那就去找。」

「我想見他，我想陪著他……」

「那就去陪！」

「我喜歡他……」蔣純哭得聲嘶力竭：「我當真喜歡他！」

衛陵春扶著蔣純，咬牙開口：「那就去喜歡！」

少年人永遠有著超乎成人的勇敢和執著。

想去找誰，那就去找；想去見誰，那就去見；想去陪誰，那就去陪；想去喜歡誰，那就去喜歡。

那份炙熱從衛陵春身上，一點一點傳染到蔣純身上。

她哭得放縱力竭，等到天明時，她艱難道：「陵春，我不是個好母親。」

「不，」衛陵春平靜道：「能成為您的兒子，我很幸運。您很勇敢，比我見過的很多母親，都勇敢。」

蔣純沒有說話，片刻後，她直起身。

她招呼侍女進來，前去洗漱，而後她去找了陶泉。如今疫情嚴重，白嶺有一群大夫，專門研究疫情。蔣純細細瞭解了所有有關疫情的事後，點了需要的藥材和用具，以及大夫們最新研究出來的藥方，然後帶上武器，便出了白嶺。

出城前，衛陵春前來送她，蔣純坐在馬上，她看著這個已經與她差不多高的少年，彎下身子，替他整理好頭髮，溫和道：「娘要去找自己喜歡的人了，以後你要照顧自己，你能做到嗎？」

「我可以。」衛陵春笑起來：「妳放心吧，七叔像我這麼大，已經是一方人物了。」

蔣純笑起來，她深深凝視著他，好久後，她慢慢道：「我會做好蔣純，衛陵春，我也希望你能當好衛陵春。」

「這一輩子，」她抬起手，放在自己心口，溫和道：「母親都希望你能活得肆意妄為，不違天理，不負本心。」

「母親放心。」衛陵春認真道：「我會的。」

「陵春，」蔣純深吸一口氣：「生下你，真是我這輩子做得最對的事。雖然我最初覺得你特別醜。」

衛陵春愣了愣，隨後道：「娘！」

蔣純大笑，卻沒再回話，打馬揚鞭，便出了白嶺。

她一路星夜兼程，終於到了太平城下。彼時夕陽西下，宋世瀾登上城門，現在他們與外界通信，都是依靠吊籃從城樓用繩子吊下去，然後外面的人就將需要的物資放在裡面。

宋世瀾每日都會上城樓來看看外面的情況，那天他看見一個姑娘，青衣束髮，駕著馬車從官道上疾馳而來。

「清九，」宋世瀾對侍衛笑：「我的病情是不是又加重了？你看那邊那個姑娘，」說著，他抬起手，指向遠處的蔣純，溫和道：「像不像我家阿純？」

清九沒說話，他抬頭跟著看向遠方，那姑娘疾馳而來，宋世瀾輕咳道：「不過不會是她，阿純那樣的性子，一貫壓著自己，哪裡會做這種事？她就算要來，也該是由衛家軍隊護送著，送上一個拜帖……」

話沒說完，他就聽到一聲女子大聲呼喚：「宋世瀾！」

宋世瀾微微一愣，那女子停住馬車，翻身下了馬車，仰頭看著他，認真道：「宋世瀾，開城門！」

這一聲終於讓宋世瀾清醒過來，他睜大了眼，呆呆地看著城樓下的女子。

她依舊和往日一樣，平靜自持，神色間帶了讓人安心的鎮定。

她一人一馬車站在城樓下，靜靜看著他。

那一瞬間，他心如擂鼓。

其實不在意是假的，沒牽掛是假的，一個人在這城池中等死，所有鎮定從容都是假的。

他本就是出身於泥濘的人，哪裡來的那麼多心懷天下？他還沒得到她，還沒得到許多，他也會在夜裡輾轉發側，嘲笑天道不公。

然而當這個女子出現在城樓下，出現在他眼下，他終於覺得。

值得了。

這一輩子做過的一切，這一輩子來這世上走一遭，值得了。

第二十七章　情深似毒

因為魏清平及時發現，白州、瓊州、華州三州瘟疫在猛烈爆發後得到及時控制，疫情沿江而去，沒有往周邊進一步擴散，然而諸多城池也因此緊閉，三州草藥緊缺，好在此事尚無戰事，陶泉才得以控制事態。

而此時沈無雙已經混進了宮廷之中。

不出衛韞所料，趙玥如今正在暗中尋找天下名醫，所有醫者都可以參加趙玥私下設立的考試，經過了三試之後，就可以見到趙玥。

這些試題對於沈無雙來說是小兒科，三試之後，他很快被帶入京中，然後面見了趙玥。他偽裝成脾氣古怪的青年，借用了他師兄林悅的名號，而後他被蒙住眼睛帶到了宮中，他心知自己見的是趙玥，但卻依舊按著衛韞的話，認真給趙玥問診。

趙玥領了他的藥方，便讓他退了下去，三日後，趙玥宣他入宮。

這次見面是在宮廷之中，沈無雙知曉趙玥這是放心了他，他跟著張輝走過空曠的廣場，步入大殿之中，便看見青年高坐在高位上，神色溫和平靜。

他很消瘦，明顯是毒發之後勉力壓制的結果。沈無雙叩拜過他，趙玥溫和道：「先生醫術精湛，前幾日給朕的藥，朕吃過之後，感覺好了許多。」

沈無雙恭敬道：「陛下中毒已久，草民不過是勉力醫治。」

「大夫的意思是，朕還是救不了了？」

沈無雙沉默片刻，如果想盡辦法去救，誰也不能說一定救不了一個人，可是這天下，如今又有哪位頂尖的醫者，會想盡辦法救他呢？

縱使玉琳琅願意，可是玉琳琅終究並非最頂尖的醫者。

看見沈無雙沉默，趙玥嘆了口氣：「那，林先生可知，朕還能有幾日？」

「五月光景，還是可保的。」

聽到這話，趙玥舒了口氣，他點點頭道：「好，也好。」

說著，他抬頭看向沈無雙：「林大夫可還有其他要求？」

「給陛下看病的醫者，不知有幾位？草民想與他們談一談，瞭解陛下過往情況。」

趙玥猶豫片刻，最終還是道：「好吧，」他道：「朕領你去見。」

說著，趙玥從金座上走下來。張輝上前扶住他，他腳步虛浮，明明三十歲不到的人，卻像一個老年人一樣，走得極慢。

沈無雙靜靜等候著，在趙玥走出大殿後，跟隨在趙玥的轎攆後面。

趙玥雖然氣虛，卻還是照顧著沈無雙，斷斷續續和沈無雙聊著他。他談吐文雅，學識廣博，根本不像沈無雙認識中那個殺了自己哥哥、又禍害了蒼生的暴君。

「林先生能來，朕很高興。」趙玥溫和道：「林先生來了之後，朕又能多活幾個月了……」

「多幾個月，少幾個月，」沈無雙冷淡道：「有什麼差別嗎？」

「自然是有的。」趙玥垂下眉眼，言語中帶著幾分惋惜：「多幾個月，朕就能多陪陪皇兒了。你知道吧……梅妃懷孕了，」趙玥說起來，眉眼間止不住的高興：「如今已快有六個月了。」

趙玥說起這些，彷彿一個再普通不過的父親。沈無雙沒說話，他就靜靜看著趙玥，覺得人世間真是太過荒謬不堪。

趙玥同他說說笑笑，領著他進了冷宮一個院落。這個院子周邊沒什麼人，院子裡曝曬著許多草藥，一個盲眼女人帶著藥童正在曬製草藥。趙玥落下轎，高興道：「玉大夫。」

玉琳琅聞聲抬起頭，她彷彿能看到一樣，恭敬給趙玥行了個禮：「陛下。」

「玉大夫，」趙玥聲音裡是顯而易見的歡喜：「我帶了一個大夫過來，就是上次給您看方子的那位，他說想同您交流一下。」

玉琳琅聽到這話，並不奇怪，平靜道：「來人是？」

「在下林悅。」

「林聖手。」玉琳琅點點頭，笑起來道：「久聞不如見面，過去江湖上未曾得見，卻不想在宮裡與林大夫相逢。」

「玉姑娘。」沈無雙沒有多說，只是叫了一聲，便當做打了招呼。

趙玥見兩人互相寒暄，便道：「你們先聊，朕先去處理公務了。玉大夫，」趙玥想起來：「妳說的藥，就交給張輝吧。」

玉琳琅應了聲，揮了揮手，旁邊的書童便進了屋子，去拿了幾個藥瓶出來。

沈無雙看了那個藥瓶一眼，沒有多說，等趙玥等人離去後，玉琳琅招呼沈無雙道：「林大夫裡面來。」

說著，玉琳琅便領著沈無雙進了房中。沈無雙跟著玉琳琅進了屋中，彷彿漫不經心道：「玉姑娘方才給陛下的藥是什麼？」

「一些安神的藥丸罷了。」玉琳琅淡道：「你也知道，陛下憂慮過重，難以入眠。」

說著，玉琳琅招呼著沈無雙坐下，沈無雙跪坐下來，看見面前已經放好的茶，聽玉琳琅道：「我見了你的方子，便知道你是要來見我的。」

「哦？」沈無雙笑起來：「玉姑娘如何知道的？」

「林大夫可知道，您用藥的路子其實與其他醫者差別很大。」

聽到這話，沈無雙心裡提了起來，玉琳琅淡道：「天下神醫，一般出自百草閣，當年因為我眼盲，百草閣不曾收我，所以一直以來，我都是自學。我自學的法子很簡單，我會熟悉所有當世名醫的藥方，揣摩他們開方子的方法。林大夫的藥方總是喜歡另闢蹊徑，十分冒險，故而病人若不能完全治好，便會早日歸天。然而林大夫有一位師弟卻截然不同……」

沈無雙沒說話，他暗中握緊袖間的暗器，聞到房間裡瀰漫起一陣類似青草與蘭花混雜的香味。

「那位師弟本是當時太醫院醫正的弟弟，在百草閣也是天之驕子，後來遠去了北狄，便沒了音訊，我曾將重金買到他在北狄的方子，不巧，他開方子的路數，正和林大夫這次開藥的方子像得很。」

「您不用緊張，」玉琳琅喝了一口茶，淡道：「我房間裡沒有毒藥，只有解毒的藥。我知道您不是來殺我的——」

「何以見得？」

「沈大夫是俠義人物，總不會傷及無辜。」玉琳琅的話很平靜，沈無雙的手抖了抖，玉琳琅抬眼看向沈無雙，溫和道：「我聽說，沈大夫的哥哥是如今陛下殺的。」

「妳既然已經知道了，此刻和我談什麼？」沈無雙冷笑起來：「怎麼不直接讓人把我抓了？」

玉琳琅沉默了，片刻之後，她慢慢道：「沈大夫，您是醫者。」

沈無雙沒說話，玉琳琅盲了的眼睛彷彿將一切看得通透：「我們醫者不殺人，不害人。」

「妳救趙玥，那就是在害人。」沈無雙冷聲道：「玉琳琅，不是說人手不沾血，就等於沒殺過人。妳救了趙玥，那他殺過的每一個人，都要算在妳頭上。」

「玉琳琅，」沈無雙起身靠近玉琳琅，冷著聲道：「妳還有贖罪的機會。」

玉琳琅沒有說話，好久後，她慢慢道：「為什麼你們總想著怎麼殺了他，卻從沒想過救他？」

「什麼？」沈無雙愣了愣。

玉琳琅抬頭看著他，認真道：「為什麼你們只想過怎麼殺了壞人，卻從沒想過怎麼把一個壞人變成好人？」

「他已經壞了，難道不該受到懲罰嗎？」沈無雙低喝：「你他媽和我說什麼歪門邪道？他殺了我哥，殺了那麼多人，任何一條，哪一條不該死？我不管他經歷過什麼，」沈無雙顫抖著拔出刀，認真道：「我只知道一件事，如果每個人被害後就可以濫殺無辜，那麼這世道就只有壞人能活下來了。」

沈無雙握著刀拼命顫抖，他看著玉琳琅，認真道：「玉姑娘，我最後問一次。」

他靠近她：「妳是不是一定要保趙玥？」

玉琳琅沉默著，片刻後，她平靜道：「我得保護我的病人。」

話音剛落，沈無雙的刀猛地割開了玉琳琅的喉嚨！

血瞬間噴濺出來，玉琳琅只來得及發出一聲「啊」，就被沈無雙死死捂住了唇，玉琳琅面上還是驚駭之色。沈無雙確認她沒了氣息後，顫抖著站起來。

這時外面的藥童端著糕點站在門口，恭敬道：「姑娘，我可方便進去？」

沈無雙聽到這話，驚得從開著的窗戶跳了出去。他一出去，立刻將衛韞給他的信號彈放了出去，然後匆忙躲到不遠處一個石洞之中。

沒了片刻，就聽驚叫聲響了起來，沈無雙躲在石洞裡，一直摩擦手上的血，聽著外面來來往往的腳步聲。

他從未這麼害怕過，他都不知道自己是在怕什麼。

他感覺玉琳琅最後的模樣一直在他腦海中，她很平靜，很堅定，說那一句：「我得保護我的病人。」

這話反反覆覆映在沈無雙腦海中。沒了片刻，他就聽見外面打了起來，隨後有人大叫：「沈大夫！」

「沈大夫！」

沈無雙趕忙衝出去，然而剛出去，就被血濺了一臉，隨後羽箭落滿了他前方的草地，他呆呆看著前方一地屍體，隨後一縷明黃出現在院落中。

「可惜。」趙玥聲音冷淡，沈無雙呆呆抬頭，看見趙玥站在人群中，他面上帶著惋惜，有些無奈道：「林大夫，是朕對你有何不好嗎？」

「哦不，」趙玥似乎想起什麼，笑道：「方才我似乎聽說，你叫……沈大夫？」

沈無雙沒說話，他看著一滴鮮血，有些回不過神來。趙玥走到他身前，看了他手上的血一眼：「你殺了玉琳琅？」

「一個醫者，」他用劍挑起沈無雙的手，溫和道：「竟殺了一個無辜的人？」

「她不……」

「她不無辜？」趙玥輕笑：「你說，玉大夫，一個救濟了天下的人，就因為她救了一個病人，她不願意違背自己作為醫者的操守，所以就該死，就不無辜？」

「那你同我說，這天下誰無辜！」

「你若要殺，為何不來殺我呢？沈無雙？」

趙玥的話讓沈無雙亮了眼睛，然而就在一瞬間，張輝猛地出手，卸下他兩隻手臂，隨後迅速從他懷中掏出所有暗器和毒藥，然後將他狠狠按在地上。

「沈無雙，」趙玥蹲下身子，看著他，溫和道：「其實你殺不了我。你接近我的時候，你每一個方子我都找人驗過，我身邊全是高手。你根本沒機會殺我。你只能去殺無辜的好人，把自己變得和我一樣骯髒。我要下地獄，你們也該下地獄，這世上誰又比誰手裡乾淨了？殺了人就是殺了人，難道有了理由殺人就對了？沈無雙，你就好好看著我，我就算活不了了，也會讓你們陪葬。」

「而你沒有辦法。」趙玥抬起手，拍打在沈無雙臉上：「當年我殺你哥你沒有辦法，如今哪怕你把自己變得和我一樣，你還是只能看著我毀了你想要的一切，沒、有、辦、法！」

「趙玥！」沈無雙奮力掙扎起來。

趙玥起身，平靜道：「將他帶到地牢，過刑。沈無雙，朕給你一次選擇機會，醫好朕，朕可以與衛韞議和，你們要的太平世，朕可以給。要不然，大家一起死。」

「沈無雙，」趙玥笑道：「你記好了，朕把天下的選擇權交給你，日後，天下大亂，是因你沈無雙想要報仇的一己之私，知道嗎？」

「趙玥你個王八蛋……」

沈無雙咬牙道，趙玥大笑著轉身，往外走出去。

然而剛走出門，他就再也撐不住，一口血嘔了出來。張輝扶住他，焦急道：「陛下！」

趙玥喘息著，慢慢道：「不能這樣下去了……他們殺了玉琳琅，朕撐不住了。這中間若再有任何閃失，朕都撐不住了……」

「陛下……」張輝慌亂道：「怎麼辦……這怎麼辦？」

「白州、瓊州、華州的疫情怎麼樣了？」

「沿江城市無一倖免，但魏清平發現太早，現在全部控制住沒有擴散。」

「魏清平……」

「不過有一個好消息，」張輝放低了聲音：「宋世瀾染了瘟疫，如今就在太平城，宋四公子掌握了局勢，他與我一個屬下交好，他性子軟糯，我已經派了說客，以宋四公子的性子，怕是會為了保宋家，不會出兵。」

「很好……」

趙玥閉上眼睛，將湧上來的血咽了下去。他慢慢道：「按照玉琳琅的話，我吃著她的藥完全是強撐，時日無多了，若我能只護著心脈睡下去，反而能多活一段時間。她今日的藥是應急之用，吃了之後，我就可以清醒過來，但是頂多只有幾日光景。」

「陛下您說這個做什麼？」張輝有些著急。

趙玥握住張輝的手，喘息著道：「北狄整兵需要時間，陳國出兵也需要時間，朕需要這份時間。今日起朕會停藥，你立刻帶著我的密信出去，你去遊說如今各路諸侯，讓他們在衛韞、宋世瀾等人征戰時偷襲他們。告知他們，這三家若真得了天下，便沒他們容身之處。我會給他們每個人一封伐賊的繳書，這天下任何一位諸侯，都可以替我討伐這三家。而你就在燕州好好發展，留下一支勤王的親兵。」

「陛下，你到底是要做什麼！」

「你聽我說，」趙玥喘息著：「我不行了，可我得護著梅妃的孩子。我會和北狄裡應外合夾擊衛韞，讓陳國糾纏楚臨陽，然後引著北狄占領華京。華京是大楚的根本，這些貴族和衛韞，一定會和北狄拼個你死我活。等北狄衛韞這些貴族拼完了，他們再奪回華京的時候，北狄也好，世家也好，衛韞也好，對我兒來說，都不足為懼。」

「到時候，衛楚宋三家經歷大戰，元氣大傷，你再帶著軍隊，聯合著諸侯，誰敢登基，你們就討伐誰。如此糾纏下來，他們無法，只能推我兒登基。」

「陛下……」張輝顫抖著身子，他聽出來，趙玥是在交代後事。

趙玥握住他的手，艱難道：「以長公主的魄力，你只要輔佐她穩住五年，她會想辦法。」

「若梅妃想不出辦法呢？」張輝沙啞開口，趙玥笑出聲來。

「你太小看她了，」他溫柔道：「她是被我折了羽翼，她那樣的姑娘，你若將她放回天空，那就是蒼鷹。你且信她，莫說是當太后，便就是女皇，她都當得。衛楚兩家完了，宋家只要宋世瀾死了，根本不足為懼。北狄重創，陳國元氣大傷，我兒登基後，」趙玥露出笑容：「動盪幾年，便可得太平盛世。」

張輝沒說話，他抓緊趙玥，紅著眼未曾說話。趙玥拍拍他的手，溫和道：「張叔別難過，我死了，只要我孩子還在，就當我活著。」

「張叔，」他抬眼看著他，鄭重道：「我這輩子沒全心全意信過幾個人，您是其中一個。」

張輝張了張唇，看著趙玥，許久後，他終於道：「臣，必不辱命。」

「去吧。」趙玥拍了拍他的肩：「帶著人出去，領著人騷擾昆州。等北狄準備好了，就與北狄夾擊白州。朕有些累了，想去看看梅妃。」

張輝行禮退下，趙玥在太監攙扶下去了長公主宮中。

他去的時候已是夜裡，長公主正坐在鏡子面前貼花。見到趙玥來，長公主嚇了一跳。

這是兩個月來趙玥第一次見她，她與他隔著簾子，她迅速思索著，要如何和趙玥解釋自己的肚子。

趙玥如今已經能看到了，如果說四個月不見身子，那還能說，如今都將近六個月了，卻還不見身子，那……

平日還能在肚子裡塞枕頭，可趙玥這樣的枕邊人，又如何瞞得過去？

長公主思索著，然而趙玥卻是在簾子外面坐下了。

他似乎很虛弱，比平日還虛弱了半分，他就坐在外面，也沒驚擾她，彷彿還是在公主府時，他是她的面首那樣，恭敬守禮。

這樣的感覺讓長公主無端安心了幾分，她垂下眼眸，溫和道：「陛下如今這麼晚來是做什麼？」

「阿姐，」趙玥聲音裡帶著笑意：「我想妳了，想來看看妳。」

長公主愣了愣，他許多年沒這樣喚她了。她沒說話，趙玥也沒進來，他們就隔著簾子，看著簾子外的身影，然而這卻是這麼多年，趙玥覺得最心安的時候。

「阿姐，天下亂了，」趙玥溫和道：「可是阿姐妳別害怕，一切我都安排好了，您只要好好保住自己，保護孩子，就可以了。」

「你安排了什麼？」

長公主迅速開口，趙玥卻沒回答，他的目光有些渙散。

「阿姐，我最近覺得自己身體越來越差，怕是沒有幾日了。」

「你……你別胡說。」

「我經常想起小時候，其實都好多年了，但也不知道為什麼，我最近想起來，總覺得過去似乎就在昨天，離我特別近。阿姐記不記得小時候，有一次咱們出去，別人欺負我，妳就同他們打了起來。妳一個人打好幾個，當時我瞧著，覺得阿姐真厲害。有阿姐在……咳咳……」趙玥低咳，長公主捏緊了手中的梳子，趙玥喘著粗氣，好久後，他終於緩過來，慢慢道：「有阿姐在，我什麼都不怕了。」

長公主沒說話，趙玥癡癡看著她的身影，開口道：「阿姐為什麼不說話？」

「都是舊事，」長公主慢慢開口：「不知該說些什麼。」

「對於阿姐來說，這是舊事，」趙玥低啞道：「對於我來說，這就是一輩子啊……」

一輩子唯一的溫暖，唯一的心安。

哪怕餘生受盡屈辱顛沛流離，哪怕之後榮登寶座貴為天子，卻都深深刻在腦海裡，骨血裡。

長公主不知該說什麼，靜靜看著鏡子裡的自己。

鏡子裡的女人雍容華貴，帶著一貫的豔麗之色，曾經有人說過，她這樣的長相乃克親克友之相，那時候她那把那算命先生打出了華京。然而如今看著這長相，她卻是忍不住笑了。

趙玥有些累了，他慢慢閉上眼睛：「阿姐為何不出來見見我？」

長公主沉默不言，趙玥笑了：「既然阿姐不願見，那就不見吧。」

說著，他撐著身子，往外走去。

長公主回過頭，看見他消瘦的背影，她猶豫片刻，終於還是起身撩起簾子，往外走了出去，叫了一聲：「陛下！」

趙玥頓住步子，看著女子赤腳朝著他跑了過來，猛地撲進他的懷裡。

他微笑起來，替她攏了衣服，溫和道：「終究還是捨不得我。」

長公主抬起頭，靜靜看著他。

他們的目光交織在一起，趙玥看出她眼裡的掙扎，然後聽她開口道：「你親親我吧？」

趙玥沒說話，他的目光落在她唇上。

——「此毒透過體液相交……」

玉琳琅的話閃過他的腦海，他苦笑：「怎麼突然撒嬌了？」

「我想親你，」長公主伸手勾住他的脖子，撒著嬌道：「你是不是不喜歡我了？」

趙玥笑容更盛，然而目光裡卻全是悲涼。他靜靜看著面前的人，沙啞道：「喜歡啊，我一輩子都喜歡妳。」

長公主僵住了身子，隨後她就聽他道：「那妳呢？阿姐？」

長公主沒說話，趙玥溫柔道：「阿姐，妳說聲喜歡我，我就答應妳，親妳好不好？」

長公主呆呆地看著他，他似乎在克制什麼，似乎什麼都知曉。有那麼一瞬間，長公主幾乎要以為，他全部都知道了。不然他怎麼會這麼瞧著她呢？

可若他真的知道了，按照他那樣六親不認的陰狠性子，早將她生吞活剮了。

他眼裡的悲哀藏不住，絕望藏不住，她感覺自己驟然站在了黑暗中，寒風凜冽而來。

她頭一次有了退意，對方笑著道：「說啊，說妳喜歡我。」

長公主閉上眼睛，嘆了口氣：「罷了，先去睡吧。」

說完，她便放開手，轉過身去。然而就是這瞬間，趙玥猛地拉住她的手臂，將她一把拽進懷裡，狠狠親了下去。

他的吻帶著血性，舌頭胡攪蠻纏，極力與她交換著什麼。那吻裡沒有半分與床事有關的情緒，鋪天蓋地全是絕望痛苦，而後她嚐到了血腥味，她推攮他，鮮血從他口鼻中湧出來，她支吾出聲，然而他抓得死緊，最後她忍無可忍，下了狠力，猛地將他推開。

他狠狠撞在門上，砸出悶響，她怒喝：「趙玥！」

「夠不夠……」他似乎在忍受什麼煎熬，反覆道：「夠不夠……」

長公主愣在原地，他眼前開始模糊，手腳無法用力，他在地上摸索著，四肢並行著想去找她。

其實他想忍耐，想裝作什麼都不知道，哪怕知道了，也不要讓她知道，他已經知道。

他想假裝什麼都沒發生，天下太平，可他天生就這樣敏銳，想傻都傻不了。

於是他克制不住，眼淚落下來，他跪爬著摸索到她身前，抓住她的衣角，抬起頭，露出一張又笑又哭的面容，低聲問她：「夠不夠了？」

把天下給妳，把心給妳，把命給妳，把一切妳想要、妳不要的都給妳，夠不夠？

他沒說出口，她卻一瞬間讀懂了他在問什麼，她顫抖著身子，聽他開口問：「阿姐，」

他的眼淚如雨而落，她一生沒見過他這樣哭，他抓著她，像抓著生命僅剩的東西：「這一次，妳有沒有喜歡我？」

幼年在李家避難時，妳有沒有喜歡我？

少年在秦王府當秦王世子，怯生生將精心挑選的小花送妳時，妳有沒有喜歡我？

青年滿門抄斬，在妳府中當面首，盡心盡力噓寒問暖時，妳有沒有喜歡我？

如今將這薄命、這天下、這半生全送妳，這一次，妳有沒有喜歡我？

那是積攢了二十多年綿長又炙熱的深愛，在問完這一句後，他再也支撐不住，一口血嘔了出來，長公主慌忙扶住他，焦急道：「來人！來人！叫太醫過來，陛下嘔血了！」

趙玥死死抓著她，外面兵荒馬亂，等了許久後，太醫匆匆而來，趙玥卻已經在長公主懷裡，澈底沉睡下去。

所有人扶著趙玥上了床，太醫給趙玥診斷開方子，許久後，太醫趕過來同長公主說了情況，長公主哭著點頭，內心卻是放心下去。

所有的症狀與顧楚生說得無異，無論太醫怎麼作，趙玥都再也醒不過來了。

如今只等明天對外宣稱他病重由她接管朝政，然後聯合顧楚生穩住華京，宣衛韞帶兵入京，等她足月臨盆，找個孩子過來，不久後，趙玥就可以病去。

想到「病去」二字，長公主恍惚片刻，她腦海裡閃過趙玥含著淚的臉，她有些茫然，等了許久，所有人退下去，她坐到床邊，靜靜看著趙玥的面容。

其實他老了。

人都是會老的，哪怕他的容貌依舊俊美，眼角仍有了皺紋，和少年時截然不同。她抬手撫摸上他的眼角，好久後，她低聲開口。

「喜歡。」

然而這一聲喜歡太輕太小，誰都聽不到，除了她自己。

而千里之外，西寧國中，衛韞已經混進了侍衛之中，在西寧國君不遠處，跟隨著眾人一起踏上神女廟的臺階。

西寧早已是春暖花開，神女廟中桃花紛飛，誦經之聲沿路而來，衛韞腰佩長劍，跟著所有人一起躬身叩拜。叩拜到一半時，山下突然鬧了起來，儀式中斷，西寧國君皺眉回頭：「山下怎的了？」

「有刺客！」

有人驚叫起來，一時之間，人群亂了起來，侍衛們都衝上去護住主子，衛韞掃了周遭一眼，以這個距離，他想要挾持西寧國君是一件太過困難的事，而且哪怕是此時此刻，西寧國君卻也極其鎮定，一看就不好下手。衛韞臨時立刻改了主意，猛地撲向旁邊一個女子。

這女子看上去就十六七歲年紀，方才衛韞跟了一路，已經確定了對方的身分，應當是西寧的嫡長公主烏蘭。他出手極快，烏蘭又就在他邊上，方才刺客之事早已讓這位少女亂了陣腳，一扭頭便被衛韞一把擒住，扣住了脖子。

烏蘭驚叫道，侍衛們紛紛拔劍相向，衛韞低聲道：「別動！」

「住手！」

西寧國君同時開口，目光落到衛韞身上，片刻後，西寧國君慢慢道：「大楚平王？」

「哦？」衛韞笑起來：「陛下識得我？」

「你的身手很好。」西寧國君神色平靜地提醒他，衛韞笑了笑：「陛下，您不見我，我只能這樣來見您。」

「我不見你，是因為你想說的事，我不會答應。」

「陛下以為我想來說什麼？」

「你們大楚的內戰，西寧不會摻和。」西寧國君面色很淡：「西寧是小國，以大楚國力，不是我們該摻和的事。」

「陛下說得是。」衛韞點點頭：「只是可惜，在下並不是來請您幫助的。」

「哦？」

「相反，」衛韞認真道：「在下是來幫您的。」

西寧國君抬了抬眼皮，衛韞溫和道：「陛下，在下來只說一句，西寧三年之內，必定亡國。」

聽到這話，在場之人都愣了愣，西寧國君面色冷了下去，衛韞放開烏蘭，退了一步，恭敬行了個禮道：「冒犯殿下。」

烏蘭嚇得趕緊退到西寧國君身邊，衛韞抬頭笑了笑，朝著西寧國君行了一禮：「話已經帶到，在下也就告辭了。」

說完，衛韞果斷轉身，朝著山下走了下去，沒有半分留戀。周邊議論紛紛，西寧國君皺著眉頭，在衛韞即將走下山門，西寧國君終於出聲。

「平王，」他抬手道：「請入宮一敘。」

第二十八章　衛家風骨

雖然被衛韞驚擾，但是參拜神女廟這事卻還是要繼續的。宮人將衛韞領進宮中，衛韞下山時，便看見衛秋、衛夏還和侍衛們僵持著，他笑了笑，同旁人道：「這是我侍從，還望海涵。」

禮官點了點頭，眾人才放了衛秋衛夏等人，而後所有人被遣回驛館，只有衛韞跟著禮官進入宮中。

等到下午，西寧國君便領著朝臣回到宮中，在大殿中宣召了衛韞，衛韞入殿之後，恭敬同西寧國君行禮，周邊有若干大臣，應當都是西寧說得上話的人，衛韞掃了一眼，又同這些人見禮。

「方才平王說，三年之內，西寧必亡，是什麼意思？」

「陛下以為，西寧與陳國，國力相比如何？」

「差不多。」

「非也，」衛韞果斷道：「陳國位於西寧大楚相交之處，兩邊對戰多年，卻仍舊能與西寧打個平手，陛下何以認為，陳國與西寧國力相當？」

「你放肆！」有臣子大喝。

西寧國君抬起手，平靜道：「繼續說。」

「陳國貧瘠，卻驍勇善戰，而西寧富足，但十分保守，多年來與陳國交戰，都是以拉鋸戰為主，如果不是洛州楚家牽制陳國，西寧何以有今日？然而如今，趙玥為鼓動陳國出兵牽制楚臨陽，高價收購陳國糧食，一旦陳國缺糧，陛下以為，陳國會做什麼？」

「他要開戰？」西寧國君皺眉。

衛韞平靜道：「陳國少糧，要麼與洛州開戰搶糧，以戰養戰，要麼就是攻打西寧。然而無論哪一個，都與西寧息息相關。」

「好笑，」一位大臣站出來，冷笑道：「陳國打洛州，又與我西寧有何關係？」

「諸位還不明白嗎？」衛韞笑起來：「陳國本就好戰，若他拿下洛州，修生養息之後，西寧何以為敵！唇亡齒寒，諸位難道連這個道理都不懂？」

「王爺說的這些，朕都想過，」西寧國君神色平淡，目光中帶著審視：「可是，朕賭大楚不會將洛州拱手相讓。」

「所以，陛下打的是讓陳國與大楚狗咬狗的主意？若陛下打的是這個主意，那便死了這條心吧。」

衛韞笑起來：「你以為陳國為何會出兵打洛州？就因為沒了糧食？沒糧食來搶西寧不可，為何是洛州？那是因為我們大楚天子，許諾了陳國！若打下來，洛州便是陳國的！陛下您大概不太清楚我大楚國君是個怎樣的人物，他當年為了謀位，勾結外敵陷害臣子害得七萬將士戰死沙場，大楚被北狄一路逼至國都，這樣一個皇帝，您指望他會為了國家尊嚴與陳國死扛到底？」

西寧國君神色動了動，衛韞抬起手，神色恭敬：「若陛下不做什麼，三年之內，西寧危矣！」

在場所有人沒說話，似乎正在思考，衛韞直起身，接著道：「不過，陛下其實也不用做太多的事，我來這裡，還有第二件事。」

「什麼？」

「與國君借糧。」有了前面鋪墊，所有人便明白了衛韞借糧的意圖，衛韞繼續道：「西寧之所以軍隊不濟，主要是因國內少礦。而我管轄之地白州多礦擅兵，此番我向陛下借糧，將以相等數額的兵器相還。」

「陳國不會允許過境……」

「這就是第二件事。」衛韞笑起來：「此番我借糧食，主要是為了穩住陳國局勢。趙玥高價收購糧食想引起糧荒，我便穩住陳國，同時用糧食換取陳國必要物資，哪怕最後陳國依舊開戰，一戰之後，也能保證陳國無力回天。屆時，若陛下有意，可與洛州夾攻陳國，陳國土地，我大楚分寸不要。」

「那你要什麼？」西寧國君皺起眉：「你繞了這麼大一圈，總不至於什麼都不要。」

「馬。」衛韞微笑道：「我要陳國戰馬十萬匹。」

「這就夠了？」

「我與陛下打開天窗說亮話，大楚並非好戰之國，攻打陳國只為牽制趙玥，解我大楚圍困，所以無論如何，我都要借這個糧食。這是天載難逢的機會，失去了這個機會，陛下再想削弱陳國，那恐怕要等下一次，再有一個如趙玥這樣瘋狂的君主了。」
這話讓所有人沉默下來，衛韞靜靜等候著他們的答案。
好久後，西寧國君開口道：「若我不借你糧，你當如何？」
「不如何，」衛韞平靜開口：「那就打下去。生靈塗炭百姓遭殃，打到最後，看誰站到最後。」
「而屆時，無論剩下來的是陳國還是我，」衛韞笑了，盯著西寧國君道：「都不會放過西寧。陛下，西寧想置身事外，可您也要看看，這天下已經亂了，誰又能置身事外？」
所有人震驚地看著衛韞，西寧國君卻是笑了：「你說這樣的話，就不怕朕今日殺了你？」
「殺了衛韞，那陛下是要等著陳國來滅國嗎？」
西寧國君面色不動，好久後，他出聲道：「好。」
說著，他站起來：「我會借你糧食，但你得答應我。你們大楚，要替朕同陳國打第一戰，第一戰後，朕會帶兵突襲陳國後方，皆時大家通力合作，戰後朕取陳國十四城，你可得十萬戰馬、兩萬牛羊，可否？」
「好。」衛韞平靜道：「事不宜遲，我去點糧。」
西寧國君點頭，立刻讓戶部領著衛韞下去。大家都知道這件事必須得快，於是當夜就點出了糧食，由衛韞押送，走衛韞早就讓線人鋪好的管道，一路散糧入陳國。
陳國國小，由水路而去，不到七日，糧食便源源不斷輸入全國。此時趙玥高價收糧，百姓已覺糧食緊缺，衛韞糧食到後，不用錢幣，必須以草藥交換。

草藥、馬匹、糧食種子，這些都能交換糧食和金銀，尤其是戰馬更是價高，於是百姓紛紛入山尋藥，而餵馬的小吏則以肉馬換戰馬，然後換糧換錢。

這些都是在黑市進行，一開始沒驚動朝廷，而底層官員也加入了這樣的商貿之中，不曾向上告發。

如此交易盛行半月後，田間早已無人耕種，山中草藥卻幾乎被採摘一空。而這時朝廷大員下田視察，見田間無人，終於問及原由，得知此事後勃然大怒，立即上報了朝廷。

而衛韞如今同西寧借來的糧食也用得差不多了，他帶人清算著如今的情況，同時聽著信鴿傳來各地的消息。

「陶先生說情況已經穩住了，但如今民心渙散，白州瓊州都需要修生養息，如今可用軍隊和物資不超過十萬。」

「魏郡主那裡如今正在研製新藥，瘟疫雖然控制，但如今按戶籍來看，死亡人數已近二十萬。」

「白州、昆州兩地春耕已經按期進行，請王爺不必憂慮。」

「北狄整兵而來，圖索報稱有二十萬大軍，傾國之力，然而沈佑卻報，只有十萬軍隊逼近白城。」

「華京之中，趙玥病重，謝尚書領兵強闖宮門，顧學士受陛下之邀入宮護駕，斬殺謝氏於宮門外，如今朝中局勢已經由梅妃和顧學士全面控制，朝廷目前已經開始往白州、昆州、華州三州賑災，並收編青州。」

「還有。」對方頓了頓。

衛韞抬起頭，皺起眉：「還有什麼？」

「顧大人說，大夫人胎相不穩，請王爺務必儘快回去，早日入華京，將大夫人帶到安全的地方才是。」

聽到這話，衛韞愣了愣，旁邊衛夏有些擔心道：「王爺？」

「哦，」衛韞收了神色，垂眸道：「沒事，方才沈佑說有多少北狄兵馬在白城？」

「十萬。」

「還有十萬呢？」

話問出來，衛韞猛地睜大了眼，「快，將地圖給我！」

衛夏趕緊將地圖給衛韞遞了上去，衛韞展開地圖，手點在如今趙玥還剩下的城池之上。這些城池都是趙玥死守的，他的手指一路延展過去：「趙玥既然和蘇查達成了交易，這十萬兵一定是趙玥藏了起來。他要拿去做什麼……」

說著，衛韞順著趙玥的手指滑下去，到頂點時，他沉默下來。

趙玥留著的城池，以華京為轉捩點，連結了燕州和邊境。如果趙玥徹底不要祖宗，不要大楚，將北狄軍引了進來，一路占了華京，就可以逆著天守關，同燕州合力一起進攻昆州和白州。

到時候昆州、白州將會被三面夾擊，最重要的是，有了天守關這樣的天險，要攻打北狄，反而要逆著天守關往上打！

趙玥會這麼做嗎？

將祖宗基業，將大楚的都城，大楚的顏面，就這樣交給外敵？

衛韞不自覺握緊了拳頭。

他做得出來。

七萬將士的血，大半江山的淪陷都能成為他帝王路上的一步，三州千萬百姓生死都能成為他制衡政敵的棋子，不過是將都城送出去，又有什麼奇怪？

如果華京送出去了，楚瑜……

想到這裡，衛韞猛地抬頭，正要張口，就聽門「啪」的打開，衛秋大聲道：「王爺，宮裡傳來消息，有臣子將事情報到陳國國君那裡去了！」

「收拾東西，立刻出發！」衛韞提了聲音，高聲道：「什麼都別留下！」

說著，所有人迅速收拾東西，當夜一把火燒了宅子，便連夜衝了出去。

所有暗點連夜搬遷，他們不敢在陳國國境停歇，只能一路狂奔，幾乎不眠不休，終於趕在陳國國君命令發下之前出了陳國。

剛到了洛州，衛韞便立刻趕到楚臨陽的府中，同楚臨陽將事情大概說了一遍。楚臨陽對衛韞所做早有耳聞，他點頭道：「那陳國如今會不會打？」

「我若是趙玥，必在陳國朝廷內部安插了人。如今陳國打不打，端看陳國內部。」

衛韞冷靜道：「不過陳國已經不足為懼，他若要打，你就打。如今我擔憂的，是華京。如果真有我所想，趙玥應該讓自己屬下，引十萬北狄軍攻向華京。」

「那你打算如何？」楚臨陽皺起眉頭：「派兵鎮守華京？」

「不夠。」衛韞果斷開口：「如今宋四公子死守不出兵，宋世瀾生死未卜，你這邊也不能懈怠，隨時要提防陳國，以我一人兵力，同時抵禦北狄邊境十萬兵馬以及趙玥燕州七萬兵馬，還要派兵去救華京，根本來不及。我若調兵，要麼失了昆州，要麼失了白州。這兩州於我而言是根基。」

「那怎麼辦？」楚臨陽有些焦急。

衛韞沉默片刻後，抬眼道：「我會讓魏清平去，儘量救好宋世瀾。若真救不了宋世瀾，我也會儘量說服宋四出兵。然而我們也要做好他們什麼都不做的準備。」

「在此之後，我會去華京，穩住華京。我不知道華京會不會淪陷，但我會盡力保住華京的人。到時候我會讓沈佑和圖索合力牽制北狄十萬軍，秦時月對抗趙玥七萬軍隊。你在這裡等七日，七日後，若陳國百姓不出逃，你就撤兵回去救華京。若陳國百姓出逃，你就立刻攻打陳國，一戰之後，留下一半軍隊，守城即可。到時西寧會從後方偷襲，你不必擔心太多。另一半軍隊來華京，與秦時月、沈佑一起救下華京。」

「那你去華京做什麼？」楚臨陽愣了愣：「你不如在前線……」

「阿瑜在華京。」衛韞平穩道。

楚臨陽沉默下去，片刻後，他慢慢道：「於我們而言，先有國，才有家。」

「於衛韞而言，需得有國有家。」衛韞垂下眉眼：「所有的事我已經布置好，一場戰爭輸贏不是靠某個猛將，衛家那邊有陶泉坐鎮，我很放心，如今唯一危機的，其實是華京。我過去，剛好也能抵擋一陣。」

「我是這個國家的將軍，可是我也是阿瑜的丈夫，」說到這裡，衛韞突然笑起來，他抬起手，有些苦惱道：「我都忘了，我還沒來下聘……」

然而這一次楚臨陽沒罵他，他沉默地看著衛韞，衛韞抿了抿唇，眼裡露出一些懊悔：「是我對不起她。」

「每個人有很多身分，我要對每個身分負責，」衛韞嘆了口氣：「所以，楚大哥，我得過去。」

楚臨陽沒說話，好久後，他終於道：「你去吧。」

「對這天下的責任你盡完了，」楚臨陽露出一絲苦笑：「去好好陪著她。」

「嗯。」

衛韞應了聲，而後他去睡了兩個時辰，連著趕了兩天的路，他完全撐不住。等睡醒之後，他換上軟甲，背上自己的紅纓槍，便一人一馬，連夜出城，朝著華京趕去。

他一連趕路三天，終於到了華京。而就在他趕到那日清晨，北狄的軍隊已到了華京城池之下。

這一日早晨楚瑜醒得早。她如今顯了身子，就莫名覺得自己有些笨拙。她總是犯睏貪睡，每日大半時光都是睡過來的，然而那日卻醒得特別早，甚至能聽到外面的雨聲。

她撐著身子起來，長月走進來，有些疑惑道：「夫人今個兒怎麼醒這麼早？」

「我也不知道。」楚瑜起來後，讓長月給自己梳妝。

長月想了想道：「夫人今個兒打算梳個普通的呢，還是好點的呢？」

「平日不問這個問題，今日怎麼問了？」楚瑜笑起來，長月手挑著她的髮，笑著道：「因為今天夫人起得早，有時間啊。」

「那怎能辜負了妳？」楚瑜懶洋洋道：「妳就梳個好看的。」

長月應下聲來，給楚瑜梳了個複雜的流雲髻，又給楚瑜貼了花鈿，換了一身白色繡水藍色蝴蝶的廣袖大衫，這才去了前廳。

顧楚生在前廳見到她時，微微愣了愣，隨後便笑起來：「今日是什麼日子？」

「醒得早，便有了時間。」楚瑜抿了抿唇，接著道：「今日可有衛韞的消息？」

顧楚生沒說話，他已經習慣楚瑜每日提問，一開始還有些惱怒，如今卻沒了多大的感覺，彷若已經習慣了一般，淡道：「他三天前到了洛州，見了妳哥一面。」

「還有呢？」

「沒了。」

兩人絮絮叨叨吃著飯，所有人都習以為常，等吃完飯後，顧楚生道：「等會兒大夫再來給妳請脈……」

話沒說完，楚瑜便道：「別說話！」

顧楚生愣了愣，隨後便看到楚瑜趴下去，耳朵貼在地面上，隨後道：「有大軍來襲！」

顧楚生頓時變了臉色，然而他依舊鎮定，迅速道：「妳立刻帶著人出城，我去看情況。」說完，顧楚生便疾步走了出去，晚秋趕回去收拾東西，楚瑜從旁邊抽了劍，而後奶娘抱著一個孩子著急趕了過來，焦急道：「夫人，大人說讓我、讓我和您帶著大公子一起出去。」

楚瑜低頭看了那孩子一眼，那個孩子是顧楚生在青州收養的，完全當做自己孩子養著，如今她要走，自然要把能帶上的人都帶上。

楚瑜將劍懸在腰間，穿上軟甲在身上，隨後抱過孩子，便疾步走了出去。

剛到門外，便發現外面已是兵荒馬亂一片，許多百姓匆匆忙忙，大聲叫嚷著：「北狄打過來了！北狄士兵打過來了！」

「快跑啊，他們要屠城的！」

喊聲哭聲交織在一起，楚瑜抱著孩子上了馬車，晚秋便駕著馬車衝了出去。

此刻也來不及想這些士兵到底是怎麼來到這個地方，她抱著手中的孩子，只是思索著，以她如今的身子，必須儘快去一個安全的地方才是。

然而剛出城不久，楚瑜便聽到戰馬之聲，她捲起簾子，發現北狄此次全是騎兵，速度極快，已經直逼華京，與他們馬車的距離不足百丈！

楚瑜臉色大變，她看了此刻橫鋪過去，呈包圍之態的騎兵，尖銳道：「退回去！」話剛出口，羽箭便如雨而落，砸在車上，貫穿了旁邊百姓的身子，楚瑜抱著孩子大喊：「回去！立刻回城去！」

「是！」

長月高吼，晚月駕車，長月護著車身，掉頭就朝著城池而去。懷中嬰兒驚哭出聲，楚瑜抱著嬰兒，輕拍著嬰兒的背部，眼中帶著冷意。

這輛馬車太過迅速的反應引起了北狄軍的主意，蘇查遠遠看著，笑著同旁邊人道：「那馬車裡的女人，我似乎見過。」

「哦？」旁邊撚著鬍子的男人道：「陛下見過的女人，那身分一定很有趣。」

「抓起來！」蘇查大聲下令，數十輕騎立刻直襲而上。

長月握緊了劍，晚月努力打馬，大喊了一聲：「駕！」

他們身後追兵緊追不捨，其中一個衝上前，舉起弓箭，對準了馬頭，將羽箭直射過去！晚月勒緊馬頭，將馬頭死命一偏，勉強躲過了這一箭，然而馬驚叫而起，維持不住原本的平衡，朝著地上摔了過去。

楚瑜感覺身子猛地失衡，她一手撐住車壁，一手抱住孩子，就在馬車即將摔下時，一把長槍猛地擋在馬車車壁之上，對方雙手用力一挑，馬車便重新立了起來。

所有人愣了愣，隨後只聽一個清朗又沉穩的男聲開口：「回去！」

說完，對方便提著紅纓槍朝著追來的追兵衝了過去，馬車重新奔向城池，楚瑜呆呆抱著孩子，還沒反應過來，片刻後，她猛地意識到剛才是誰說話！她撲到窗邊，捲起車簾，隨後就看到那青年。

他似乎瘦了許多，素白的布衣上染了塵土，長髮高束，銀槍在日光下流光溢彩。他且戰且退，在戰場上游刃有餘，對方奈何他不得，便又一波箭雨落下，他疾步退開，足尖輕點落在馬車車頂之上，纓槍在手中輪得密不透風，只聽叮叮噹噹，卻將那箭全部擋了回去！

楚瑜心跳得飛快，她知道那個人就在上面，就在她身邊，護著她！

她都不知道為什麼，明明是歡喜至極，卻有了一種想哭的衝動。她克制著自己，緊咬著下唇，感覺身邊喧鬧逐漸遠去，隨後聽見那青年朗聲道：「關城門！關城門！」

而後城門緩緩關上，馬車慢了下來，過了許久後，馬車停住，周邊也沒了聲音。

她抱著孩子，沒敢動彈，接著就看見馬車車簾被人捲起，露出青年帶著笑意的面容。

「我都來了，還不出來見我嗎？」

他開口，楚瑜呆呆地瞧著他，一時竟覺得平日那些沉穩大氣都不在身上，她克制著自己，一手抱著孩子，一手將手搭在他伸出的手上。

她握著他的手，握得特別緊。她一步一步從馬車上走下來，旁邊衛秋上前道：「夫人，將顧大公子交給我吧。」

楚瑜點點頭，將人交到晚月手裡，隨後走到馬車邊上。

衛韞低頭瞧她，含笑道：「許久……」

話沒說完，對方就猛地伸手，死死抱住了他。

她撲入他懷裡時猝不及防，他甚至被撞得往後退了一步。

衛韞愣了愣，失笑片刻後，他覺得有種莫名的溫情從他心中湧了上來。他抬起手，將人擁入懷中，溫和聲道：「我來了。這次就守在妳身邊，不走了。」

楚瑜不說話。

其實她也知曉，衛韞的身分，說這樣的話不過是安慰。可是不知道為什麼，他此刻這麼說，她就覺得應當信。

他們兩人靜靜擁抱了片刻，一輛馬車疾馳而來，馬車急停在兩人身邊，顧楚生捲起簾子，怒道：「都什麼時候了還在這裡親親我我？送大夫人回府去休息，讓大夫來請脈，衛韞你滾上來，隨我去城樓！」

衛韞和楚瑜有些尷尬，兩人對看一眼，衛韞摸了摸鼻子，輕咳了一聲道：「妳先好好休息，我去城樓了。」

「嗯。」楚瑜應了聲，笑著道：「去吧，別擔心我。」

衛韞也沒耽擱，轉身上了顧楚生的馬車。顧楚生見他上來，冷哼了一聲，閉上了眼睛。

衛韞笑了笑道：「顧兄對我似乎很是不滿？」

「叫顧大人，」顧楚生睜開眼，冷聲道：「誰與你稱兄道弟？」

「其實，自淳德帝至如今，我與顧兄也算出生入死，肝膽相照……」

「你歇一下，」顧楚生抬起手，認真道：「麻煩衛王爺認清楚，我與衛王爺一直以來，是奪妻之仇，利益合作，您要說什麼就趕緊說，千萬別同我說這些有的沒的。」

「好吧。」衛韞苦笑起來：「只是覺得如今國難關頭，想與顧大人攜手並進。」

顧楚生沒說話，他盯著外面，冷聲道：「不用你說，自當如此。」

馬車很快到了城池，顧楚生領著衛韞上了城樓，兩人一面往上走，一面交換著訊息。

等到了城樓之上，面對著浩浩蕩蕩的大軍，顧楚生捏緊了拳頭：「所以你的意思是，這裡的軍隊，有十萬之眾？」

「對。」

「我們還沒有援軍？」

「是。」

「那你來做什麼？」顧楚生怒吼：「你這樣的將才，來同我們一起送死嗎？」

衛韞沒說話，他雙手攏在袖間，平靜道：「你若是我，你不來嗎？」

顧楚生愣了。

他呆呆地看著衛韞。

如若是他，他的妻子、他的孩子，都在這裡，身為一個男人，哪怕是來赴死，他也當來。

衛韞輕嘆一口氣，拍了拍顧楚生的肩膀道：「顧兄，別多想了，且想想如今該做什麼吧。」

說著，他轉過頭，看向外面笑著瞧他的蘇查。

「能守城嗎？」顧楚生捏著拳頭。

衛韞點點頭：「能。」

「能守多久？」

「三天。」

「三天之後呢？」

「依著蘇查的性子，必定屠城。」

顧楚生身子一凜，他震驚地看著衛韞，衛韞神色平靜：「邊境一直都是如此。」

北狄軍之殘暴，素來如此。

投降可以保住城池，可換來的就是屈辱和蹂躪。拼死抵抗，要麼贏，要麼死。

這是華京、是被邊境那人肉築起的長城所保護著的人永遠體會不到的殘忍。然而此時此刻，這傳說中一直是人間天府的華京，這風流了幾百年、醉生夢死了幾百年的華京，卻得面臨著這樣的屈辱。

猶如一個貌美女子，要麼以死保了忠貞，要麼脫了衣服，換取苟且偷生。

顧楚生腦子裡一片混亂，聽見下面的人道：「衛韞，你也來了？」

「蘇查，」衛韞笑起來：「沒想到啊，你居然能出現在這裡。」

「受楚帝相邀，在下卻之不恭啊。」蘇查大笑起來：「只是怎麼，我來了，你們關著城門做什麼？你們皇帝都讓我進去坐坐，你們擋著我，是要違背你們皇帝的意願嗎？」

「陛下的意思，我們自然不敢違背。」

衛韞輕笑：「可是，我們陛下怎麼可能請你過來呢？為了來我華京混口飯吃，」衛韞猛地提了聲：「北狄人都他媽這麼不要臉的嗎？」

「混帳！」蘇查怒喝。

北狄軍中不知是誰用北狄語怒喊：「殺衛韞！」

「殺衛韞！」

「殺衛韞！」

十萬人手持兵刃，整齊劃一高吼起來。衛韞站在城池之上，單腿踩在城牆上，聽到下面震天的殺喊之聲，面上卻毫無畏懼，大笑道：「十幾萬人喊著要殺爺，不就是因為爺砍得你們站都站不起來嗎！今日人多了，是不是才裝著狗膽，敢當著小爺面來喊那麼幾句了？」

「你少說兩句。」顧楚生皺起眉頭：「怕破城後他們不殺你嗎？」

衛韞笑意盈盈看過去：「我巴望著呢。」

爺。」

下面被衛韞罵得一片騷動，蘇查冷笑：「衛韞，你等著，我一定要讓你跪下來，叫我爺爺。」

衛韞提著長槍笑而不語，蘇查被他連回應都不給搞得怒火燃起，正要罵什麼，旁邊張輝道：「北皇，您答應過我們陛下的。」

蘇查深吸一口氣，擺了擺手道：「我知道，你別嘰嘰歪歪。」

說著，蘇查抬頭道：「衛韞，我給你們一個機會，你們將梅妃和楚帝交出來，我可以饒你不死。」

衛韞輕笑：「我大楚天子說交就交，你當我衛韞是吃素的呢？」

「衛韞，」張輝駕馬走上前：「我知道你自己不在意生死，楚瑜你也不在意嗎？」

衛韞和顧楚生神色一動，張輝平靜道：「將陛下和長公主交出來，我們可以讓你看著楚瑜出城，我保楚瑜不死。」

「戰爭是男人的事，張輝抬眼看向衛韞：「你一定要把妻兒都搭上嗎？」

衛韞沉默著，許久後，卻是顧楚生道：「你如何保證楚瑜安全離開？」

「顧大人若不放心，可以跟著楚瑜一起出城。只要將陛下和梅妃交出來，你們都可以走。」

「我也可以？」衛韞嘲諷。

張輝點頭：「自然。」

然而，一個棄城逃亡的將領，就算逃回去，這一輩子的聲譽也就完了。

顧楚生和衛韞互相看了一眼，片刻後，衛韞道：「我們商議一下。」

「一天為限。」張輝冷靜道：「一天之後，我們攻城。」

衛韞冷下臉，他果斷走下城去。

顧楚生跟著下了城樓，跟在他身後的道：「我們去找長公主商量一下……」

「無需商量。」衛韞走得極快：「明日挑選精兵，你護著他們出城。張輝是趙玥的走狗，只要你們控制住趙玥，看在趙玥和梅妃肚子裡那個『孩子』的份上，他不敢動你們。到時候你將楚瑜送……」

說到這裡，他頓了頓，一時之間，他發現，天下之大，他竟然不知道要將楚瑜送到哪裡，才是安穩的。

顧楚生也知道他停頓下來的原因，片刻後，他嘲諷笑開：「我該將她送到哪裡去？」

「白州被北狄所擾，昆州與燕州僵持，瓊州、華州在宋四手裡早晚被人吞噬，洛州被陳國拖著，其他各州諸侯林立，戰火紛亂，我想讓她躲，又能躲到哪裡去？」

衛韞沉默著，好久後，他抬眼看著顧楚生：「顧楚生。」

「嗯？」

「那就去白州。你們在白州等著，」衛韞神色平靜：「我已經安排好一切，這天下總有太平的一日。」

他與趙玥，都給各自珍愛的那個人留下了退路，無論是他贏還是趙玥贏，這天下終究會有一個結局。

「那你呢？」顧楚生看著他：「明日你會與我們一起出城嗎？」

衛韞提著長槍，他似乎愣了愣神，片刻後，他笑起來：「不了。」

他溫和道：「我太瞭解蘇查了。他恨我入骨，我若走了，他一定要拿華京的百姓洩憤。我不能走。」

顧楚生沒說話，許久後，他終於道：「你會死。」

衛韞面色不動，他發著愣，也不知在想什麼。片刻後，他吶吶發出了一聲：「啊，我知道。」

他來時就知道，也做好了準備。

「可是，哪又怎麼樣？」衛韞笑了笑：「我有得選嗎？」

他一輩子的路，哪一次，又有得選？

他轉過身，笑著道：「顧兄，走吧，我們先回府好好吃一頓吧。」

顧楚生沒說話，衛韞抬手去搭顧楚生的肩，彷彿哥倆好道：「顧兄，以後要麻煩你……」

「放開。」顧楚生抖開他的手：「我不和你稱兄道弟。」

「顧兄……」

「滾！」

「好吧，」衛韞嘆口氣：「顧大人，」他言語裡有了哀求：「我有一個忙，想要你幫一下。」

「嗯？」

「明日阿瑜就要出城了。」

「嗯。」

「我想，今晚能不能在顧府舉行一次喜宴。」

顧楚生頓住了步子，衛韞目光裡帶著幾分柔和：「我一直同她說要娶她，我怕來不及。」

顧楚生抬眼看他，衛韞眼中帶著笑意：「就想著，能不能先和天地說一聲。人一輩子做過什麼事，總該有個儀式，有個見證。」

「你當我顧府是什麼地方？」

顧楚生聲音裡帶著冷意，衛韞沒說話，他就靜靜看著他。

那一瞬間，顧楚生不知道為什麼，驟然想起上輩子，衛韞上輩子和如今的他截然不同。上輩子的衛韞喜歡穿黑衣，如今的衛韞喜歡穿白衣。上輩子的衛韞走到哪裡，都是人間地獄；如今的衛韞站在那，便是春暖花開。

可是從未變過的是，無論是上輩子，還是這輩子，這個人都沒有放棄過大楚，放棄過百姓。

他其實完全可以走，走了也不過是留下一個罵名。

但一輩子罵名又算得了什麼？上輩子多少人罵他殘暴，不也一樣過了嗎？名聲哪裡比得上性命，這一城百姓，又與他有什麼干係？

他想叱責他，然而卻在對上對方清明的眼時，什麼都說不出口。

他有些不忍去看對方的眼睛，摔袖轉身，然而走了幾步後，他終於頓住步子，冷著聲道：「我讓人問問阿瑜。」

說著，他疾步走上前，衛韞愣了愣，隨後高興笑開。他跟上去，歡喜道：「顧兄，我便知你是個好人……」

顧楚生回了家裡，他終究問不出口那句話，他讓人去問了楚瑜，楚瑜正在屋中聽著人報著外面的情景，便看見顧楚生的管家走進來，面上有些哭笑不得道：「大小姐，我家大人讓我來問問您，今夜想為您辦一場婚事，您方便嗎？」

楚瑜愣了愣：「婚事？」

「是，衛王爺托我家大人來問，今夜為兩位舉行一場婚禮，雖然簡陋些，但也是大傢伙做個見證，王爺問您願不願意。」

楚瑜反應不過來，她呆呆地看著管家，她本想問為什麼要在此時舉辦婚事，然而卻又驟然想到外面的十萬鐵騎。

衛韞要在此時辦婚事，怕是存了和華京共存亡的心了。楚瑜倒也不以為意，她明瞭過來後，低頭笑了笑，隨後道：「好。」

楚瑜應下來，大家立刻張羅起來。顧楚生本就準備了嫁衣婚服，臨時便讓人拿了出來。

衛韞換著衣服的時候，顧楚生站在他身後，衛韞小聲道：「顧兄，這件衣服是不是小了一點……」

「我的尺寸。」

顧楚生冷冷開口，衛韞愣了愣，抬起頭看著顧楚生，意味深長。

顧楚生譏諷一笑，轉過頭去，

等衛韞換好衣服後，顧楚生道：「一切從簡，拜個天地喝個喜酒就算完事了。」

衛韞笑意停不下來，應聲道：「這事兒我沒經驗，聽顧兄的。」

顧楚生往前走著的腳步微微一頓，轉過頭來，冷著聲道：「把喜服給我脫下來！」

「我錯了，」衛韞趕緊賠笑：「我沒其他意思，我錯了。」

顧楚生冷著臉回頭，領著衛韞一路往前去。走到庭院中央時，他看見楚瑜早早候在那裡，她穿著合身的喜服，戴著蓋頭，靜靜站立在那裡，就帶著一種讓人安定的力量。

衛韞靜靜看著那個人，突然不敢上前，還是顧楚生開口道：「怕了？」

衛韞回過神，笑了笑道：「情怯而已。」

說著，他走上前，來到楚瑜身前。

楚瑜手裡握著紅綢，他握起紅綢的另一端，楚瑜知曉他來了，忍不住顫了顫。

籠統算起來，這是她第三次嫁人，然而直到這一次，她才第一次感受到那種，歡喜的、圓滿的、帶著期許和說不清的溫柔的情緒。在這個人握著紅綢的那一刻，她就覺得，這一輩子，該是這個人了。

第一次嫁人的時候，她還年少，莽莽撞撞喜歡一個人，也不知道對方喜不喜歡自己，於是成婚的時候，忐忑不安，又茫然又高興，還帶了些擔憂和恐懼。

第二次嫁人的時候，她心死如灰，那一場婚於她而言，更多只是責任和救贖，她彷彿是完成任務，又從那場任務裡，體會出幾分溫暖和善意。好像對世界澈底絕望的人，從一片廢墟中，扒拉出那麼點可憐的顏色。

而這一次嫁人，她終於明白，一份喜歡，一場愛情，一段姻緣，應當是什麼樣子。

她跟隨著他的腳步，他如同當年的衛珺一樣，小心翼翼走在她前面，似乎隨時怕她摔倒一般，走過門檻，他還要刻意停下腳步，小聲說一句：「小心腳下。」

然後扶著她，走進屋中。

楚瑜低著頭，她在蓋頭下看不見衛韞的模樣，卻猜想著這個人必然同自己一樣，嘴角的笑意壓都壓不住。

在場沒有兩人的高堂，於是他們就對著前方的位置虛虛一拜，然後又轉過身，拜了天地。等到夫妻對拜，衛韞靜靜看著她，好久後，鄭重彎下腰來。兩人額頭輕輕碰了一下，都僵住身子，隨後衛韞笑起來，他的笑聲傳到楚瑜耳裡，她也忍不住笑了。

而後長月、晚月扶著楚瑜進了洞房，其他人就拖著衛韞去了酒桌。

一群青年男人喝喝鬧鬧，就連顧楚生這樣的人，都忍不住多喝了幾杯。

所有人都有些醉了，衛韞卻還是很清醒，顧楚生坐在他對面，眼裡有些迷蒙，他見大家都醉了，自個兒突然開口：「其實我兩輩子都沒想過，我會參加她的婚禮。」

衛韞抬眼看他，顧楚生撐著頭，低低笑起來：「我一直以為，我和她的結局，要麼白頭偕老，要麼不死不休。」

衛韞沒有言語，顧楚生有些迷蒙：「衛韞，你好好待她。」

「顧兄，」衛韞笑了：「這句話，當我同你說才是。」

顧楚生愣了愣，他抬眼看向衛韞，衛韞面上帶著笑容，舉起酒杯來：「顧兄，」他認真道：「日後好好待她。」

顧楚生靜靜看著衛韞，衛韞迎著他的目光，溫和道：「你與她只是錯過而已，沒在最好的時候遇見對方，那時候你和她都年少，日後好好珍惜彼此，會好的。」

說著，衛韞將酒一飲而盡。

「衛韞，」顧楚生終於開口：「你同我說這些話，若他日你回來了，你會後悔。」

衛韞笑著看著顧楚生：「我有什麼好後悔？顧兄，其實喜歡一個人吧，」他想了想，目光裡帶著笑意：「她喜歡過我，這就夠了。最重要的是她過得好。我若能回來，她真要選你，我也祝福。」

說完，他擺了擺手：「春宵一刻值千金，我先回屋去了。」

顧楚生沒說話，他看著衛韞踉踉蹌蹌離開，好久後，他將杯中酒一飲而盡。

等到了新房門口，衛韞甩了甩頭，抬手聞了聞自己，又哈了口氣，直到旁邊傳來侍女的笑聲，他才覺得有些尷尬，推門走了進去。

房間裡就坐著楚瑜，楚瑜頂著蓋頭，她似乎有些緊張，手不自覺抓緊了衣服。看見楚瑜緊張，衛韞竟覺得放鬆了許多。

成婚這件事，他是頭一遭，而楚瑜卻已經是經驗豐富了。第一次接吻時，楚瑜笑話他的樣子他還記得，如今便怕失了顏面。

他將同別人問來的流程在心中默念了幾遍，定了定神後，走到楚瑜面前，按著那些人說的，進來要先問問新娘子餓不餓，這才顯示體貼。

他輕咳了一聲，溫和道：「妳餓不餓？」

聽到這話，楚瑜「噗嗤」一聲笑了出來。

衛韞僵了僵，有些不自然道：「妳笑什麼？」

楚瑜不好告訴他，當年顧楚生進來第一句話也是這個，後來同他招供了，是別人告訴他進來這麼說顯得老練的事。於是她搖搖頭，小聲道：「沒，就想到些好笑的事。」

衛韞有些不自在地應了聲。過了片刻後，他也忘了到底要做什麼，便乾脆走過去，僵著聲道：「那……我掀蓋頭了？」

「嗯。」楚瑜低低應了聲。

衛韞抬手握在蓋頭上，他突然有了幾分害怕，也不知道這份害怕來源於哪裡，好久後，他深吸口氣，才緩緩掀開蓋頭。

蓋頭下露出楚瑜的面容，她畫了淡妝，垂著眼眸，長長的睫毛輕輕一搧，彷彿刷在人心上。

衛韞愣了愣，楚瑜久久不見他回應，便抬起頭，有些好奇道：「怎麼了？」

衛韞沒說話，就靜靜看著楚瑜。

此刻的人眉眼彎彎，和當年一身嫁衣駕馬攔了一支軍隊的女子有些許相似，又大為不同。她眼裡汪了溫柔的秋水，帶著歡喜和明朗，他呆呆地看著她，好久後，又聽她問：「怎麼不說話了？」

「阿瑜……」他單膝跪下來，將頭埋在她身前，低著聲音道：「我終於娶到妳了……」

楚瑜聽著他的話，內心澈底軟了下去，她抬手扶在他髮間，溫和道：「抱歉，讓你久等了。」

「不久，」他搖著頭，像個孩子：「妳來就好了，多久我都能等。」

楚瑜低笑，衛韞靠著她：「我從十五歲……聽見妳在鳳陵城時候，我當時就想……我大概是喜歡妳了。」

「我一直在等，一直在想，一年又一年。」

「還好，」他閉上眼睛：「我等到妳了。」

「要是等不到呢？」楚瑜忍不住問。

他低笑起來：「等不到，便等不到吧。」

「不是每份感情都要被回應，」衛韞聲音朦朧：「我不小了，我明白這個道理。」

楚瑜沒說話，她沉默著，感受這一刻，整個房間裡的平靜和安定。

他們喝了交杯酒，兩個人就躺在床上。楚瑜有孕，也做不了什麼，於是他們就靠在一起，靜靜說著話，說著說著，又親在一起，親了一會兒，又繼續說。

直到衛韞睏到不行，沉沉睡去。

他從陳國趕到洛州，又從洛州直奔華京，他從頭到尾幾乎沒好好睡過。此刻睡在她身邊，終於感覺自己安穩下來，便抑制不住睡了過去。

楚瑜靜靜看著他的睡顏，他在她面前，似乎一直像個少年一般，乾淨澄澈，毫無防備。她靜靜看著衛韞的面容，許久後，她低下頭，輕輕吻了吻他的額頭。

他們似乎很少說愛，因不必言說。

第二天清晨，楚瑜還在睡著，衛韞便醒了過來，他輕輕起身，到了院子裡，顧楚生已經等在那裡。他領著衛韞上了馬車，平靜道：「我已經通知了長公主，長公主在宮中，我們過去，等她安排好所有事，我送她和楚瑜出去。」

衛韞點點頭，跟著顧楚生進了大殿之中。大殿之上，長公主坐在高位上，與周邊大臣一一囑咐著什麼。那些臣子有些年輕，有些年邁，面上卻都十分堅定，沒有絲毫慌亂之色，似乎外面鐵騎對他們沒有半分影響。

顧楚生微微一愣，有些詫異道：「諸位大人……」

「我等前來聽長公主吩咐，」為首的老者開口，正是內閣首輔高文：「無論生死，我等都將輔佐陛下、皇子，與華京共存亡。」

顧楚生沒說話，這些同僚他是十分熟悉的，這些人上輩子同他鬥，這輩子同他鬥，鬥了足足兩輩子。

如今在場的，許多是高文的門生，也有許多是他的人，朝堂之上，他與高文呈龍虎之勢已久，許多人都知道，未來若他不死，必將接了高文的位子。

他靜靜看著高文，他印象中，高文一直是個不太討喜的老頭子，然而此刻站在這裡，這個老者卻沒有一絲退縮。

顧楚生沉默片刻後，終於道：「張輝領人在外面，說要接梅妃和陛下出去。」

「張輝這賊子！」高文怒罵。

衛韞譏笑：「誰是賊子，還不明白嗎？」

這話讓在場的人都沉默下來，許久之後，高文淡道：「縱然陛下無德，那也是陛下，哪怕有廢立之事，也得保住皇室血脈。」

「張輝不會動我與陛下。」長公主淡然道：「此番他來，便是想接走我們。諸位，華京此次被困，怕本就是陛下一個局。用華京為祭品，讓北狄平了此次諸侯之亂，各位大臣還不明白嗎？」

在場都是九曲玲瓏心的人物，聽著長公主如此直白開口，哪裡還能有不明白的道理？高文嘆了口氣，閉上眼睛，哀嘆：「祖宗基業啊！」

「高大人不必再感慨了，」顧楚生道：「當務之急，是先送梅妃和陛下出去，保住皇室血脈，日後再做打算。」

說著，他抬頭看向周邊眾人：「誰願與我一起護送梅妃和陛下出去？」

大家看著顧楚生，一言不發。顧楚生皺起眉：「出去才是活下來，你們死守在這裡，有什麼意義？」

「顧大人，」高文嘆息道：「您帶著陛下和梅妃先走吧。我們想留在這兒。」

「一個國家該有這個國家的氣節，北狄可以攻城，也可以殺了我們，可我們不能毫不抵抗，就將國都拱手讓人。我等將在這裡，與眾將士和百姓死守華京。」

顧楚生愣了愣，他未曾想過高文會說出這樣一番話來。

「高首輔……」

「顧學士不必再說，」高文擺了擺手：「武將是國家的熱血，文臣是國家的氣節，保護陛下和皇子是顧大人應當做的，我等無用之人，就留在這裡，陪著百姓和華京吧。」

「可是……」

「顧大人。」

長公主出了聲，止住了顧楚生急切出口的話語，她抬起眼，冷聲道：「可都準備好了？」

「好了。」顧楚生的話有些虛浮，他似乎還想說什麼，便見長公主站起來，她身著金鳳華裳，一步一步從高臺之下走下來，而後她轉過身，朝著那些臣子深深作揖道：「諸位大義，臣妾謝過。」

「梅妃娘娘，」高文眼中帶著欣慰：「請好好保重。」

「高首輔放心，」長公主應聲道：「我會照看好陛下和皇子。」

說完，長公主轉身道：「走吧。」

得了這一句話，所有人便跟在長公主身後，走出大殿。

楚瑜是被晚秋叫醒的，這時候晚秋已經收拾好所有東西，她搖醒了楚瑜，溫和道：「夫人，王爺讓您收拾行李，去宮門前等他。」

楚瑜愣了愣，有些不明白道：「王爺可說什麼了？」

「未曾。」晚秋垂下眼眸。

楚瑜笑了笑：「那便去吧。」

她讓晚秋給她梳了婦人的髮髻，戴了金色的髮簪，面上笑意盈盈，彷彿是個再普通不過的新婦。

她坐在馬車裡，搖搖晃晃去了宮門外，她在宮門外候了一陣子，便聽宮門開了。她歡喜地探出頭，才發現來的並不是衛韞一人。

一群人浩浩蕩蕩，送著長公主和轎攆中的趙玥出來，而顧楚生和衛韞一左一右，攏袖跟在長公主身後。

長公主到了門口，帶了趙玥上了龍攆，所有人跪了一地，而後顧楚生和衛韞走了過來。

「這是做什麼？」楚瑜直覺不對，抬眼看向衛韞。

「等會兒，顧楚生先護著妳和長公主出去。」衛韞笑著，「妳別害怕。」

楚瑜一把抓住他，盯著他的眼睛：「說清楚。」

衛韞垂下眼眸，旁邊顧楚生淡道：「張輝也在門外，指名要送趙玥和梅妃出去。作為交換條件，就是可以再放妳出去，順帶帶上幾個人。」

「我們要帶幾個人？」

「我。」

「還有呢？」

顧楚生沒說話，他回過頭，掃了站在長公主後的臣子一眼，平靜道：「沒人跟我走了嗎？」

沒有任何人說話，哪怕是奴婢，此刻都不敢上前。

顧楚生面無表情轉過身，看著楚瑜道：「沒有。」

楚瑜呆呆地抬頭，看向那目光堅定的每一個人。片刻後，她目光落回衛韞身上，不可思議道：「你也不走？」

衛韞沉默著，楚瑜猛地提高了聲音：「你們都不走，為何就要我走？」

「阿瑜，」衛韞伸手握住她的手，溫和道：「想想孩子。」

楚瑜沒說話，她紅著眼盯著他：「你昨日才同我說過，這次回來，你守著我，便不走了。」

衛韞的手微微一顫，楚瑜的眼淚掉下來，她盯著他，沙啞道：「你昨日才同我成親，才同我在一起。如今，如今大楚國都，大楚根基被困，你要留在這裡，我明白，可你為何要我走？」

說著，她往馬車下掙扎著下去，怒道：「我不走，我憑什麼……」

話沒說完，衛韞便猛地抱緊了她。

他的懷抱讓她安靜下去，他死死抱住她，無聲傳達著某種力量。

「阿瑜，我可以把我的命留在這裡，可妳比我的命重要。」他沙啞道：「活下去，妳不是一個人，妳還有孩子。妳別怕，我會想辦法活下來。」

他說這話時，微微顫抖，似乎終於下了什麼決定，他閉上眼睛，沙啞道：「我會不惜一切代價活下來，妳放心。」

楚瑜愣愣地張著眼睛，聽著衛韞說著話：「妳得回去，妳父母需要妳，妳兄長需要妳，妳妹妹需要妳，衛府需要妳，我母親需要妳，孩子需要妳，衛家那麼多將士需要妳。阿瑜，活下去！」

「衛韞……」她顫抖著聲：「你怎麼可以……怎麼可以這樣？」

死很容易，可活下來，卻總是比死難太多。

然而他卻去做了最容易的事，讓她做最難。

衛韞知道她的意思，他輕輕笑了。

「阿瑜，信我。」

聽到這話，楚瑜閉上眼睛。

信他。

除了信他，又有什麼辦法？

「衛韞，」她咬牙開口：「你要是不回來，」她聲音低下去：「我就挖了你的墳，鞭了你的屍，將你挫骨揚灰，這輩子，下輩子，都別再相見！」

衛韞愣了愣，片刻後，他溫和道：「好。」

說著，他放了手，替她將頭髮挽到耳後，輕聲道：「去吧。」

楚瑜僵著身子，回到馬車裡。她死死抓著自己的裙子，咬緊了唇。顧楚生見所有人都安置好了，便踏上馬凳，走了兩步，他還是沒有忍住，轉過頭彎下腰，壓低了聲道：「你要怎麼辦，且先和我吱一聲？這城裡將近百萬百姓，你們要怎麼辦？」

衛韞動了動眼眸，顧楚生低喝：「說話！」

「降……」

衛韞擠出這個字，顧楚生愣了愣，衛韞慢慢睜開眼睛，定了心神：「土地不是國，朝廷不是國，唯有百姓，這才是國。」

顧楚生震驚地看著他，旁邊傳來別人的催促聲，顧楚生愣愣地走進馬車中，他坐在楚瑜對面，馬車朝著城門緩慢而去，楚瑜聽見城門吱呀打開的聲音，終於再也忍耐不住，嚎哭出聲。

顧楚生呆呆地看著她，他捲起簾子，探頭看出去，卻是衛韞領著數百朝臣，站在城門之內，手持笏板，靜靜目送著他們。

顧楚生說不出話，那一瞬間，他腦海中閃過無數畫面，那些曾在朝堂上與他對罵撕咬的政客，青州醫棚裡遍地屍體……

他一生見過戰爭，經過災難，他看過生靈塗炭，也見過太平盛世，當城門緩緩關上，那些人猶如記憶畫面慢慢褪去時，顧楚生猛地驚醒。

「我不能走……」

他顫抖著聲，楚瑜愣愣抬頭，她看見顧楚生轉過頭來，靜靜看著她。

「阿瑜，」他突然笑了：「其實我以為，能帶著妳走，衛韞能死，我會很高興。」

「我這一輩子執著是妳，我以為有機會得到妳，我會覺得人生圓滿。可是阿瑜，我突然發現我做不到。」

「顧……楚生？」楚瑜愣愣開口。

顧楚生靜靜看著她：「阿瑜，妳一定很喜歡他吧？」

楚瑜沒說話，然而那滿臉淚痕卻將她的心思昭告無疑，他抬手抹開她的眼淚，溫和道：「上輩子他是大楚的脊梁，大楚的氣節。這輩子，他也當是如此。」

「阿瑜，」他笑了笑：「我得回去了，妳好好保重。」

說完，他像少年一樣，低頭猛地親了她一下，隨後便叫停了馬車，在眾人驚詫的神色下，跳下馬車，朝著城門奔去。

「我不去了，」他朗聲道：「陛下，娘娘，保重！」

他揮著手，隨後轉過頭，朝著城門急衝而去。

顧楚生入城的時候，所有人已經上了城樓，衛韞在城樓之上，目送著龍輦領著馬車緩緩離開。

風吹得他白衣獵獵，他聽見急促的腳步聲，從容轉過頭來。

而後他便看見氣喘吁吁的顧楚生，他緋紅色的官袍在陽光下豔麗非常，俊雅的眉眼間帶著焦急。

衛韞輕輕笑開：「你回來做什麼？」

「我知道你要做什麼，」顧楚生抬手，擦了一把額頭的汗，喘著氣道：「可是這件事你做不好，這件事，只能我來做。」

「你以為我要做什麼？」衛韞笑容裡帶了苦澀，顧楚生靜靜看著他。

「降臣你不能做。」他平靜開口：「衛韞，你若都折了風骨，你讓大楚百姓未來要仰仗誰？」

「誰都能彎腰，你不能。誰都能叛國，你不能。」

「衛韞，」顧楚生聲音裡帶著笑意：「這千古罵名，我來抗。」

衛韞沒說話，輕輕笑起來：「你不是一直想同她走嗎？兩輩子的夢想，就這樣放下了？」

「人這一輩子，」顧楚生有些無奈：「也不是只有愛情。我喜歡過她，」風將他的聲音吹散在空中：「這一生，已無遺憾。」

喜歡過這樣好的人，這一生，已無遺憾。

許多人一輩子，連一次真正的喜歡都不曾有過。

第二十九章　不負山河

衛韞聽著顧楚生的話，許久沒有言語。顧楚生上前一步，繼續道：「蘇查自大暴戾，喜聽讒言。我綁了你獻給他，再同他談判，救兵來之前，儘量穩住他，不要出現屠城之事。」

衛韞沒說話，顧楚生有些著急：「這件事誰做都不適合，只有我適合，大家都知道我本就不是什麼好人……」

「可之後呢？」衛韞突然開口，顧楚生愣了愣，衛韞定定看著他：「華京早晚要回來，等到時候，你作為一個降臣，你知道要面對什麼嗎？你要面對史官辱罵，要遺臭萬年，大家會比對待北狄人更殘忍對待你，他們會辱罵你、折辱你，甚至殺了你。」

顧楚生聽著他說這些，眼神慢慢鎮定下，等他說完，顧楚生轉頭看向外面等待著的鐵騎，笑著道：「那又怎麼樣呢？總有人要做這件事，我總不能看著高文那些人，帶著這滿城百姓去死。他們成全了忠君愛國之名，可百姓呢？」

「我敬佩他們的氣節，」顧楚生收回眼神，平靜道：「可是衛韞，我經歷過太多了，我有不起他們那份信仰和執著，於我而言，我只想讓百姓好好活著，能多活一個是一個。我在青州時，曾看過許多人死在我面前，天災我管不了，至少這次人禍，我得擋住。」

「你同我想的一樣，你說降的那一瞬間，不就是這個意思嗎？」顧楚生笑起來：「可是衛韞，你是衛韞，你怎麼能降？我降了，那是理所應當。你若降了，對於這天下、這百姓而言，就意味著大楚完了。」

「如果那個被稱為大楚戰神，江北衛七郎的那個男人都降了，你覺得，還有多少人能有戰意？有多少人能撐住不降？」

衛韞靜靜看著顧楚生，許久之後，他抬起手，顧楚生落在他抬起的手掌上，聽他道：「顧楚生，不知道這時候來交你這個兄弟，晚不晚。」

顧楚生兩輩子混跡於文臣之中，頭一次聽到這樣的話，片刻後，他笑起來，抬手握住衛韞的手：「也不晚。」

「顧楚生，」衛韞朗笑：「來年春日，我請你喝酒。」

顧楚生應聲：「好。」

「來年春日，與君共飲。」

兩人商議了一會兒，衛韞給顧楚生簡短部署了後續的事宜。

「北狄苦寒，其實沒經過什麼奢靡，到時候你極盡阿諛奉承之力，亂了他們的心智。他們常年以鷹傳信，用一種引鷹香訓練，到時候你可以讓人在城外用這香將鷹引下來，篡改了他們的消息內容，讓他們以為趙玥讓他們等著消息。」

「北狄人好酒豪爽，你讓幾個會說話的士兵專門去和守城門的士兵套近乎，等援兵來的時候，最好將守城的士兵給換成我們的人。要是換不了，就暗中布置軍隊，直接殺了。」

「北狄不擅長巷戰，一旦援軍入城，他們肯定四處逃竄，你要讓百姓準備好，一旦發現北狄兵千萬不怕，巷戰之中，他們未必有平民百姓強。」

衛韞語速極快，他對北狄十分瞭解，顧楚生迅速記下來，沒多久，旁邊傳來了戰鼓聲，顧楚生神色冷下來，他拍了拍衛韞的肩道：「我下去了。」

衛韞應了聲，顧楚生匆匆下了城樓，外面傳來喊殺之聲，衛韞手提長槍，靜候在城樓之上。

顧楚生跑到城樓下，高文領著數百臣子，手持笏板，梗著脖子等著城破的時刻。

顧楚生衝去，朝著旁邊守城的侍衛大聲道：「開城門！」

「什麼？」守衛愣了愣。

顧楚生大吼：「開城門，降了北狄！」

「顧楚生？」高文聞言，猛地站起來，怒道：「你這豎子說什麼？」

「我說，」顧楚生轉過身來，死死盯著高文：「開城門，降北狄。」

「混帳！」高文舉著笏板衝上前來，揚手就要打。

顧楚生一手抓著他的手，神色哀切：「高大人，城守不住的！」

說著，他轉過頭去，同旁邊人吩咐到：「將百姓都叫出來，要活命的，全都跪到這裡來！」

旁邊沒有人敢動，顧楚生閉了閉眼，睜開眼睛，靜靜看著高文，開口道：「高大人，此刻打到最後，還是躲不過城破，城破之後你以為是什麼？北狄對抵抗的城池從來婦孺不留，你不知道嗎？」

「那又如何！」高文嘶吼：「我等與華京共生死！」

「你要死你問過百姓要死嗎？」

「高大人，」顧楚生咬著牙：「我不懼死，在座大楚臣子，哪一位懼死？若是懼死，方才跟著長公主出城不就可以了嗎？可是我們死了，有任何意義嗎？人活著才有未來，我們今日降了，等日後衛韞的軍隊來救華京，裡應外合才是正道！你今日帶著大家一起死，死有任何價值嗎？」

「我們是臣子，我們由百姓供養，為國而生為國而亡是我們責任，可國不是一座城一個帝王，千萬百姓，這才是國啊！如今百姓還活著，國還未亡，我們不好好護著他們，一心求死做什麼？」

這話讓許多人露出茫然的神色，顧楚生放開高文，轉頭同所有人，大吼：「大家為臣做什麼，為官做什麼？不就是求盛世清明四海太平，不就是求百姓安居樂業嗎？可如今你們在做什麼？你們在為了你們的氣節，你們青史留名，拖著所有人一起死！」

「你們死了，你們的名字到時記在了史冊上，可這滿城百萬百姓呢？他們用性命成全你們的大義，可你們問過他們想死嗎？」

有百姓陸陸續續被士兵喚來。

城門一次次被撞擊，外面彷若地獄一樣的喊殺之聲，顧楚生死死盯著在場被罵呆了的臣子，咬牙道：「誰又給你們的權利，帶著滿城百姓去赴死的？你們想死嗎？」

說著，顧楚生抬起頭，看向那些面露膽怯的百姓，提高了聲音道：「你們誰想死？」

「我……我不想……」

終於有一個孩子，怯生生舉起手。他母親面露驚恐之色，趕忙捂住了他的嘴。孩子卻是再也控制不住，哇哇大哭起來。那女子趕緊跪在地上，拼命叩頭道：「大人，您饒過他，他還是個孩子，他不懂事的！」

「我不想死，我不要死，能活為什麼要死？我害怕……」

孩子的聲音一直迴盪，顧楚生走過去，他半蹲下身子，盯著那孩子道：「孩子，你同我說，如果今日要你向北狄人跪下，要叫他陛下，你就不是大楚人了嗎？」

「我為什麼不是大楚人？」那孩子有些迷茫。

顧楚生卻是笑了，他站起來，撫著孩子的頭，同眾人道：「今日我等降了又如何？降了，我等就不是大楚人了嗎？」

沒有人說話，顧楚生從旁邊猛地抽出劍，指著眾位臣子，壓低了聲音道：「我今日就說明白，誰不降，誰就是拿別人的性命不當事，那就休怪我拿他的性命不當事。我最後問一次——」

顧楚生猛地提高了聲音：「降不降？」

沒有人說話，顧楚生轉過身去，抬手道：「同我上樓掛降旗！」

士兵們你看看我、我看看你，一個大漢咬了咬牙，突然道：「顧大人說得沒錯，留得青山在不愁沒柴燒！我跟顧大人走！」

有人出了頭，許多士兵便跟著顧楚生上去，顧楚生衝上樓去，急急來到了軍旗旁邊，有士兵震驚道：「顧大人，你做什麼？」

「降！」顧楚生將白色旗幟從藏好的地方取出來，掛上之後，升起了白旗，扭頭大喊：「蘇查陛下！我們願降！」

這一聲大喊出來，周邊人面面相覷，金鼓之聲響起，大家陸續停了手。顧楚生領著人走到衛韞身前，他靜靜看著衛韞，冷聲道：「綁起來。」

沒有人敢上前，顧楚生咬著牙，自己拖了繩子，乾脆俐落將衛韞綁了起來。

衛韞沒有反抗，被顧楚生綁住手，顧楚生牽著衛韞走下城來，所有人都看著他，就看見這平日素來清貴的公子，拉著大楚肱股之臣來到城門前，大聲道：「開城門！」

城門緩緩大開，顧楚生和衛韞一紅一白站在前方，衛韞身上還帶著血，面色極其平靜，顧楚生神色鎮定，看著鐵騎出現在城門之外，蘇查騎在戰馬之上，顧楚生在看見蘇查的第一瞬間，當即行了個大禮，恭敬跪了下去，深深叩首，以極其激動的聲音大喊：「奴才顧楚生，恭迎陛下入京！」

這樣諂媚的姿態，看的北狄人都愣了愣，而顧楚生身後人臣子，俱忍不住捏緊了拳頭。

蘇查愣神了片刻後，大笑起來：「一直聽說大楚人極有風骨，沒想到出了這樣的軟骨頭。顧楚生，我入華京，你怎麼這麼高興？」

「陛下乃天命之子，聖明之君，」顧楚生抬起頭，面上帶笑，眼裡全是仰慕：「我等受趙玥蹂躪，渴盼陛下入京久矣！自此之後，我等便是北狄的臣民，在聖君庇佑下，必得光明前程！陛下萬歲！」

「哦，你說我是你們的聖君？」蘇查抬頭看向站著的眾人，眼中帶著狠意：「我看你身後的百姓，不這麼想吧？」

「陛下，」顧楚生笑著道：「他們在等您答應成為您的臣民呢，您來了華京，那就是解救我們於危難，我們為奴為僕，都願意效忠於陛下！」

蘇查沉默著，他盯著顧楚生。片刻後，他笑起來，翻身下馬，身後趕緊有人給他送了椅子過來，蘇查坐下之後，拍了拍自己的左腿，笑著道：「我們北狄人向來大度，你們願意降，我可以給你們這個機會，只是我不知道，你說的為奴為僕，有幾分誠意？不知顧大學士，可願過來，為本王擦鞋？」

聽到這話，眾人都咬緊了牙關，然而顧楚生面色不變，他臉上的笑容更甚，他趕緊磕了個頭道：「這是奴才的榮幸啊！」

說著，他想站起來，蘇查卻立刻道：「爬過來。」

顧楚生僵硬片刻，衛韞的目光落在顧楚生身上，他看見這個素來高傲的男人在眾人注視下，含著笑，一步一步爬到了蘇查面前，用自己的官袍擦上蘇查的鞋面。

衛韞閉上眼睛，不忍再看。蘇查大笑出聲，而百姓之中，有人紅了眼睛，看著顧楚生在那人腳下擦鞋。

「好，好得很，」蘇查一腳踹開顧楚生：「大楚人果然有一套，伺候得本王十分暢快！那本王就給你們一個機會，跪下的就活下，站著的……」

蘇查沒有說下去，但所有人已經明白。在一片沉默間，顧楚生大喊：「跪下！統統跪下！」

得了這一聲喊，首先從百姓開始，一個接一個，如浪潮一般，跪了下來。

等百姓跪完了，官員之中也開始有人跪下。直到最後，黑壓壓的人群中，就剩下衛韞一個人，他一身白衣染血，站立於人群之中，風姿翩然。

他手上被麻繩綁著，面上卻是沉靜如水，帶了無畏生死的從容和桀驁，彷彿誰都奈何不了他。

所有人的目光落在他身上，蘇查冷笑：「怎麼，衛王爺是不想活了嗎？」

衛韞沒有看他，他靜靜看著城門外，似乎是沒有聽見一般。

蘇查被衛韞的態度激怒，猛地抽刀架在衛韞脖頸上：「你以為我不敢殺你？」

「那你就殺。」衛韞的目光落在他臉上，冷靜道：「動手。」

「陛下！」顧楚生著急上前：「您中圈套了！」

蘇查轉頭看向顧楚生，顧楚生嘆了口氣：「陛下，死是很簡單的，衛王爺正求著您殺他呢。」

蘇查愣了愣，他看了看衛韞，又看了看顧楚生，片刻後，他笑起來：「你說得是。死很容易，可是活著，」蘇查拍了拍他的臉：「才是最難。」

「是啊，」顧楚生上前，跟在蘇查身後，諂媚道：「按照奴才的意思，您不必殺了衛王爺，您該將他留下來，讓他好好活著，再一點一點折磨他。」

「對！」蘇查大笑，他轉頭看向衛韞：「我不殺你，衛韞。」他冷笑：「我要讓你活著，好好活著，我要羞辱你，折磨你，讓你看一看，你這些年的信仰，你保護的，都是什麼狗東西！」

蘇查走到衛韞身前，猛地抓起衛韞的頭髮，冷著聲道：「我要你跪著求我，像狗一樣活著。」

說著，他猛地一腳踢在衛韞腿骨之上，怒道：「跪下！」

衛韞踉蹌了一下，然而他卻沒有跪下。蘇查退到一邊，他看向大楚站著的百姓，冷著聲道：「讓他跪下！把這些孩子、女人抓過來！」

蘇查指了旁邊一排的百姓，北狄士兵衝上去，抓著最近的女人和孩子，就拖了過來，站成一排。蘇查坐在位子上，撐著下巴看著衛韞道：「一刻鐘後，他若跪不下來，我就開始數數，數一聲，我殺一個人。」

一聽這話，孩子和女人都哭了起來。人群中一片慌亂，不斷有人磕頭，求著蘇查、求著衛韞。

蘇查靜靜看著衛韞：「怎麼，衛王爺這一跪，比人命重要？」

衛韞沒說話，他閉上眼睛。

那些女人和孩子的家眷都衝了上來，他們圍在衛韞身邊，他們哭泣、叩首，拉扯著衛韞的衣角。

「衛將軍，求求您了。」

「七公子，求您了，我以前給您賣過花，我兒才七歲啊……」

「衛王爺、衛大人……」

周邊人的聲音彷彿利刃一樣凌遲著他，然而衛韞卻依舊傲然挺立，沒有倒下。

「衛韞！」終於有人尖銳叫：「在你心裡，人命還不如這一跪嗎！」

聽到這話，衛韞顫了顫，他慢慢睜開眼睛，艱難道：「對不起……」

可是他不能跪。

這滿華京的人都已經跪了，所以他不能跪。

他與這些百姓不同，他與這些普通臣子不同，他是大楚的氣節、大楚的脊梁，他若是跪了，後面的仗便再也打不下去了。

人人都畏死，這本無錯。可沙場將士若也畏死，那又有誰能護住身後山河？

所以誰都能跪，他不能跪。

哪怕是死，他衛韞也得讓天下看著，他沒有認輸，大楚沒有輸。

「唔，只剩一半的時間了。」蘇查提醒那些在地上苦求衛韞的百姓：「看來你們是勸不動你們的衛將軍了，是了，他這樣有骨氣的人，怎麼會將你們這些賤民的性命放在眼裡？」

這話激得跪著的人紅了眼，一個瘦弱的男人突然站起身。

「衛王爺，」他咬著牙：「我妻兒都在那裡，對不住了。」

衛韞聽到這話，他睜開眼睛，靜靜看著對方。

對方似乎是個病人，他很消瘦，衛韞的神色平靜中帶著幾分歉意，他什麼都沒說，甚至眼中帶著原諒。

那男人不敢再看衛韞，他衝上前，一腳踹在衛韞腿上，大聲道：「跪下！」

衛韞咬著牙沒動，旁邊的人陸續加入了這場暴行。

他們拖拽他，他們踹他，他們廝打他。

他們一次又一次將他按到地上，衛韞又一次又一次站起來。

隨著時間的臨近，那些人動作越發瘋狂，哭聲、罵聲，許許多多聲音混在一起，衛韞耳邊嗡嗡一片。

他感覺有雨落在他臉上，他被人推攘在地上，他感覺血從自己額頭流下來，他蜷著身子，用手護著自己。那些人對於他來說其實都是極其柔弱的人，可他卻沒有還手，他努力保護著自己，抗拒著他們的拉扯。

他隱約聽到有人哭著叫喊。

「跪啊！」

「衛韞，跪下啊！」

他的身子輕輕顫抖，隱約之間，他好像回到了小時候，那時候他的哥哥，他的父親，乃至於他的叔叔們都站在他前方，橫刀立馬，紅纓纏槍。

「我衛家從來沒有逃兵，也從來不做降臣。」

「我衛家為國為民，馬革裹屍，亦無憾矣。」

「每個人都有他的責任，生為衛家子，當做護國人。」

許多聲音纏繞在他耳邊，那些金戈鐵馬，那些熱血激蕩中，劇痛從他身上傳來，他卻隱約覺得，似乎有人在擁抱他、陪伴她。

那樣熟悉的感覺，似乎是在很多年前。

那年他從宮門走出來，她跪在宮門前，身後是上百牌位，大雨浸透了她的衣衫，她神色平靜又堅韌，那時候，他靜靜看著她，便覺得有人為他撐起了天幕，遮擋了風雨。

從那以後，她陪著他，每一次都在他最艱難的時刻及時出現。鳳陵城他死死抱住她，北狄她背他一路橫穿荒漠，回歸後她同他一起謀反……

她說，這條路，我陪你。

這條路，千難萬難，萬人唾罵，白骨成堆，我都陪著你。

他記得那時候，記得他們無數次擁抱的時刻，這些他人生中最溫暖的點滴，在這一刻彙聚，成為這巨大絕望中，抵禦陰暗的那微薄又堅韌的光芒。

「河關九百里……」

百姓將他抓起來，他低喃。

「烽火十二臺……」

「扶起來！腿壓下去！」

「寧折骨作刃……」

「按住！將頭按下去！」

「白馬化青苔……」

「陛下！」一個大漢撲在蘇查腳下，含淚道：「跪下了！跪下了！」

蘇查沒說話，所有人靜靜看著那早已經失去了神智，滿身是血的男人。

他似乎被人折斷了骨頭，以一種扭曲的姿態跪在蘇查面前。然而在場沒有任何人覺得，這一跪是羞辱，是屈服。

他雖然跪下，可是眾人卻清醒的察覺，這個人的內心，從未跪過。

哪怕被他所守護的臣民背叛，哪怕是被人強行折斷腿骨，似乎都不損他風采半分。

蘇查靜靜看著他，一時之間，竟失去了幾分趣味。

他煩躁擺了擺手，起身道：「罷了，將他拖下去，別弄死了。」

說著，他轉過頭去，同顧楚生道：「顧楚生，要不，我就封你當丞相，我也當個大楚皇帝試試？」

「謝陛下！」顧楚生趕忙再跪，諂媚道：「陛下氣宇軒昂，既又北方之豪情，又具南方之風流，無論北狄大楚，陛下皆乃天下之主！」

這一番吹捧讓蘇查極為高興，他大笑著，領著顧楚生離開。

蘇查離開，壓著衛韞的百姓紛紛衝向了自己的家人，衛韞倒在地上，他微微睜開眼，雨水落在他眼裡。

「阿瑜……」

他低喃。

阿瑜，妳已出城，應當，安好吧？

楚瑜跟著長公主出了城，他們剛到了軍前，張輝便領兵上來，在龍攆前方，恭敬道：「陛下，娘娘，我們先退回雲城吧？」

雲城是趙玥距離華京最近的管轄地區，長公主梳理著趙玥的髮，平靜道：「可。」

軍隊迅速朝雲城趕去，楚瑜在馬車裡，慢慢冷靜了下來。她哆嗦著抱著自己，片刻後，她深吸一口氣，擦了擦眼淚，捲起簾子，看了坐在車外的長月晚月一眼，平靜道：「這是去哪裡？」

晚月壓低了聲：「張輝說去雲城。」

「妳下去，說我要求見梅妃。」

楚瑜吩咐下去，長月應了聲，立刻下了馬車，往前去通報。過了片刻後，便有侍女請楚瑜去了龍攆。

楚瑜上龍攆時，長公主似乎在思索做什麼，趙玥搭在她腿上，她正給趙玥梳理著頭髮。

楚瑜到她身前，壓低了聲道：「公主，我不能落到張輝手裡。」

「我知曉。」長公主抬頭看了她一眼，眼中帶著冷意：「咱們得走。」

「公主如何打算？」

「張輝手下，有一個我的人。」長公主慢慢道：「我方才已經讓人去問過，今夜丑時，我們紮營休息時，由他值班護衛，屆時我們就逃。」

「那趙玥怎麼辦？」楚瑜看了趙玥一眼。

長公主抿了抿唇，隨後果斷道：「殺了！」

楚瑜靜靜看著長公主，長公主似乎知道她在想什麼，她抬眼看著楚瑜，冷靜道：「既然他已經算著將北狄引入華京以解自己的圍困，那麼如今他這個樣子，怕也不是真的。張輝用這樣大的代價將他這個活死人撈出來，怕是另有打算。我縱使想留住他，也不敢留。」

「公主能下決心，」楚瑜點了點頭：「那自是再好不過。」

兩人就著逃跑一事商議了一會兒，張輝便出現在龍輦外：「娘娘，您貴體保重，是否該休息了？」

「謝過張公公。」長公主平靜道：「本宮這就讓楚大小姐回馬車。」

楚瑜回了馬車，等到夜裡，軍隊安營紮寨，楚瑜和晚月、長月單獨一個帳篷，她們收拾好了東西後，便悄悄等著丑時。

而長公主安頓下來後沒多久，張輝便走了進來。

長公主一步不敢離開趙玥，守著趙玥的身體，冷靜道：「張公公深夜前來是，所謂何事？」

「陛下龍體欠安，奴才特意過來送藥。」

聽到張輝的話，長公主目光落在張輝手裡的藥碗上。

她神色平靜，這一刻她已經確定，這一切果然是趙玥商議好的。

她抱著趙玥，面露警惕之色：「你這藥是誰開的方子？要做什麼的？」

見長公主這副模樣，張輝沉默片刻，他端著藥碗，慢慢開口道：「其實奴才不喜歡殿下。」

長公主愣了愣，聽見張輝慢慢道：「打從陛下還是世子起，奴才就覺得，對於陛下而言，長公主您便是場災禍。」

「你同我說這些做什麼？」長公主皺起眉頭。

張輝靜靜看著她：「其實我知道，陛下並不是一位好皇帝，可是平心而論，陛下是一個好丈夫。陛下辜負了天下人，卻未曾辜負您，所以，長公主，」張輝輕嘆：「誰都能辜負陛下，但您不能。」

長公主沒有說話，片刻後，她苦笑起來：「張公公多慮了，陛下便是我的天，我這樣的奸佞寵妃，」長公主抬起手，將髮絲挽在耳後：「陛下去了，我又能依仗誰？」

張輝沉默了，許久後，他走上前，恭敬道：「請公主給陛下餵藥吧。」

長公主看著那湯藥，其實她不想餵，然而此時此刻，她不能讓張輝看出端倪，於是她端了藥，給趙玥餵了下去。餵完藥後，長公主看了張輝一眼，淡道：「本宮要侍奉陛下安寢，你退下吧。」

張輝觀察趙玥片刻，恭敬退了下去。

等他走後，長公主讓侍女熄了燈，便同趙玥一起躺在床上，靜靜算著時辰。

她聽到外面交接班的聲音，便起身同外面侍女道：「海棠，去把我之前讓妳備著的甜湯送給楚小姐，喝那個助眠。」

按照計畫，以送甜湯這件事為由，甜湯送過去後，楚瑜便會知道一切準備好，到時候楚瑜會去偷馬，她們在營地前碰面。

侍女腳步聲遠去，長公主立刻從床上下來，換上一身輕便的衣服後，簡單挽髮，將劍和匕首配到腰間，又帶上了藥瓶。

就在她準備一切的時候，她突然聽到一聲虛弱的呼喚：「阿姐？」

長公主豁然回頭，就看見趙玥撐著自己從床上直起身來。長公主立刻撲了上去，刀鋒逼近趙玥脖頸，冷著聲道：「別出聲。」

趙玥冷下神色，他明顯還很虛弱，目光裡卻帶著不讓人的冷靜：「妳這是要做什麼？」

外面吵鬧起來，長公主從身後抓了繩子，就將趙玥的手迅速綁了起來，隨後跑到門邊，發現外面卻是楚瑜的人驚動了士兵。

楚瑜偷馬這件事畢竟動靜太大，還是驚醒了人，長公主想了想，將趙玥一抓，刀抵在他脖子上，就拖著他往外走。

趙玥才剛醒來，有些摸不清局勢，他也就不開口，心裡迅速盤算一下現在的情況。等他被綁著出去，長公主一聲大喝：「全部停下！」

趙玥看見被人圍著的楚瑜等人，立刻便反應過來計畫已經進行到了哪一步。

「梅妃，」他聲音平靜：「我知道妳是要放楚瑜出去，妳放開朕，朕讓她走。」

「陛下，」長公主輕笑：「你以為我會信你？」

「我何曾騙過妳？」

「你騙我還少嗎？」

這話讓趙玥沉默下來，長公主挾持著他往前，張輝著急往前：「陛下！」

趙玥抬起手，止住了張輝的動作，冷靜道：「妳先別鬧，小心孩子。」

長公主沒說話，她逼著趙玥走到馬前，冷著聲道：「上馬。」

趙玥沒說話，他被長公主用劍抵著腰乖乖上了馬，長公主翻身上馬，對著楚瑜吼了一聲：「走！」

「妳想做什麼，妳同我說，」趙玥平靜道：「妳這樣對孩子不好。」

「你給我閉嘴！」長公主一耳光搧在他臉上，怒道：「輪到你說話嗎！」

趙玥抿了抿唇，長公主將他攬在懷中，拼命打著馬。趙玥直接折了自己的手骨，悄無聲息將手從繩子裡掙脫出來。

他向來是什麼都做得出的狠人，對別人狠，對自己更狠，饒是這樣的劇痛，他都面上不動神色。

他此刻還虛弱，根本反抗不了太多，於是他思索著要如何控制局勢。

而看見他們遠去，張輝氣得不行，他領著追兵就衝了上來，咬著牙狠狠盯著長公主。

「將軍，我就知道那個女人不是好貨！」一個副官怒喝：「看我這就斬了她！」

話音剛落，那副官拉弓引箭，箭矢便朝著長公主衝了過去！

張輝驚駭道：「住手！」

一切已來不及，箭矢朝著長公主俯衝而去，長公主不過就是會些三腳貓功夫，根本來不及躲閃，楚瑜聽到箭聲，回頭大駭：「殿下！」

然而也就是那瞬間，在長公主前方的趙玥猛地將長公主一把抱住，轉了方向往旁邊摔了下去。

箭矢「噗嗤」扎入趙玥肉中。趙玥蒼白著臉抬眼看她：「妳沒事吧？」

長公主來不及說話，將趙玥一把拽起來，扛在背上便重新上馬。

如今趙玥還在他們都敢放箭，一旦沒了趙玥這塊保命符，她們怕是真的跑不出去了。

趙玥本就虛弱，受了這一箭，又被馬這麼顛著，他覺得五臟六腑翻滾著疼，他根本沒了力氣，只能伸出手，努力抱緊長公主，艱難道：「往密林裡跑，我不行了，張輝不會放過妳。」

他來不及問她為什麼要跑，也不知道到底發生了什麼，就覺得抱著這個人，感覺風凜冽而過，竟有了一種亡命天涯的感覺。

他感覺自己身體開始冰冷，無端端產生了命盡的宿命感，他想抱得更緊，卻又怕傷到腹中胎兒，然而也就是想起這事的一瞬間，他突然意識到不對。

六個多月的孩子……為什麼長公主的腹部這樣平坦。

他猛地意識到什麼，一把抓緊了她的肩，瘋了一般開口：「孩子呢？」

「什麼？」長公主駕馬竄在林中。

趙玥怒道：「孩子呢？是不是有人害了妳？是誰害了妳？」

長公主愣了愣，這次她終於反應過來趙玥在說什麼。她看了他一眼，卻發現他面色慘白，身上被鮮血浸染。她驟然生出一種惶恐，她不敢看他，轉過頭去，有些慌亂。

「是誰害了妳……」趙玥趴在她背上，激烈呼吸：「妳別怕，妳同我說，我去殺了他。誰都不能害妳……」

他反反覆覆這麼念叨，聲音越來越虛弱。

長公主有些茫然，她預感到了什麼，她背著他，聽他叫囂，最終，她終於開口：「阿玥，沒有孩子。」

背後的人愣了愣，長公主再開口：「其實……」

「閉嘴……」趙玥激烈顫抖起來，長公主便知道，他這樣聰明的人，其實只要給一點蛛絲馬跡，他就能窺探全域。然而她卻想告訴他。

她不知道這是為了報復還是為了什麼，她就是特別想告訴他，告訴他所有，一切。

「沒有孩子。」她笑著：「都是我騙你的。」

「閉嘴！閉嘴！」趙玥怒吼：「有孩子，妳有！」

「我沒有，」長公主聲音平靜：「我只是為了在毒殺你穩住局勢，你死後，我會隨便找個孩子說是你的孩子。」

趙玥愣住了，長公主接著道：「毒是我下的，局是我布的。你最大的敵人從來不是顧楚生更不是衛韞，而是我。」

「為什麼……」趙玥乾澀開口：「為什麼，要這麼對我……」

「趙玥，」長公主眨了眨眼，她覺得眼眶發酸：「我不是為了愛情放下一切的人。你殺了我哥哥、我丈夫，送走我女兒，毀了我的家國之後，你以為，我還會原諒你嗎？」

「妳當初不是原諒我了嗎？」趙玥沙啞道：「我殺了梅含雪之後……」

「我那時不知是你殺了他。」

長公主平靜道，趙玥沉默下來。

她笑起來：「趙玥，如果你能控制你的欲望，你我走不到今日。」

「控制欲望……」趙玥覺得有些昏沉，他緩緩閉上眼睛：「就什麼都得不到。就只能眼睜睜看著妳嫁給別人，看著自己家破人亡，一無所有，當妳的面首，看妳和其他男人調情卻什麼都做不到……」

「妳以為我為什麼當皇帝？」

「我要復仇，我要得到所有我想要的，我一輩子，都不需要經歷過去的屈辱。」

長公主愣了愣，有那麼一瞬間，她腦海裡突然閃過趙玥小時候。那時候他文靜又天真，善良得有些奇怪。

他會一隻一隻送螞蟻回家，會攔著她怕踩死一隻蟲子。

「可是，我沒有其他面首。都是掙個面子而已。」長公主愣愣開口：「我喜歡你，可我年紀比你大這麼多，我怕你不喜歡我，每次都假裝自己對你就是照看弟弟。其實我喜歡你，你來了公主府、我喜歡你之後，我再也沒碰過任何人。」

趙玥愣了愣，他想回話，可他已經沒有了力氣。

他說不清是什麼感覺，就覺得有無數情緒湧上來。

後悔嗎？

痛苦嗎？

他不知道，他只是覺得，如果再有一次……再能有一次……

他的沉默讓長公主有些害怕，她拼命打著馬，開始說著從前。她說他的不好，他有多壞，然而後面的人卻一點回應都沒有。

她背著她，跟著楚瑜一路穿過密林，等天亮的時候，楚瑜才停下來，轉頭道：「休息一下吧。」

這時候她愣了，長公主就坐在馬上，趙玥在她身後，他的下巴靠在她肩窩，手死死環住他的腰。

他的血染了她一身，她神色平靜，然而滿臉都是淚痕。

她聽了楚瑜的話，特別冷靜道：「好。」

說著，她翻身下馬，趙玥便直接倒在馬上。

她沒有回頭，提著馬鞭往前走。

楚瑜愣了愣，有些猶豫道：「殿下，趙玥……如何處置？」

長公主頓住步子，她張了張唇，想要說什麼，卻一句話都說不出來。

她就站在原地，一直不敢回頭，好久後，楚瑜才聽見她彷彿掙扎了許久，擠出來的聲音。

「埋了吧。」

說完這句，長公主就往前方走去，她挺直了腰背，走得特別驕傲，彷彿毫不在意。

楚瑜嘆了口氣，轉頭同旁邊長月道：「埋了吧。」

趁著長公主和楚瑜休息的功夫，長月、晚月用劍挖了個坑，將趙玥埋了進去。埋完之後，楚瑜帶著水到長公主身邊，猶豫道：「要立碑嗎？」

長公主沒說話，片刻後，她苦笑起來：「他這樣的人，若是有了墓碑，怕是屍骨無存。」

「算了吧。」長公主的目光落到遠處：「能入土為安，已經很好了。」

大家休息了一會兒，一行人又重新趕路。

七日後，一行人終於趕到了白嶺。

她們先傳訊給陶泉，等她到了白嶺，剛下馬車，就看見陶泉帶著沈佑、秦時月，柳雪陽帶著王嵐，以及六位公子站在門前等著她。她剛出現，眾人便跪了下去，揚聲道：「恭迎大夫人歸來！」

楚瑜愣了愣，片刻後，她揚起笑容，抬了抬手道：「起吧。」

見她沒有拒絕，眾人鬆了口氣，楚瑜領著長公主下來，眾人再次拜見後，這才入城。

入城時，楚瑜和柳雪陽、王嵐乘坐一駕馬車，王嵐細細同楚瑜說了蔣純的事，楚瑜沉默聽著，終於道：「那如今，她在太平城？」

「嗯，」王嵐嘆了口氣：「也不知生死了。」

楚瑜沒說話，氣氛有些尷尬，許久後，柳雪陽慢慢開口：「阿瑜啊……」

楚瑜抬眼看她，柳雪陽似乎蒼老了許多，她靜靜看著她，有些躊躇道：「過往是我狹隘，對不住妳。我若對妳認錯，妳……可能既往不咎？」

楚瑜沒想到柳雪陽會將態度擺得這樣直接，愣了愣後，她倒也不扭捏，坦率道：「如今最重要的便是小七能回來，經歷這麼多，其實這些都不重要了。」

柳雪陽被這話說紅了眼，她連連點頭：「小七最重要。」

入了府中，楚瑜同柳雪陽等人拜別，便將陶泉等人召集過來，瞭解了情況。

「如今楚王爺被陳國絆住，但七日之內應該能拿下此戰。但華京有十萬大軍，僅憑楚王爺一個人的軍力，怕是不敵。」

「那我們這邊可有餘力？」

「沒有，」沈佑皺著眉頭：「有將近十萬北狄軍壓在邊境已經很吃力了，更何況還有趙玥六萬燕州軍和秦將軍糾纏，我們這邊根本沒有餘力再去華京作戰了。甚至於，如果再這樣拖下去……」

沈佑看了陶泉一眼：「加上瘟疫的情況，我們可能撐不住了。」

「那瘟疫的方子出來沒？」

「清平郡主說快了，但還差很關鍵的一味藥沒試出來。」

楚瑜點點頭，她想了想，起身道：「我先去想想，大家先休息，明日再議吧。」

大家應聲下去，陶泉看了楚瑜的肚子一眼，憂心道：「小世子……還好吧？」

「挺好的。」楚瑜聽到人問及孩子，不自己覺將手放在了肚子上，含著笑道：「也沒有給我添太多麻煩。」

陶泉舒了口氣：「王爺一直盼著他出生，等他出生的時候，王爺一定很高興吧？」

楚瑜抿了抿唇，起身由晚月扶著，同陶泉閒聊了一會兒，便出門去。

她先去韓秀的兵器所，還在路上時，她就思索著。

這一次局面的核心其實在於宋世瀾，如果宋家出兵，便會好辦許多。可如果要宋世瀾出兵，那就得先解決瘟疫，讓宋世瀾活下來。

而這場瘟疫……

楚瑜皺起眉頭。

其實上輩子地震後也有了瘟疫，當時似乎也是魏清平找出的方子。

這方子裡的確有一味很重要的藥，那時候因為能治瘟疫，都被賣脫銷了去。她記得那一味藥很常見，當時她就是想用那藥，去濟世堂開藥卻被告知了脫銷。想了想，她叫住了馬車，探出頭的道：「去藥鋪。」

到了藥鋪裡，楚瑜開始掃視藥匣子，她一個一個名字掃過去。

那時候是什麼時候？

當時她似乎懷著顧顏青，她每天要喝的就是安胎藥，那時候她體質偏陰，用藥也特殊很多。她招手將藥堂的大夫叫了過來，將自己當年病情給描述了一遍，開始讓大夫開方子。大夫開了一個又一個方子，楚瑜一眼一眼掃過去。

她有印象。

她一定有印象。

她拼命回想著，來來回回掃了十幾次，她終於看到一個熟悉的名字。

那個名字和記憶裡少了那味藥對應起來，楚瑜猛地起身，著急道：「去，告訴清平郡主，讓她試試將白芷加進去！」

雖然這個世界改變了很多，可是什麼災難，什麼瘟疫，應該不會因為他們的出現而發生改變。

楚瑜找到了藥，休息了一夜之後，大清早便往韓秀的兵器所趕過去。

如果魏清平如計畫能有藥方，並且能讓宋世瀾活下來，那麼宋家就可以出兵，宋家的兵力聯合上楚臨陽，攻下華京也就不難。

可如果宋世瀾死了，那她就要想辦法，讓衛家以少打多，儘量保存實力，再同楚臨陽聯手攻入華京，才能有五五的勝算。

而如何保存兵力，核心就在於韓秀如今做了多少武器出來。

楚瑜規劃著後續調兵，終於來了兵器所。

如今正是戰時，韓秀忙得不停打轉。楚瑜來了，他才急急忙忙從冶鐵室出來，行禮道：「大夫人。」

「我來看看如今兵器的庫存。」

楚瑜跟著韓秀進去，韓秀報了改良羽箭、弩、盔甲等裝備，最後推開了密室門，讓楚瑜看到了火藥的數量，他站在門邊，有些不好意思道：「火藥製造成本高，時間長，您上次用完後，如今只來得及準備這些。不過它們都是經過改良的，比以前威力大很多。」

「怎麼個大法？」

「我給您打個比方，就同樣這麼多的火藥」韓秀比劃道：「以前的放到雪山去，也就炸出幾個坑來，現在的，不僅能炸出坑，還能引起雪崩。」

楚瑜本在看那些火藥，聽到韓秀的話，楚瑜腦子裡有什麼猛地閃過，她抬起頭，皺眉道：「你方才說什麼？」

「雪……雪崩？」

韓秀有些發懵，楚瑜愣了愣，隨後猛地反應過來。

「是了！」她趕忙道：「你確認這個能引起雪崩？」

韓秀覺得莫名其妙，楚瑜趕緊拖著他出去，領著他到地圖前，給他劃了塊地：「就這個地方，你認識嗎？」

韓秀認真看了看，隨後滿不在意道：「雪嶺嘛，認識。」

能。」

「這地方，能炸崩嗎？」

韓秀見楚瑜問得認真，也不敢貿然作答，抬手道：「稍等，我先算一下。」

說完，韓秀便轉身去，找了另一個人來，兩人一起算了許久，隨後點頭道：「全用上，能。」

楚瑜擊掌道：「好！」

說完，楚瑜便道：「你們近日先準備好，這些東西我可能隨時會用。」

吩咐之後，楚瑜便趕緊回了衛府，將人都叫了過來，冷靜道：「我有一計。」

所有人都等著楚瑜開口，楚瑜走到沙盤面前，比劃著道：「如今沈佑手裡有八萬人馬，時月手中有五萬，我們還要儘量抽出人手去華京，如果像現在一樣膠著打根本沒有勝算，我想兵行險著。將沈佑手中人馬抽調六萬去昆州，協助時月一起圍剿了趙玥六萬兵馬，屆時時月手中一共有十一萬，接近趙玥兩倍之數，哪怕是苦戰之後，也應當還剩一半。然後與我大哥的兵馬匯合，直接奪回華京。」

「那白州怎麼辦？」沈佑皺起眉頭。

楚瑜冷靜道：「我們立刻傳信去，和圖索借兩萬人馬，白州你有四萬人馬，你用小部分人馬，將北狄人引到雪嶺，那裡我會讓人提前埋下火藥，火藥引爆後，會引起雪崩。雪嶺兩頭長條形，你讓圖索的人埋伏在去北狄的門口，你自己剩下的人埋伏在來大楚的門口，他們經歷雪崩，哪怕死裡逃生，也已軍心混亂，出來一個殺一個，剿乾淨為止。」

眾人聽著愣了愣，秦時月最先道：「那去雪嶺的人，豈不是都會死？」

楚瑜沒說話，她垂下眼眸，繼續道：所以你們得儘量減少去雪嶺的人。」

「沒有足夠有數量的人，北狄軍不會上當的。」

秦時月皺著眉頭，他靜靜看著楚瑜：「大夫人，沒有其他方法了嗎？」

「如果有其他的辦法，」楚瑜抬眼看他：「我還會將這個辦法說出口嗎？」

全場再次沉默下來，秦時月皺著眉頭，就是這個時候，一個平靜的聲音響了起來：「我去吧。」

楚瑜抬起頭，站在一旁的沈佑，他神色很平靜：「北狄對我這個『叛徒』恨之入骨，我對他們也很瞭解，到時候我可以帶著小隊人馬偽裝潰敗，將他們引進雪嶺。」

楚瑜靜靜看著他，秦時月開口道：「沈兄……」

「我什麼都沒有，」沈佑平靜道：「沒有父母，沒有兄弟姐妹，更沒有妻子孩子，孑然一身，無所牽掛，我去，最合適了。」

「可是……」

「好。」楚瑜定下來，她垂下眼眸，平靜道：「僅憑你還不夠，軍中你們可有監控著的北狄探子？」

「有一個，一直在盯著。」陶泉開口。

楚瑜點點頭：「故意給他們傳個消息，就說沈佑到時候打算兵分兩路，正面六萬軍，背面四萬軍，到時候沈佑會從梅子林偷襲他們。北狄軍一定會先去梅子林攔截沈佑，梅子林距離雪嶺很近，沈佑你就當他們引到雪嶺去，再點燃炸藥吧。」

沈佑點頭：「明白。」

「就定在半月後吧。」楚瑜平靜道：「明日將兵力調到昆州去，動靜要小，別被人發現。半個月後，沈佑即刻行動，時月同時圍剿趙軍，戰線同時進行，保證等圍剿華京時蘇查反應不過來。」

「是。」眾人聽命。

楚瑜覺得有些累了，擺了擺手道：「去吧，先去休息。」

說著，楚瑜扶著肚子起了身。

當天晚上，大家各自去做準備。

秦時月坐在書房裡，一張一張臨摹魏清平寫的字。

魏清平以前一直嫌棄他字寫的醜，嫌棄他悶，他被嫌棄，心裡還不大高興。然而如今臨摹著魏清平的字，他居然覺得，其實她就連罵人，也是極好的。如果她回來，他願意被她罵一輩子。

如果她回來，就算他會被魏王打死，他也要上門提親。

這樣想著，字也打了顫，秦時月抬起頭來，看向遠處。

魏清平。

他心裡默念著那個名字，他想，他們都會好好活著。

而百里之外，魏清平正觀察著剛用了新藥的病人。

早上她接到了楚瑜的傳書，立刻嘗試了這個法子，等到了現在，病人明顯有了好轉。她站起身來，著急道：「趕緊將方子帶到太平城去！」

楚瑜的信裡，已經描述了如今的情況，宋世瀾是此戰關鍵，因此無論如何，最優先的搶救的就是宋世瀾。

當鴿子撲騰飛往太平城的方向時，沈佑則是站到了王嵐的門口。

他每次出征都會站在王嵐門口，以往他一貫是站一夜就走了，從不說話，從不出聲。然而這一晚，他卻站在門口，低低的叫了一聲：「王嵐。」

王嵐坐在裡面，手裡繡著花，聽著沈佑說話，她的手抖了一下。針扎在食指上，她趕緊吮著食指，然後聽見外面沈佑的聲音道：「我要去戰場了。」

王嵐垂下眼眸。

「我知道妳不想見我，其實我也不知道見到妳該怎麼辦。」

「我一直在想，這輩子到底要怎麼樣，才能和妳在一起。可我怎麼想，似乎做錯的都沒辦法清晰。一個人錯了就是錯了，錯了就是一輩子。無論這個錯是有意還是無意，這輩子，都洗不乾淨。」

王嵐靜靜聽著他的話，整個人都頹了下去。沈佑坐在她院子門前的坎子上，聲音裡帶著笑意：「其實我這輩子最開心的時候，就是我們剛認識的時候。那時我覺得妳這姑娘真的太可愛了。」

沈佑低笑著，說著他們的過往。

其實他們的交集很少，這麼多年，更多的時候，就是一個在門外等，一個在門裡等。他們之間有一條長河，永遠跨不過去。

「妳記不記得妳當時還送了我一塊暖玉？我覺得妳真的特別有錢，我這輩子還沒見過出手就是暖玉的姑娘。」

「王嵐，」天亮起來，沈佑嘆息：「妳說，要是過去那一切都沒發生過，多好。」

要麼不要有恩怨糾葛，要麼不要有愛恨牽扯。

王嵐沒說話，她已經習慣這麼多年，在門內靜靜與他一起等天明了。

沈佑嘆了口氣，他站起身來，溫和道：「王嵐，保重。」

王嵐愣了愣。

這是他第一次同她說保重。

過往的時候，他一直說的都是，再會。

然而她也不知道這兩個詞有什麼差別，她就是在石桌前呆呆坐了很久，才終於站了起來。

白嶺離邊境不遠，沈佑一天就到了白城，然後開始整軍。

而這時候，蔣純在太平城接到魏清平寫下來的方子。她趕忙讓人配了藥，衝到宋世瀾房門前。

宋世瀾已經將自己關在房間裡三天了。

他的病情開始惡化，拒絕蔣純再靠近他，他每天就自己房間裡，從小窗戶裡拿藥、領飯。

蔣純拿著藥和方子，在門外拍著宋世瀾的房門：「世瀾，魏清平給方子了，你有救了，你開門，開門啊！」

宋世瀾在房間裡，他愣了愣。

他此刻很狼狽，身上全是潰爛的膿包。

他不願意蔣純看見自己這個樣子，這些時日，他看見太多人死去，死得面目猙獰，痛苦不堪。他預感到自己馬上要走到這一步，他不願讓蔣純看到，他希望蔣純記憶裡，自己一直是那個同她玩笑的翩翩佳公子。

如今驟然聽到這話，他還有幾分不真實的感覺，他輕咳了兩聲，同她道：「將藥放在小窗上吧。」

蔣純知道他這樣驕傲的人，決計不會讓自己看到他如今的樣子，儘管她早已偷偷看了好幾次。

她先去給他熬藥，然後端到他的窗前。

她偷偷躲到角落後，看見一隻全是膿瘡的手伸了出來，將藥喝了下去。

她開始每天給他熬藥，每天都喝。藥見效快，幾乎第一天宋世瀾就明顯感覺體力好轉，聲音也清朗起來，他和蔣純就隔著門，輕輕說著未來。

「我到時候想從瓊州一路鋪紅毯鋪到白嶺去接妳。」

「不太好吧？」蔣純坐在門口，抿著唇道：「是不是太鋪張浪費了？」

「怎麼會……」

到了第四天，宋世瀾停止了發燒、咳嗽、腹瀉，所有傷口開始結痂。

他終於從門裡走出來。當時陽光明媚，萬里無雲，蔣純站在門口，笑意盈盈。

而這一日正是沈佑與北狄開戰的日子，也是秦時月與趙軍開戰的時間。

此時的蘇查被顧楚生哄得服服帖帖，顧楚生帶他流連於華京的青樓賭坊，從北狄來的君王，頭一次見到華京這樣的風流盛京，根本無法克制。整個北狄軍隊都處於徹夜狂歡之中，而顧楚生就是他們最好的引路人。

他與北狄迅速打好了關係，得到了蘇查的信任，所有人活得戰戰兢兢時，顧楚生卻是如魚得水。楚瑜迅速同他聯繫上，顧楚生心裡便有了底，他將華京的事情迅速給楚瑜梳理了一遍，隨後道：「我會護住衛韞，儘管攻城。」

楚瑜收到顧楚生的話那日，她就靜靜坐在庭院裡。

她手邊堆了一堆的信報，來自於天南海北，都是最新的消息，一切都安排好了，只等所有事自然而然的發生。

她坐在庭院裡，整個大楚都是喊殺之聲。

沈佑領著人衝進了雪嶺，秦時月領著軍隊和趙軍拼死揮砍，宋世瀾和蔣純領著人衝進瓊州王府，將宋四踩在地上。

「哥哥讓你好好配合衛世子，為什麼就不聽話呢？」宋世瀾將劍懸在宋四頭上，溫和道：「哥哥還沒死呢。」

而後雪嶺埋好的火藥驟然炸開，雪山上的雪傾崩而下，沈佑翻身捲進一個角落裡，死死捂住了心口。那裡是當年王嵐送給他的暖玉，也是這一輩子，王嵐唯一送過他的東西。

巨大的雪崩讓白城都有了震感，王嵐心跳得莫名有些快了，她直起身來，趕緊衝出院子，尋了楚瑜道：「阿瑜，發生了什麼？」

楚瑜喝著茶，愣了愣，片刻後，她慢慢道：「沈佑在雪嶺引爆了火藥，大概，和北狄軍同歸於盡了吧？」

聽到這話，王嵐猛地睜大了眼。片刻後，她毫不猶豫衝了出去，楚瑜只聽「砰」的一聲響，外面傳來焦急的聲音：「六夫人……」

王嵐一路衝到雪嶺，雪嶺常年埋雪，她趕到時，已經經歷了將近一天時間，戰爭已經結束了，大雪埋葬了所有人，有手臂從雪中伸出來，看上去十分可怖。

王嵐踩在雪裡，大聲喊著沈佑的名字。

「沈佑！」

「沈佑！」

她一面喊，一面哭，整個雪嶺安靜得有些詭異，她在地上試圖搜尋著蹤跡，走到火藥的引爆點，她突然看見一片衣角。

她認出來，那是沈佑軍服的顏色，他是將軍，本就有不同色的軍裝，王嵐愣了愣，隨後趕忙蹲下身，拼命刨著大雪。

雪凍得她滿手通紅，兵刃劃破手指，血混雜在雪裡，然後她開始看到頭髮，接著那個人的面容也露了出來。

他在一個獨特的空間裡，雪堆在他上方，他周邊彷彿一個繭子一樣，將他保護在中間。王嵐不敢停，哪怕她的手上全是血跡，她仍舊在努力挖著對方。

等到最後，她終於把他挖出來的時候，她雙手一直在抖，她拖著他出來，將他背在背上。一步一步走出去。

她感受到他心窩的溫度，聽著他薄弱的心跳。

「沈佑，」她這輩子沒做過這樣的活兒，每一步都走得格外艱難。可她還是咬著牙，一步一步往前：「這一次，你乾淨了。」

她沙啞著嗓音：「你睜開眼，你睜開眼睛，這一次，所有過往，我們都當他不存在了。我們好好過，只要你活過來，好不好？」

沈佑沒有應答，王嵐咬著牙。

那天在風雪裡，背著那個男人一步一步往前走的時候，王嵐終於覺得。人這一輩子，沒有什麼走不過去的坎，沒有什麼贖不清的罪。

過去了，就是過去了。

沈佑的捷報早一步來到楚瑜手裡，北狄十萬軍盡數滅於雪嶺，她重重舒了口氣，緩了好久後，她才站起身，平靜道：「通知長公主準備，備好馬車，今夜出發去華京。」

她的身子開始有些重了，準備的東西也多，沒了一會兒，長公主帶著她的假肚子急急出現，克制不住激動道：「可是華京得救了？」

楚瑜神色平靜，點頭道：「如今北方已無患，秦時月以近兩倍軍力剿滅趙軍應無大礙，我哥昨日傳信於我，西寧偷襲陳國，他也只留了一部分軍力在邊上，正趕往華京，我與他約定好，」楚瑜神色冷峻：「三日之後，兩軍交匯，共取華京！」

「好！」長公主高興擊掌，起身道：「我們啟程吧！」

楚瑜應了聲，兩人一起入了馬車。

一路上，楚瑜有些睏頓，長公主幫忙照顧著，看上去雖然是兩個孕婦，但實際上只有楚瑜要令人擔憂些。

兩日後，楚瑜和長公主趕到了天守關，此時秦時月已經紮營在天守關上，眺望華京。

楚瑜和長公主站在城門上，看著遠處華京燈火通明。

「妳說，」長公主感覺風聲獵獵：「他們此刻在做什麼？」

「這四周都已經被圍了，」楚瑜聲音平淡：「除了守在這裡，他們又能做什麼？」

「北狄這一次傾國之力而來，」長公主嘆了口氣：「這一次，怕是再也沒有北狄一國了吧？」

「是啊。」楚瑜的聲音散在風裡：「我們贏了。」

「明日入京之後，妳打算怎麼辦？」

長公主扭頭看她，有些好奇，楚瑜愣了愣，隨後卻是笑了：「能怎麼辦？」

楚瑜抬起手，一手護著肚子，一手將頭髮挽到耳後：「將他帶回來，他在身邊，做什麼都好。」

她沒說名字，長公主卻知道是誰，她靜靜看著楚瑜，目光落在楚瑜肚子上。

「那孩子呢？」

楚瑜沉默下來，長公主平靜道：「我需要一個孩子，妳知道。」

楚瑜還是沒有說話，長公主嘆了口氣，她轉頭看著遠處：「我知道，妳不願將這個孩子送進宮來。可是說句實話，為君為臣，總是不一樣的。日後我若為太后，我私心裡，始終還是提防著衛韞。這把刀太鋒利，妳明白嗎？」

衛韞這樣的人，有聲望，有兵權，有實力。

只要他還活著，他就會成為所有帝王睡覺都在擔憂的利刃。

衛家當年熱血忠誠尚且如此，一個反了兩次的衛韞，又如何讓高座安枕？

「妳同我說這話，」楚瑜平靜看著長公主：「便不怕妳當不成太后？」

「那不正好嗎？」長公主笑起來：「妳以為我又想當？」

她嘆了口氣：「只是已經走到了這一步，不得不當罷了。」

楚瑜抿唇不予，長公主繼續道：「我需要一個籌碼，確認衛韞日後不會反。我隨便找一個孩子，無論哪一個孩子，都會讓我害怕，衛韞服不服。我知道妳的心思，楚瑜，妳想讓妳的孩子平平安安長大，可是妳以為，衛家當年，不是這麼想著對衛韞的嗎？」

讓衛韞平平安安、高高興興長大，所以十四歲的衛韞，乾淨得像一張白紙。

衛家以為只要安分為臣子，衛家以為只要沒有私心，那就不會有人害他們。可是手握重兵，走在那一步上，除了握緊更多的權力，又能怎樣？

「人之所以拼命握住權力，其實就是為了過得更好。」長公主聲音平淡：「說只恨生在帝王家的人，大多是沒苦過的。他們沒經歷過人世裡更多的無能為力，越沒有權力的人，越沒有自由。如果能衣食無憂安安穩穩，我一輩子也不會爭不會搶。只是有時候命運是生來的，楚瑜，妳這個孩子只要是衛韞的孩子，就註定了從他出生開始，所謂安穩，就是幻想了。妳難道就不害怕，他再當一次衛韞？」

楚瑜聽著長公主的話，一言不發。好久後，她輕輕笑了：「妳不過就是想要同我要這個孩子罷了。」

「我可以將他給妳，」楚瑜神色平靜：「可我有個條件。」

「嗯？」

「等他十五歲那年，他有機會選一次自己的人生。如果他要當皇帝，那他就當下去，如果他不當皇帝，」楚瑜抬眼看她：「那妳不能逼他。」

「好。」長公主果斷開口。

楚瑜垂下眼眸，手摸著肚子：「到時候雖然他在宮裡，但我和小七會一手教導他，他是陛下，但是也是我們的孩子。」

「我知道。」長公主點頭：「到時候他會拜衛韞為亞父，你們可以隨時隨地入宮探望。」

楚瑜嘆了口氣：「那便這樣吧。」

所有路她給了這個孩子，是成九五之尊，或是普通臣子，她都願意給這個孩子選擇。

她曾經也在衛韞有這個想法時憤怒不已，然而走過太多路，看過太多人，這世上又哪裡來真正的安穩？不過是有另一個人為你撐起一片天，你當無風無雨罷了。可他們沒辦法給這個孩子撐一輩子，早晚有一日，這個孩子要自己爬出來，那與其讓他趴在泥濘裡，不如讓他坐在皇位上。

兩人在天守關上眺望華京時，華京城中正在舉行一場盛宴。

顧楚生親自操辦這場盛宴，宴會上擺上了華京最好的美酒，有華京最美麗的女人。她們想盡了法子勾著那些軍官將士，整個場面彷彿紂王酒池肉林，奢靡不堪。

從四天前開始，顧楚生就斷了華京外所有來的訊息。北狄與大楚不同，以鷹為通訊，於是顧楚生讓人埋伏在城郊，凡是看見鷹來，都以特製的誘餌哄下來，然後將資訊偷換，製造出一片太平盛世的模樣。

時至今日，北狄還軍還在等著趙軍的命令，等著裡應外合，卻完全不知道，外面早已被楚瑜和楚臨陽的人澈底圍住了。

顧楚生在一片醉生夢死之間，靜靜看著眾人，一個太監疾步走進來，小聲道：「宮外傳來消息，楚大小姐的信來了，明日清晨攻城。」

顧楚生應了聲，抬了抬眼，他低聲道：「酒再多抬些。」

北狄特意帶了軍醫和試毒的人，每壇酒都要單獨驗過，沒有任何下毒的機會，只能從酒本身的純度上下功夫。

太監應聲下去，顧楚生抬手端起酒杯，隨後露出醉態，到了蘇查面前，面帶諂笑道：「陛下，今日安排，可還滿意？」

蘇查躺在女人身下，女人在他身上聳動著，他喘著粗氣，大聲道：「你說什麼？到朕耳邊來說！」

近來顧楚生教著蘇查當「大楚」的皇帝，蘇查已經學會了用「朕」來說話，甚至還會像模像樣穿上龍袍，戴上冠冕。

顧楚生跪到蘇查旁邊，躬下身來，貼在蘇查耳邊，諂媚道：「陛下，可還滿意？」

「陛下、陛下，」旁邊女人跟著說：「您還滿意嗎？」

蘇查被女人勾住，點頭道：「好，朕喜歡！顧楚生，朕要給你加官進爵！」

「能為陛下做事，本來就是臣的福氣。」顧楚生趕忙道：「陛下，臣有些頭疼，能不能先去休息？」

蘇查本就已經不耐煩和顧楚生說話，他一心一意沉溺於溫柔鄉中，點著頭道：「去吧。」

顧楚生站起身，彷彿醉了一般，搖搖晃晃出了大殿。出去之後，他立刻冷下神色，平靜道：「等會兒把大殿關起來，酒和女人多往裡面送，同張公子說，別玩得太收斂，能玩得多荒唐就多荒唐，別讓這些人停下來。」

張公子原本就是華京中一位紈絝，以能玩荒唐出名。顧楚生知道他的能耐，特意讓他來招待北狄人。

喝不完的美酒，數不清的女人，新鮮的玩法，還有顧楚生日夜不停的吹捧，一貫高高在上的大楚被踐踏在腳下，北狄高官在這樣的刺激下，根本分不出心想其他事。

顧楚生走在長廊上，同旁邊人低聲道：「所有人安排下去，明天清晨，讓守城門的人和北狄人換個班，他們不換就讓人全埋伏在城門口，衛軍一來就開門，百姓全都準備好武器，老弱婦孺都躲起來，通知高大人這些高官，全部藏好，不要被北狄軍抓到當人質。」

顧楚生一面說，一面讓人取了兩瓶酒，朝著關押衛韞的牢房走去。

看守牢房的北狄人正百無聊賴喝著酒，顧楚生走上前，給侍衛送了錢和酒。

如今他是蘇查身邊的紅人，士兵也不太好得罪，加上顧楚生又送了東西，便擺了擺手，讓他進去。

顧楚生到了牢房前，看見被關在裡面的衛韞。

他身上也已經沒一處完好，許多骨頭都呈現出扭曲的姿態，也看不出生死。顧楚生克制著自己，冷靜道：「衛韞。」

沒有反應，沒過多久，外面傳來了士兵倒地的聲音，顧楚生的侍衛疾步進來，小聲道：「大人，人都倒了。」

顧楚生點點頭，從侍衛手中拿了鑰匙，開了牢門，急切拍打衛韞的臉：「衛韞！衛韞你醒醒！」

衛韞迷迷糊糊睜開眼，看見顧楚生。

「沒死。」

顧楚生斷定開口，他從兜裡塞了幾顆藥給衛韞含在嘴裡，開始將衛韞的衣服脫下來，讓侍衛穿上，接著道：「你在這裡裝成衛王爺，等會讓他們扒了北狄人的衣服，裝成北狄人，別讓他們太早發現現在的狀況，能拖到清晨最好，看見情況不對趕緊跑，保命最重要。」

「是！」侍衛應聲道：「那您去哪裡？」

「我自有去處。」

說完，顧楚生給衛韞換上侍衛的衣服，背著衛韞就衝了出去。

等明日攻城，北狄人肯定會拿衛韞去當人質，他要帶著他在今夜找到一個安全的地方。

顧楚生左思右想，想起當初趙玥關押楚瑜的地牢，他趕緊衝了過去，他打開層層機關，終於來了地牢之中，他從牢房外的箱子裡翻找出蠟燭和火摺子，然後打開了地牢的門，進去之後，他點上蠟燭，一回頭，他就愣了。

他看見一個乾瘦的人抱著自己蹲在原地，那人死死盯著他，彷彿一隻受過極大傷害的小獸。

顧楚生背著衛韞，與那人靜靜對視，他總覺得那人的眼睛有幾分熟悉，許久之後，他猛地反應過來：「沈無雙？」

沈無雙愣了愣，他的思緒似乎被這個名字驚擾。

顧楚生放下衛韞，激動地走過去，握住沈無雙的手道：「沈無雙，是我，顧楚生！」

「顧……楚……生……」

沈無雙乾澀地發出音，他的嗓子似乎是受過什麼傷害，聲音極其難聽。顧楚生愣了愣，隨後猛地反應過來：「你怎麼在這裡？是趙玥把你關在這裡的？他對你做了什麼？」

沈無雙聽見趙玥的名字，神色動了動，顧楚生見他的模樣，便知他在這裡受過太大的刺激，他看著沈無雙發白開裂的唇，和他身後一壇又一壇的藥酒，便知道他是依靠著這些活下來的。

他起身走出房門外，去倒了一壺茶，打了水，然後回到地牢中，先將石門關起來，然後從內部上了鎖，接著他將水遞給沈無雙，又放了幾顆藥在沈無雙手裡，嘆息道：「先吃點吧。等出去帶你去吃好的。」

說完，他走到到衛韞面前，背對著沈無雙，開始清理衛韞的傷口。

他知曉今夜要將衛韞救出來，藥、繃帶、酒這些東西都準備得齊全。他開始給衛韞清洗傷口，然後擦藥，一面擦一面道：「也不知道你現在情況怎麼樣，還能不能幫忙他看一看，我畢竟不是的大夫。」

「大夫……」

沈無雙聽到這個詞，似乎想起什麼，他放下手中的茶碗，起身到了衛韞面前。

他似乎什麼都不知道，卻還是蹲下身子，機械性開始給衛韞包紮傷口。

顧楚生觀察了一會兒，確認沈無雙並不是亂來，終於歇在一邊。

等傷口包紮好了，沒有多久，衛韞在藥的作用下悠悠醒了過來。

他緩了一下光線，隨後轉過頭去，看見一旁的顧楚生：「顧兄？」

叫出聲後，他意識到身邊還有一個人，他轉過頭去，愣了片刻後，他驚詫道：「無雙？」

沈無雙沒說話，他呆滯地看著他，衛韞艱難撐起自己，緊盯著沈無雙：「無雙，」他放柔了聲音：「白裳還在等你回家。」

聽到白裳的名字，沈無雙終於動了動眼珠。

衛韞知曉他有反應，接著道：「白裳她在等你，你哥已經走了，你再沒了，她怎麼辦？」

沈無雙慢慢緩過神來，機械性念出了那個名字，「白裳。」

一夜瘋狂之後，啟明星亮起時，楚臨陽的隊伍終於到了天守關。楚瑜看見楚臨陽風塵僕僕而來，兄妹靜靜對視片刻，楚臨陽目光落在楚瑜肚子上，平靜道：「我會將衛韞安全帶回來。我開路，妳之後再跟上。」

「好。」楚瑜神色笑了：「大哥保重。」

楚臨陽點點頭，他轉過身去，同秦時月打了招呼，兩隻軍隊便彙聚在一起，朝著華京急奔而去。

楚瑜穿上翟衣，讓人備了華貴的轎撵，然後讓人去請長公主。

長公主也穿上了她身為長公主時的宮裝，兩個女人相視一笑之後，楚瑜抬手，溫和道：「殿下請。」

清晨第一縷陽光破開雲霧，楚臨陽和秦時月的軍隊到了華京門口。他們分成兩邊散開，包抄華京四個城門。

鐵蹄轟隆之聲驚醒了北狄軍的好夢，守在城樓上的北狄軍急促敲響了警鐘，大聲道：「敵襲！敵襲！」

北狄高官從酒醉後清醒，還來不及穿上軍甲，就聽士兵道：「攻城了！他們攻城了！」

「衛韞呢？」蘇查穿上鎧甲，怒道：「將衛韞和顧楚生給我掛到城樓上！」

說著，蘇查就帶著人衝出去迎戰。然而這時顧楚生安排在城樓處的人已經衝上去打開了城門。

「殺進去！」大楚士兵大吼。

蘇查來到城門口，提刀迎戰，怒道：「和他們拼了！出城迎戰！」

有蘇查在，北狄總算找到了支柱，迅速集結起來。

他們本來就是在草原上征戰慣了的騎兵，根本不依靠城池，十萬大軍衝出去，和大楚的士兵糾纏成了一片。

於是華京城外，那楊柳依依之地成了戰場，殺伐之聲震天作響。

這是華京百姓頭一遭這麼近看見戰爭的殘酷，也是頭一次知道，原來千里之外的白城，每一年所面臨的，是這樣的猛獸，原來華京這百年平和，是以這樣的血肉鑄成。

楚瑜和長公主的轎攆從天守關慢慢走來，她們到時，戰局正顯膠著姿態，北狄士兵凶猛，兩軍數量差不多，而楚軍又都是剛剛經歷了大戰而來，因此哪怕打了北狄一個措手不及，在短暫的優勢後，卻也糾纏起來。

楚瑜掀了簾子，靜靜看著戰局，片刻後，她招手將長月喚來，吩咐道：「去將城裡的百姓組織一下，一起參戰。」

「是。」長月應了聲，隨後便單騎提劍，橫跨過整個戰場，衝到華京城中，大聲道：「我乃衛家家僕，家中主人請諸位父老，若有一戰之力，提刀帶鋤，與我等一同出戰！」

這一聲大喊之後，其中一位大漢提著一把長刀，怒道：「老子想要殺敵許久了！」

「對！」有人應和：「他們作威作福這麼久，是該讓他們知道厲害！」

大家群情激憤，人越來越多，外面本就殺成了一片，長月跨馬提劍，領著數萬百姓，從城門中衝了出來。

華京中有上百萬人，哪怕只有一些青年衝出來，也是黑壓壓的一片，他們加入戰局，打得毫無章法，卻是從人數上占了絕對優勢，兩三個百姓幫著一位楚軍，一時之間，戰況瞬間逆轉。

楚瑜遠遠觀望著，看著戰場之上奮戰的將士和百姓，忍不住露出了笑意。

太陽從東方澈底升起來，陽光灑滿了整個華京，鐵騎從東邊日出之處轟隆而來，楚瑜迅速回頭，而後便看見一個「宋」字旗飛揚而起，從山頭慢慢升了起來。沒多久，兩騎棗紅色駿馬出現在眾人視線之中，蔣純和宋世瀾並駕齊驅，領著士兵從山坡之上俯衝而下。

「宋世瀾來了。」

長公主的聲音有些克制不住，帶了激動之意。

如果是百姓的加入是扭轉了戰局，那宋世瀾軍隊到後，這一場勝負就已經是碾壓性的。

楚瑜靜靜看著宋世瀾身邊的蔣純，她一身青衣長裙，身上帶著幾分過去沒有的張揚銳氣，似乎是察覺到楚瑜的目光，蔣純揚起頭。

陽光之下，蔣純展顏一笑，朝楚瑜點了點頭。

而後她便同宋世瀾一起，俯衝入戰局之中。

「我們可以入京了吧？」長公主觀察著戰局。

楚瑜沉默著，片刻後，她平靜道：「入城吧。」

說完之後，楚瑜上了車攆，長公主也上了自己的鳳攆。

楚瑜的車攆跟在長公主之後，兩輛華貴的車攆一前一後，從戰場上緩緩往華京大門前去。

她們身邊是橫飛血肉，車下是屍骨成堆，這一路踩過白骨鮮血，冷了熱血心腸，終於走到華京前。

而地牢之中，顧楚生聽著外面有百姓歡呼叫罵之聲，他起身道：「我出去看看。」

說著，顧楚生出門去，沒過多久，他高興地回來，開了門道：「阿瑜領兵入城了！衛韞，來，我背你去見她。」

衛韞聽到楚瑜的名字，他愣了愣。顧楚生背起他來，隨後招呼一旁呆呆傻傻的沈無雙道：「沈無雙，快！走了。」

沈無雙目光落到衛韞身上，衛韞笑了笑：「無雙，走吧。」

沈無雙垂下眼眸，顧楚生高興道：「算了，我們回來接你。」

說著，他便跑了出去，然而沈無雙在原地站了片刻後，還是跟著跑了出去。

衛韞被顧楚生背著，等走出地牢，光照耀到他身上，他終於反應過來自己要去見誰。

他緊張得突然抓住顧楚生的肩膀：「顧兄。」

「嗯？」

「我不能這樣去見她。」

顧楚生愣了愣，衛韞笑了笑：「你我這個樣子，怎麼適合見心上人？」

顧楚生終於反應過來，他想了想，笑出聲來：「是了。」

說著，他背著衛韞道：「我們先去換套衣服吧。」

如今宮裡一片混亂，北狄人幾乎全出城去，顧楚生一冒頭，趕緊找了個太監，找了個偏殿，準備好了洗漱衣物。

三個人在偏殿簡單洗漱後，換上華衣玉冠，佩上香囊玉佩，而後顧楚生為衛韞找了輪椅，推著他往宮門去。

楚瑜和長公主要入宮的消息已經傳了過來，外面戰局已定，楚瑜和長公主的車攆在百姓歡呼簇擁之下，一路行往宮城。

顧楚生領了宮中的臣子奴僕，帶著衛韞，守在宮門之後，宮門一點點敞開，兩邊人的面容從門縫之中逐漸展現，彷彿鋪畫卷徐徐鋪開。

楚瑜和長公主並肩站在門外，她們身著華衣，挺直腰背，姿態優雅而美麗，彷彿大楚那美麗的山河，溫柔高貴。她們身後站著渾身染血的將士，秦時月、楚臨陽、宋世瀾、蔣純、長月、晚月……

這些人一字排開，身上戰衣染血，手中劍露鋒芒。

再往後，是士兵，是百姓，是芸芸眾生，是大楚這一場新生和未來。

而宮城之內，衛韞和顧楚生一站一坐，衛韞白衣玉冠，顧楚生紅衣金冠。衛韞整個人瘦得可怕，除了臉以外，身體所有漏出的部位都帶著傷痕，可見遭遇過怎樣殘忍的對待。

他們踏過最艱辛的路途，卻仍舊在此刻從容迎接著所有人的到來。

楚瑜目光一直落在衛韞身上，他的笑容溫柔平和，彷彿是春日那一抹陽光落在午後窗沿，映得桃花都帶著暖意。

城門發出沉悶聲響，終於澈底打開。兩隊人馬靜靜而望，片刻後，顧楚生壓抑著激動，領著眾人，慢慢叩首下去。

「臣，顧楚生，」他聲音中帶著哭腔：「恭迎公主殿下回京！」

顧楚生帶頭，所有人跪了一片。長公主神色平靜，她轉頭看著呆呆地看著衛韞的楚瑜，推了一把她道：「怕什麼！」

楚瑜回過神來，艱難地笑了笑。然後眾人注視之下，她往前走去，停在衛韞身前。

她有許多話要說，一時竟不知道要說什麼，衛韞仰頭瞧她，卻是輕輕笑開。

「我知道妳會來接我。」他溫和開口：「十四歲那年妳從這裡接我回家，妳看，今日妳也來了。」

聽到這話，楚瑜終於再也克制不住，她半蹲下去，猛地抱緊了他。

那麼久以來是所有的害怕都在這一刻爆發出來，她咬緊牙關，含著眼淚，卻不敢出聲。

衛韞抬手梳在她的頭髮之上，眼中帶了溫柔。

「阿瑜，」他輕聲開口：「我們可以回家了。」

「好。」楚瑜沙啞開口：「我們回家。」

從十四歲到二十一歲，這一路，他們相扶相伴，於黑暗中扒拉出光明，於絕境之中溯流而上。

千難萬難，火海刀山，萬人唾棄，白骨成堆。她陪他一世，他護她一生。

未負此諾，不負此生。

元和五年秋末，因苛捐重稅、戰亂不斷，民不聊生，鎮國侯衛韞被逼舉事，自立為平王。以「問罪十書」問罪於帝，天下震動，諸侯回應。

一時間，瓊州宋氏、洛州楚氏、華州王氏紛紛自立，舉事者近百人，天下始亂。

元和六年春，北狄陳國聯手來犯，白、瓊、華州大疫，北狄勾結內賊趙玥，直入華京，內閣大學士顧楚生叛國稱臣，獻出華京，平王衛韞寧死不降，天下感於衛王之氣節，殊死奮戰。衛大夫人楚瑜以代孕之身坐鎮沙場，指揮右將軍沈佑引北狄敵軍於雪嶺以火藥震至雪崩而葬，又令左將軍秦時月大破趙軍，而後與洛州楚氏、瓊州宋氏結盟，三軍取下華州，護長公主入京，因長公主乃淳德帝之女、又孕趙氏嫡子，因而被舉為女帝，由衛、顧二人輔佐，代天子攝政，改年號順平。

順平元年，六月。

衛韞終於東拼西湊，湊足了聘禮上門下聘。

下完聘後，雙方家裡定下了婚期，六月十六，便是兩人成親的日子。

那天早上，衛韞梳好了頭髮，早早去了楚家。楚瑜站在鏡子前梳頭，她的肚子已經大起來，嫁衣特意改動了許多。楚錦在她身後給她梳頭髮，謝韻在她背後低聲哭著。

「也不知道妳是什麼命，怎麼就這麼苦。妳這麼大個肚子嫁過去，也不知道要受多少欺負……」

「好了，母親，」楚錦有些不耐煩了，她提了聲道：「衛韞對姐姐一片深情，這天下人都知道著呢，母親，您就別再說這些無所謂的事了。」

「無所謂？」謝韻抬起頭：「妳還好意思同我說？妳看看妳的臉、妳那名聲，當年閒著沒事跑去鳳陵做什麼？如今誰還肯娶妳？妳總不至於讓韓閔那毛頭小子娶妳。哦，他要願意娶妳，我還謝天謝地了！可妳就算對別人有恩，人家也不至於把一輩子搭上吧？」

「至於，」韓閔的聲音突然從外面傳了出來，高興道：「我不介意的！」

「滾！」楚錦將梳子砸了出去，怒道：「關你什麼事，出去！」

韓閔笑了笑，擺了擺手，趕緊縮頭假裝消失。

謝韻沒想到韓閔就在外面，一時也有些尷尬，楚錦給楚瑜簪上了鳳釵，就聽外面傳來了侍女見禮的聲音，隨後便看見蔣純走了進來。

蔣純來了屋中，將楚瑜上下一打量，楚瑜笑著道：「妳來做什麼？」

「來瞧瞧新娘子。」蔣純坦蕩道：「本來阿嵐和魏郡主也想來，但怕過來的人太多，就沒過來。」

「魏郡主如何了？」

「挺好的啊，」蔣純笑起來：「仗一打完，秦時月那二愣子就去了魏王府，跪在魏王府門口求娶郡主。郡主聽著就慌了，一路從白州狂奔到青州，聽說差點一把火燒了魏王府，然後兩人就在那邊定親了。」

「今日來了？」

「來了啊。」

楚瑜近來肚子大了，不能亂走，知道的消息倒不如蔣純多，便接著道：「沈佑好些了？」

沈佑被王嵐從雪山裡挖了出來後，說是腿不能走了，就一直賴在床上，王嵐天天去照顧著，看著倒有些奇妙。

蔣純說著沈佑就笑起來：「他早就好了，串通著沈無雙哄阿嵐呢，不過阿嵐又不傻，早就知道了，只是不說而已。我估摸著吧，」蔣純想了想：「再過一陣子，阿嵐的喜事也近了。」

「沈無雙好了？」楚瑜是知道沈無雙剛被救出來的樣子的。

蔣純嘆了口氣，點頭道：「白裳天天照顧著，一個字兒一個字兒教著讀。我聽說那晚也不知道是怎麼了，白裳在房間裡哭了一晚上，然後去跳了河，沈無雙去河裡把人拉上來後，兩人就好了。」

這個「兩人就好了」一句話用得意味深長，楚瑜便明瞭了，沈無雙不但好了，可能還很快就要辦親事了。

楚瑜聽著蔣純零零散散講著每個人的事，心裡帶了暖意。

沒多久，外面傳來了喧鬧聲，侍女急急忙忙衝進來道：「不，不好了，韓公子和衛公子打起來了！」

聽到這話，所有人都愣了愣，蔣純最先反應過來，趕緊道：「和衛家哪位公子？」

「大……大公子……」

話沒說完，蔣純就奔了出去，楚瑜趕緊帶著楚錦等人上去，就看見衛陵春和韓閔在屋簷上打得難捨難分。

韓閔手上功夫不如衛陵春，但他極其擅長暗器，眼見著他打急了眼，撩了袖子就要放暗器，楚錦著急道：「別亂來！」

就是那瞬間，一襲紅衣突然掠上屋簷，一手一個揪住領子，直接往兩邊扔了下去，那青年面冠如玉，含著笑道：「我大喜的日子，打什麼打？」

說著，對方轉過頭來，看見在一旁看著戲的楚瑜。楚瑜喜袍鳳冠，雙手環胸，正斜斜靠在門邊仰頭看著熱鬧，那青年目光看過來一瞬間，楚瑜就愣了。

時光百轉千迴，一瞬之間，她彷彿看到了七年前那個黑衣少年，他也是站在那個位置，冷眼掃了過來。

兩人靜靜對視了片刻，俱都笑了。衛韞抿了抿唇，似乎是覺得有些不好意思，又跳了下去。顧楚生冷眼看著他道：「大喜的日子跳來跳去，你當你是猴子？」

衛韞笑了笑，不好意思道：「我……我不以為阿瑜看不見嗎？」

顧楚生輕嗤，轉頭看向楚家。

這一次衛韞領了他來充場子，他本來想拒絕。然而在最後一刻，他卻突然覺得。

如果是要告別，那至少是該澈澈底底的、乾乾淨淨的、心無芥蒂的，和過去告別。

他和宋世瀾就站在衛韞後面，再之後是沈佑、沈無雙、秦時月等人。

吉時到後，鞭炮想起來，大門打開，新娘子手持紅綢，被人領著走了出來。衛韞有些緊張，被人領著走上前去，握住了紅綢的一端。

有那麼一瞬間，他突然想，如果這是他們第一次相遇，如果當年和她定親的是他，這一段姻緣，是不是會更好？

他這一輩子沒叫過她楚姑娘，似乎他們從第一次相遇，就有著重重身分。

他突然特別想叫她一聲楚姑娘，特別希望，他能在她少女時，就同她相遇。

於是他握著紅綢，溫柔道。

「楚姑娘，」他說：「小心腳下。」

楚瑜聽到這聲呼喚，輕輕笑開。

她明瞭他在喚這一聲是為什麼，她抿了抿唇，溫柔道。

「衛韞，其實我覺得，能在喜歡你後嫁給你，再好不過了。」

衛韞微微一愣，那一聲「喜歡」沖淡了所有的苦澀和不甘。

他靜靜抬頭，看向所有含笑看著他們人，沈佑高興得吹了口哨，顧楚生眼中帶著溫和，每個人都用自己的方式，表達著祝福和喜悅。

每一種相遇都很美麗。

能在最好的時光裡遇見你很美好。

能在時光裡遇見最好的你，更無遺憾。

於楚瑜而言，她很感激。

感激擁有這一場感情，它細膩如夜雨潤早春，又灑脫似清風行千里。

天地為席，山河作枕，你在之處，便是漫漫餘生。

「衛韞，」她輕聲呼喚：「拉著我。」

第三十章 漫漫餘生

楚瑜生產那天下著小雨，正是由夏轉秋的時候。

得知她預產期到，長公主便直接讓人將楚瑜接進了宮裡，起初衛韞不讓人進去，攔著那宮侍冷著聲：「您去回稟太后，我衛家的夫人就在衛家生產，斷沒有進宮去生產的道理。」

兩月前長公主已誕下「皇帝」，終於坐穩了江山，有了趙氏和李氏的血脈，這個孩子無論是誰，都不敢說是不正統了。天下諸侯沒了聲討的理由，長公主便下令去，該招安招安，該剿滅剿滅，兩個月下來，大楚諸侯之亂，便算是穩住了。

這個孩子自然不是長公主生的，她根本沒有懷孕，只是算了時間，讓顧楚生送了一個剛出生的孩兒進宮去。那孩子是從農戶家借過來的，暫時放在長公主手裡，顧楚生說得清楚，等楚瑜生下來，若是個男孩，便將這個孩子換入宮中，若是個女孩，那便將顧顏青換入宮中。

因著這個緣故，無論如何，長公主都是要讓楚瑜在宮裡生的。

然而衛韞對於這件事，卻是有著抵觸。讓孩子入宮為帝，這一點他不是沒想過，但是在他真的守在楚瑜身邊，看著楚瑜肚子一點點大起來時，他內心對這個孩子卻有了萬般不捨。

他第一次體會到一個父親對於孩子那種濃重的愛，並不僅僅是因為那個孩子的母親是楚瑜，還因為這個孩子的父親是他。

只是楚瑜察覺了他的情緒，見他攔下了宮人，嘆了口氣道：「你何必為難他呢？本該去的。」

說著，楚瑜讓下人收拾了東西，由晚月扶著走下臺階，同衛韞招了招手道：「你也別置氣，同我一起進宮吧。」

楚瑜開了口，衛韞也就沒有做聲，他總不能當著這麼多人的面與她爭執，於是跟在她邊上，扶著她上了馬車。

入宮之後，長公主給他們安排了去處，拉著楚瑜聊天。

她還住在以前當梅妃住著的地方，房間裡什麼都沒變過，楚瑜進來瞧見了，嘆了口氣道：「妳不如換換屋裡的擺設，日日對著過往，心裡難受。」

「也沒什麼難受的。」長公主笑著在手裡抱了隻貓兒，招呼著楚瑜住下：「他活著時候我不喜歡他是罪過，如今他死了，我反而能坦坦蕩蕩追思了。」

楚瑜愣了愣，見長公主低下頭，垂著眼眸：「這房間裡還有他的味道，我就覺得他還在，心裡舒服些。」

楚瑜抿了抿唇，沒有說話。

當天夜裡她與衛韞睡著，有些睡不著。衛韞在她身邊時候，每晚睡得極好，腦袋朝著她身上隨便一靠，只要有那麼點搭邊，讓她的體溫和他有連結，便睡得特別安心，像隻小豬一樣。

楚瑜覺得他近來似乎又白了些，胖了些，應當是過得極好了。

她瞧著他白白胖胖的，還睡得這樣好，便有些不高興了，想著自己睡不著，便推了推他。

「小七。」

衛韞迷迷糊糊睜了眼：「嗯？」

「你同我說說話吧。」

「啊？」衛韞雖然還有些迷糊，卻仍舊帶了詫異：「妳還不睡啊？」

「我睡不著。」

「哦……」衛韞揉了揉眼睛，盤腿坐了起來，沒有半點抗拒道：「好，那我陪妳聊。」

「我頭疼。」

楚瑜將頭搭在衛韞腿上，衛韞趕緊給她按頭，清醒了許多。

「我覺得長公主過得苦啊。」楚瑜嘆息：「她今天的樣子，我瞧著是走不出來了。」

「嗯……」

「小七，」楚瑜慢慢想著：「咱們的孩子要是生下來，真入了宮，長公主便算他半個娘了……」

一聽這話，衛韞頓時醒了。他皺起眉頭：「我們的孩子，真的要入宮嗎？」

楚瑜沒說話，好久後，她才道：「咱們孩子不入宮，長公主不會放心。」

道理衛韞明白。

他握著兵權，他不可能交給長公主，如果那個位子上坐的是一個與他澈底無關的人，長公主又怎麼不擔心哪一天他有了反意？

他知道金座上的是個假皇帝，他還有兵權，他真的想反，要兵有兵要理由有理由，對於長公主來說，他是一個太大的風險。

可這時長公主不可能像淳德帝和趙玥一樣置他於死地，唯一的辦法，就是讓皇帝那個位子，由他的兒子來坐。

是他兒子當皇帝，他總不能反了他兒子。

長公主的算盤他明白。

「可是，」衛韞心有不甘：「妳問過這個孩子願意嗎？」

「那出生在衛家，你又問過他願意嗎？」楚瑜有些疲憊：「小七，不是每個人都想閒雲野鶴，我們是給了他一條路，我和長公主說好了，如果有一天他不想當這個皇帝，那就讓他走。」

「如果長公主不放人呢？」

衛韞皺著眉頭，楚瑜沒說話，有些話她不說，然而衛韞卻是明白了她的意思。

他嘆了口氣。

「妳放心，」他低頭親了親她：「不會有這一天。」

「小七，」楚瑜平靜開口：「你不會是你父親，我們的孩子，也不能再當下一個衛韞。」

被人踩在腳底再往上爬，這樣的人生，他們的孩子不會有。

他出生便會是九五之尊，他們會給他最好的天下，最好的人生。

「好。」衛韞聽到這句話，心裡顫了顫，終於認可了楚瑜的決定。兩人沉默下來，沒了多久，楚瑜就感覺到腹痛。

楚瑜驚呼了一聲，衛韞忙道：「怎麼了？」

「我……」楚瑜臉色有些變了：「我好像……好像要生了。」

「來人！」

衛韞聽到這話，頓時慌了神，他給楚瑜披上袍子，同時大吼著道：「將御醫叫來！」

御醫早就已經隨時等著，聽到衛韞召喚，準備好的人魚貫而入。侍衛將衛韞請了出去，

衛韞有些猶豫，楚瑜疼得還不算嚴重，她隔上許久才疼一下，她冷靜道：「你先出去，我不

想你看著。」

衛韞明白楚瑜心裡那份彆扭，她總不想讓他看見狼狽的時候。他深吸一口氣，點了點

頭，便轉身走了出去。

他出去之後，裡面人來人往，也沒什麼聲音。只有侍女隔上一陣子來告訴他，沒事兒，

很好。

他在人前不敢露出焦急，衛夏給他端了酒來，小聲道：「王爺，你喝點酒，舒緩舒緩，

別太緊張。」

衛韞冷著臉喝了一口，就站在門口，死死盯著緊閉的大門，一言不發。

沒過多久，顧楚生和長公主便趕了過來，顧楚生焦急道：「怎麼樣了？胎位還正嗎？情

況如何？」

他問得著急，衛韞一句話也不想說，還好衛夏話多，仔細給顧楚生講著情況。顧楚生抬眼看了裡面一眼，轉身同旁邊吩咐道：「將我帶來的人參準備好……」

「你準備那東西做什麼？」

衛韞猛地抬頭，那是續命的東西。

他清楚知道顧楚生和楚瑜有著不一樣的人生，顧楚生準備這些東西，他不由得有些害怕，顫著聲音道：「你準備這些做什麼！」

「衛王爺你別太緊張，」長公主看出衛韞神色激動，趕忙同他道：「顧大人也只是做個準備而已。」

「娘娘，」衛韞克制住自己，捏著拳頭道：「您先去休息吧，這裡我和顧大人看著就行。」

長公主愣了愣，她看了顧楚生一眼，明顯看出兩人之間是要說什麼，她向來聰明，笑了笑後，便同兩人告別離開。

衛韞讓旁邊人站遠了去，才轉頭看著顧楚生：「她上輩子生產，怎麼了？」

「胎位不正，」顧楚生深吸了口氣：「人差點沒了，還好當時她父親帶了幾根千年老參過來吊著命……」

衛夏腦子一嗡，剛好裡面傳來了楚瑜「啊」的一聲驚叫。

他毫不猶豫，直接就朝著屋子裡開始衝。旁邊侍從趕忙上前攔住衛韞：「王爺，這是產房啊！您不能進去的。」

「放開！」

衛韞一腳踹開對方，他下了狠心要進去，誰都攔不住，頃刻間就破門而入，來到楚瑜身邊。

楚瑜正開到第六指，這是最疼的時候，她死死抓著床單，臉上沒有半點血色。她感覺自己彷彿是在岸上瀕死的魚，連呼吸都帶著疼，就是這時候，有人一把握住她的手，焦急道：「阿瑜、阿瑜我來了。」

楚瑜被這聲音喚回神智，她轉過頭，看見握著她的手，眼裡全是惶恐的衛韞。

楚瑜艱難呼吸著，沙啞著聲道：「你怎麼來了……」

「我不放心妳一個人在這裡，」衛韞艱難地擠出笑容：「我想來守著妳。」

楚瑜聽著他的話，被他握著手，也不知道為什麼，就覺得疼痛減輕了很多。

她生過一次孩子，那一次更疼更痛，早已做好了準備。然而沒想到衛韞的出現，卻讓這場生產更輕鬆了些。

旁邊人讓她呼吸，讓她用力。她聽著他叫她的名字，配合著產婆。

等宮口全開的時候，她試探著將呼吸下壓，所有人高興叫道：「快了！快了！看見頭髮了！」

而衛韞握著她的手，已經完全說不出話，整個人都在顫抖，好像生孩子那個人是他一般。

等孩子生出來，剪斷臍帶，孩子的哭聲響起來，楚瑜終於像活了過來。

她已經沒有半點力氣，臉色煞白，整個房間裡全是穢物，瀰漫著各種難聞的味道。

她身上全是黏膩的汗，自己都覺得有些噁心。她輕輕呼吸著，轉頭看向衛韞。

衛韞眼裡帶著淚，他不敢動，就靜靜看著她。旁邊人抱著孩子，都在歡呼這個新生命的到來，只有他守在她身邊，目光一寸不離。

楚瑜看著他的眼神，不由得笑了。

「讓你別來看。」她聲帶彷彿被石子摩挲過，粗啞得不像話：「你看我現在，多醜啊……」

話沒說完，她就看見旁邊的人動了。

他不敢動作太大，就小心翼翼將她抱在懷裡，她明顯感覺到他的顫抖，他的害怕，他眼淚混著她的汗流入她的脖頸，滾燙灼熱。楚瑜愣了愣，聽見衛韞沙啞著聲音道：「不生了。」

「以後再也不要孩子了……」他哭著道：「咱們再也不受這個罪了。」

楚瑜有些哭笑不得，她被這個人抱著，溫暖讓她疼痛減輕了許多，她有些無奈：「又不是你生，你哭什麼？」

衛韞不說話，楚瑜沒等到回應，她也有些疲憊，便不再說話了，就靠著衛韞，感覺侍從處理著她的身子，昏昏睡過去。

等她醒過來時，衛韞正抱著孩子守在她邊上。他笨手笨腳和人學著怎麼抱孩子，見她睜了眼，他趕緊抱著孩子，獻寶一般過來道：「阿瑜，妳醒了？」

「孩子呢？」楚瑜目光落在孩子身上，伸手要抱。衛韞卻是搖了搖頭，認真道：「妳現在不能抱，抱了妳以後要腰疼的。」

楚瑜被衛韞搞得有些無奈，衛韞想了想，坐在她邊上：「我抱著，妳看看得了。」

楚瑜有些無奈，她便靠著他，瞧著那個孩子。

孩子還小，也不說話，就瞇著眼睡覺。楚瑜想了想，轉頭看向衛韞：「他一直睡著？」

「是啊，除了最開始，讓奶娘餵過後就沒醒過。」

楚瑜聽著有些擔憂了，她抬手戳了戳孩子的臉：「他不會是個傻子吧？」

「應該不會吧……」衛韞也有些擔心了。

「男孩兒？女孩兒？」楚瑜終於想起這個問題。

衛韞有些不高興：「男孩兒。」

楚瑜點了點頭，也沒多問。兩人盯著孩子看了一會兒，孩子終於醒了，他慢慢睜開眼睛，看了衛韞一眼後，就把目光落在楚瑜的胸上。

片刻後，他震天動地的哭了起來，嚇得衛韞一哆嗦，差點把他扔了。

好在衛韞手穩，楚瑜瞧著孩子，猜測道：「大概是要喝奶了吧。」

衛韞也是這樣想的，於是兩人叫了嬤嬤過來，教著楚瑜餵奶。

衛韞堅持不讓楚瑜抱孩子，便自己扶著，讓孩子喝著奶。等喝完奶後，衛韞有些不開心，輕輕拍了拍孩子的臉道：「小王八蛋，你也不傻啊。」

「都當父親的人了，」楚瑜看著衛韞幼稚的動作，笑著勸道：「別這麼幼稚。」

兩人說話間，長公主來了。

長公主走進來，看著一家人其樂融融的模樣，便笑了。

「這孩子生得好看。」

「哪裡有，皺巴巴的，小猴一樣。」

楚瑜笑著開口，招呼著長公主坐下來。

長公主端望了那孩子一會兒，終於抬頭道：「二位可想好了？」

「娘娘給了我們想的時間嗎？」衛韞聲音平淡：「這個孩子不入宮，娘娘放心嗎？」

長公主沒有說話，她從侍女手中拿了茶，抿了一口茶，平靜道：「你們不過是捨不得這個孩子，所以我也想過，這個孩子會拜衛王爺為亞父，日後衛王爺和王妃可以自由出入宮中，代為教養。」

兩個人愣了愣，長公主繼續道：「你們也別以為，我只是為了我自己。衛韞，」長公主抬眼看他：「如果他不當皇帝，衛家可能會有下一次浩劫，卻未必有下一個衛韞，你明白嗎？」

衛韞沒有說話，長公主垂下眼眸：「上位者之心，我再明白不過。我在之時，我得為衛家，為大楚，找一條出路。只有這個孩子長大，身為你的兒子的他，才能接受你完完整整歸還兵權。除了他，哪怕是我，哪怕你真心真意還兵權，我敢信嗎？而你還了兵權，你敢信我嗎？」

「你不敢，我也不敢。」長公主擲地有聲。

「娘娘之心，」衛韞終於出聲，他輕嘆：「懷瑜明白。」

長公主點了點頭，這才想起來：「孩子可有了名字？」

楚瑜轉頭看了衛韞一眼，衛韞想了想，終於道：「順吧。」

他這一生坎坷曲折，希望這個孩子一生能平順無憂。

楚瑜明白衛韞的意思，目光落在這個孩子身上。

她想，會的吧。

這個孩子，會和大楚一起，平安順遂，幸福一生。

趙順是一位命途多舛的帝王。

他出生時沒了父王，三歲時沒了母后，於是從小，他就由他的亞父衛韞，以及衛韞的妻子楚瑜養大。

他母后去得太早，以至於他幾乎對她沒有任何記憶，從他開始記事，他身邊就是衛韞和楚瑜，於是私下裡，他一直稱呼他們為父親、母親，似乎他們真的是親生一般。

如果是普通人，對此可能會覺得拘謹，然而衛韞和楚瑜對這個稱呼卻坦然接受，他們甚至還將自己的孩子帶進宮來陪他玩耍，然後告訴他，這是他的弟弟、妹妹。

於是，哪怕趙順很小就失去了父母。但他卻從來不覺得自己是沒有父母的人。每一年春節，他都會和衛韞一家人度過，很多時候顧楚生也會帶著自己的孩子過來。

顧楚生的孩子叫顧顏青，也就比他大上幾個月。他們兩個人在這場新年宴會裡，經常充當著哥哥的角色，照顧衛晏和衛婉。

衛晏性格倔強又調皮，衛婉卻是一個很溫柔的小姑娘，每年宴會上，衛晏總要想盡法子捉弄衛婉，等顧顏青看到，便不樂意，總要和衛晏打上一架。那時兩人還算旗鼓相當，衛晏很憤怒，吼著顧顏青說：「這是我妹妹，關你屁事！」

顧顏青憋紅了臉，最後想了想，顧顏青終於道：「那，如果以後我娶她當媳婦兒，是不是就關我的事兒？」

衛晏被顧顏青這份管閒事兒的決心給鎮住了，好久後，終於道：「你真不要臉！」

趙順有些奇怪，於是他就問顧顏青：「為什麼你娶了衛婉，你就能管衛婉的事兒呢？」

顧顏青紅著臉說，我娶了她，那以後她就叫顧衛氏，以後她和我就是一家人了，我當然能管她的事兒。

這句話給了趙順很大的啟發，隨著年齡的增大，趙順也慢慢開始察覺，其實哪怕衛韞和楚瑜對他再好，他始終是一個外人，楚瑜和衛韞對她的好，很可能也只是因為他是這個國家的皇帝，甚至因為他無父無母，畢竟衛韞和楚瑜是很好很好的人

趙順也是在八歲的時候明白這個道理的。

那天宮裡新給他調來了一個太監，這個太監是一個少年，對他很好。有一天晚上，少年守在他旁邊，趙順忍不住詢問他。你為什麼對我這麼好？

少年輕笑，因為您是陛下呀

趙順有些疑惑，接著道，那其他人對我好，也因為我是陛下嗎？

少年點點頭，毫不猶豫開口：「那是當然了，您是陛下，全天下人，都要對您好的。」

當皇帝似乎是很幸福的事，因為全天下人都要對你好，可是那天晚上趙順卻有些難受，他突然意識到。衛韞和楚瑜對他的好，很可能是有一些奇怪的因素在。

於是他問了衛晏和衛婉，父親和母親對你們好，是因為什麼呢？

兩人理所應當回答，因為我們是他的孩子呀

趙順想了想，他終於明白自己不高興的原因。

父母與子女的關係是沒有辦法改變的，然而有一天他卻可能不是皇帝了，等他不是皇帝的時候，楚瑜和衛韞還對她這麼好嗎？

少年苦思冥想了很久，直到八歲這天，他聽到顧顏青的法子，於是他眉開眼笑道：「我

明白了，那是不是我娶了衛婉，我和父親母親也是一家人了。」

顧顏青傻傻點頭，想了想後，他警惕道：「你也要娶衛婉嗎？」

趙順想了想，接著道：「那衛晏能不能娶呢？」

顧顏青被趙順的想法驚呆了，他意味深長地看了趙順一眼，終於道：「陛下，您知道娶一個人是什麼意思嗎？」

趙順搖了搖頭：「我不知道。」

顧顏青笑起來，同他道：「那你去同衛王爺說一下，就說你想娶衛晏吧，我娶衛婉，你娶衛晏，以後我們所有人都是一家人。」

趙順點了點頭，他跑到衛韞面前，認真道：「父親，我想請求您一件事。」

衛韞看著趙順詢問：「什麼事？」

趙順是他最寵愛的一個兒子，因為將趙順送進了宮，所以衛韞心裡面一直覺得自己是極對不起這位大兒子的，一般來說，趙順有什麼要求他都會答應。然而這一次，趙順的要求卻是震驚了他，趙順認真道：「父親，我想娶衛晏，顧顏青娶衛婉，這樣的話，我們就永遠是一家人了。」

衛韞沒說話，片刻後，他抬起頭，怒視顧楚生：「你給你兒子教了什麼亂七八糟的東西？」

顧楚生喝著酒，轉頭看向衛韞，溫和道：「教的自然是四書五經，聖人之言，有什麼問題嗎？」

說著，顧楚生哈哈笑起來：「怎麼，你兒子又被顏青騙了？」衛韞一直不想承認的是，自己的大兒子也好，二兒子也好，似乎都沒有顧顏青那份狡詐，總是被他騙。他深吸一口氣，轉頭同衛婉道：「婉兒呀，我們家就靠你了。」

衛婉笑咪咪道：「父親放心，我懂的。」

說著，衛婉站起身，朝著顧顏青輕招了招手道：「顏青哥哥，你過來，我有好東西給你看。」

顧顏青被衛婉叫過去，高高興興跟著衛婉出了大殿。

兩個孩子走出去後，衛韞才轉過頭來看著趙順，趙順眼巴巴望著衛韞，衛韞一時不知道怎麼說，好半天，他終於道：「你怎麼突然有了這樣的想法呢？」

「因為我想和父親成為一家人。」孩子直言不諱：「他們對我說。你們對我好是因為我是皇帝，有一天我若不是皇帝了，那該怎麼辦？所以，如果我和您是一家人，那您才會一直一直對我好。」

這話說得在場的大人都懵了。楚瑜有些心酸，她轉過頭去，不忍再看趙順，衛韞看著趙順，眼裡也帶了些苦澀，好久後，他嘆息道：「傻孩子，你和我們一直是一家人。」

說著，衛韞將他抱進懷裡，拍著他的背道：「順兒呀，你永遠是我們的孩子，我和你母親對你好，不是因為你是皇帝，而是因為我們的的確確是一家人。」

「那父親、母親會一直對我這麼好嗎？」趙順問得有些忐忑。

楚瑜溫和道：「會。」

她聲音有些沙啞，卻十分認真：「一直會。」

趙順開口，還想再說些什麼，這時候外面傳來了顧顏青的尖叫聲，顧楚生皺了皺眉頭，站起身來想要出去。衛韞高興道：「顧大人出去做什麼？我們婉兒一個女孩子，還能拿顧大公子怎麼樣了不成？」

顧楚生聽到這話，也有些不好意思再出去了，畢竟衛婉這樣溫婉的女孩子，若顧顏青真被她怎麼樣了，那也是顧顏青丟臉的份兒。

沒了一會兒，衛婉就領著顧顏青走了回來，顧顏青臉上有些發白。顧楚生趕忙道：「顏青，發生了什麼？」

顧顏青搖了搖頭：「父親，沒什麼。」

顧顏青不肯說，大人也不能問下去，而衛韞則是十分高興湊在衛婉邊上小聲道：「妳怎麼收拾他的？」

衛婉溫和笑了笑。從袖子裡面拿出一條小蛇。

這一次衛韞的臉色也有些不太好看了。然而女兒喜歡養蛇這件事情，他早就知道了，也沒法阻止，畢竟，女兒有什麼愛好，他都是全力支持的。

等酒宴散了之後，當天晚上衛韞和楚瑜睡在床上，兩個人都睡不著，好久後，楚瑜突然開口道：「我想同他說實話。」

衛韞有些忐忑：「現在就說嗎？」

「順兒已經明白很多事了，」楚瑜嘆了口氣：「我們不告訴他實話，他每天患得患失，心裡總是難受的，將他送進宮裡去，已經很是對不起他，若如今還要再瞞著他這些，讓他覺得自己和自己兄弟姐妹不一樣，這也太委屈他了。」

「可他這樣小，」衛韞皺著眉頭：「他能明白我們說什麼嗎？就算明白了，他若守不住這個祕密，到處說去了，這又怎麼辦？」

楚瑜抿了抿唇。好久後，她終於道：「那再長大些吧。」

趙順十歲時，顧楚生開始帶著他處理政務，他雖然是衛韞的兒子，但是卻並不像衛韞那樣，看見書就頭疼，相反的，他很喜歡讀書，似乎更像顧楚生一些，顧楚生是他的太傅，常常和趙順說些治國之道。趙順十歲的時候，已經能在朝堂上與臣子辯論，發表一些意見。

有一次衛韞看見他問住了顧楚生，心裡面十分高興，等回來時，他同楚瑜道：「我覺得孩子長大了，要不同他說實話吧？」

楚瑜點了點頭。

於是在趙順十歲的那個生日夜裡，他迎接了自己這一輩子最大的禮物。

衛韞和楚瑜單獨留在趙順的寢宮，將過往的事來龍去脈全都說了一遍，衛韞怕趙順聽不懂，說得又慢又簡單，楚瑜就在旁邊補充，他們說得極其淺顯。趙順就一直靜靜聽著，聽了好久之後，衛韞感覺自己口都乾了，喝了幾口水，終於道：「順兒，你聽明白了嗎？如果不明白，我們再給你說一遍。」

趙順笑了笑，他抬起頭，看著楚瑜和衛韞，認真道：「所以，我是你們的親生孩子是嗎？」

「對，」楚瑜點頭，抬手握住他的手，認真道：「你是我們的親生孩子，所以這麼多年來，我們一直像照顧衛晏和衛婉一樣照顧你。」

「我明白，」趙順點點頭，接著道：「所以我其實還有一次選擇的機會，不一定要做這個皇帝是嗎？」

「對。」楚瑜認真看著他：「如果你不願意做這個皇帝，我們就再想其他的辦法。」

「可是我不做這個皇帝，換一個人的話，他會給我活路嗎？」

「這點你放心，」楚瑜立刻開口：「我和你父親會想辦法。」

「又有什麼辦法呢？」趙順笑起來：「別說他不放過我，甚至他可能連父親都不會放過。以父親之權勢，若我不是父親親生孩子、由你們一手養大，我身為帝王，自己也不知道自己到底會想什麼、會做什麼。我尚且如此，更何況他人？」

「你不用操心我們，」衛韞抿了抿唇：「我與你母親大風大浪都過來了，這事兒在我們眼裡並非不可解決。你的心意，才是最重要的。」

趙順低著頭，沒有說話，好久後，他終於道：「顧太傅一直同我說，每個人有每個人與生俱來的責任。我是皇帝，我的責任就是管理這個國家，保護黎民百姓，如今你們告訴我，其實我可以不當皇帝，那我又能夠做什麼呢？」

「這些年我活的很開心，也並未覺得不快樂，能為這世間做什麼，我一直覺得是我莫大的榮幸。」

「你確定嗎？」楚瑜有些焦急：「你千萬不要對我與你父親作過多思量，你只需要想自己喜歡不喜歡那便好。我與你父親這麼多年這般艱辛，也不過就是盼望著你們兄弟姐妹能過得好。」

趙順想了想，最後他終於道：「不是還有很多年嗎？等我再想一想，弱冠之年，我再給你們答案。」

趙順這話說的很成熟，完全不像一個十歲的孩子，楚瑜和衛韞卻是認可了趙順的想法，衛韞想了想，終於道：「那你多走走，多看看。看過了這世界的廣闊，如果你還是要選擇回到這裡，父親永遠支持你。」

「我可以嗎？」趙順有些意外：「我可以隨便出宮？」

「可以。」衛韞毫不猶豫開口道：「父親會為你在背後做好一切。」

兩人走出來時，楚瑜終於道：「你允許他出去，要是出了事怎麼辦？」

「以前兵荒馬亂，我到處跑，」衛韞笑起來：「你們怎麼不問一句，我出了事怎麼辦？」

「所以我時時念著你，」楚瑜下意識開口，兩人都愣了，片刻後，衛韞抿著唇，壓著笑，抬手握住她的手，笑著道：「年少時，確實讓妳操心了。」

「為什麼要讓他到處走走看看？」楚瑜不想談這些，轉了話題：「他自己在深宮裡面想不明白嗎？」

「我年少時喜歡妳，但所有人都告訴我，如果沒去看過這個世界就談的喜歡太脆弱。有一天看到了這個世界，我說不定就會離開妳，顧楚生說我的喜歡淺薄，二嫂也說我的喜歡淺薄，所以我就出去了，我看遍了世界，終於確定，我獨獨喜歡妳。」

楚瑜聽著這話，她紅了耳根，扭過頭去，有些不好意思道：「都這麼多年了，說這些做什麼？」

衛韞笑起來：「所以，我希望順兒也能這樣。他不是盲目去做這個決定，他是走過看過，認真想過，知道自己要失去什麼，要放棄什麼，最後做下的決定。」

楚瑜嘆了口氣，好久後，她終於道：「那就隨他去吧。」

趙順第一次出宮是十三歲。衛韞將衛晏、衛婉、顧顏青全都派在他身邊，又讓秦時月和魏清平跟著，確保萬無一失。

那年乾旱，趙順去了災區，當時烈陽千里，他帶著人走在乾裂的土地上，走破了腳，看著雙目無神的百姓，那一刻，他如此強烈的覺得，自己得當一個好皇帝，自己想要幫助他們。

之後趙順就經常出去，他有時候是去賭坊，有時候是去茶樓，甚至在十六歲那年還和衛晏、顧顏青一起去了青樓酒坊。

三個少年迅速長大，長身玉立。風姿俊朗。走到哪裡，都能接到許多手帕。成了華京中頗有盛名的貴公子。

趙順很喜歡這樣的感覺，他喜歡看太平盛世，他喜歡看所有人臉上掛著笑容。他每一次出宮，得到百姓的讚揚，聽著百姓說他是一個好皇帝的時候，心裡就會有無數歡喜湧上來。

他和顧顏青總是在商議著利民要策，而衛晏則總是鑽在兵法裡，有了時間就去軍營裡面和別人打一場。

趙順二十歲那年，三個少年身上亦是功績累累。顧顏青早早入仕，已是官拜四品的金部主事。他沿襲了顧楚生的老路，從戶部開始，未來也將成為朝廷重臣。而衛晏也在十七歲那年去了邊疆。成為了赫赫有名的將軍。衛婉以美貌文弱著稱，知書達理，詩文名遍天下，卻一直沒有出嫁。聽聞和他相親過的男子，若是長得好看些的，還能風度翩翩回來讚嘆一句，「衛小姐真是才貌無雙」，若是衛婉看不上眼的，總是屁滾尿流的被嚇回來，也不知道是經歷了什麼。

那是大楚最繁榮的時代，在衛韞平定四方、顧楚生修生養息的二十年後，大楚到達了空前鼎盛。

在趙順冠禮的前一夜。衛韞和楚瑜決定去要他最後的答案。

顧楚生知道了他們的打算，連忙趕在宮門口等他們，在衛韞和楚瑜出現時，顧楚生急急忙忙上前道：「你們回去吧。」

衛韞和楚瑜皺起眉頭，沒有出聲，兩邊人僵持著，顧楚生嘆息道：「我希望順兒能一直當這個皇帝。」

衛韞皺起眉頭，楚瑜轉頭看向宮門的守衛，抬了抬手，讓所有人散開。顧楚生小聲道：「衛韞，我們等這樣一個皇帝，等了多少年？若是順兒不當這個皇帝，你要誰當，誰當就能比順兒當得更好？」

「可這也得他選，我答應過他，他有選擇的權利。」楚瑜皺起眉頭：「二十年前，為了穩住局勢，為了江山，為了百姓，我送他入宮，如今，天下太平，你們卻說，他做的太好，所以連選擇的權利都沒有了？」

「阿瑜，我明白妳的心情，」顧楚生面色焦急：「可是妳想過若順兒不當皇帝之後會怎麼樣嗎？我們該怎麼辦呢？我們不能為了一己之私置百姓於不顧啊！」

「那也是我們的事。」楚瑜認真開口：「我們的責任怎麼能讓下一輩人來犧牲？如今大楚國泰民安，遠非當初局勢，就算沒了順兒，天也不會塌！」

說完，楚瑜一把推開顧楚生，徑直往宮內走去。顧楚生急急跟上去，衛韞卻抬手擋住他。

「你也是如此作想嗎？」顧楚生盯著衛韞：「我以為你是個明白人。」

衛韞笑了笑，有些不好意思道：「顧兄，我們家夫人最大，你要是能攔住她，我絕對不跟著她走。」

「我若攔得住他，還和你在這磨蹭什麼？」顧楚生大怒。

「我就知道，」衛韞嘆了口氣：「你就是撿著軟柿子捏。你攔不住他，我也攔不住的。」

說完，衛韞放開手，轉身朝著楚瑜追了過去，大聲道：「夫人，等等我！」

顧楚生咬了咬牙，終於還是追了上去，大聲道：「你們走慢點兒！」

三個人來到了趙順的寢殿。趙順身著便服，正在寫字，楚瑜和衛韞進來，趙順似乎早已料到，也不覺得奇怪。他抬起頭來，恭恭敬敬道：「父親、母親。」

而後他便看見氣喘吁吁跟上來的顧楚生，他愣了愣，卻還是行禮道：「太傅。」

衛韞點點頭，抬手讓其他人下去，趙順上前來，親自給三人斟茶。

「我也不賣關子了，」衛韞開門見山道：「我們今夜來，是想問你最後的答案。」

「我明白。」趙順微笑起來。

顧楚生有些著急，起身道：「順兒……」

話還沒說完，楚瑜一拍桌子，怒目看過去，冷聲叱喝道：「閉嘴！」

得了這句話，顧楚生一時有些氣短，所有人都知道顧相這一輩子沒怕過誰，除了楚瑜。

趙順看出三人之間的氣氛，他笑了下，溫和道：「太傅不必擔憂。朕明日冠禮，日後朕便成人了，朝堂之事，還需要太傅、父親、母親多多指點。」

聽到這話，三人都愣了，顧楚生詫異道：「陛下的意思是，您會一直留在宮裡？」

「會不會一直留在宮裡朕不知道，可是，朕會一直當這個皇帝。」

「為什麼？」楚瑜皺起眉頭：「如果你是為了我們……」

「不是，」趙順果斷開口，他看著楚瑜，神情裡帶了暖色：「這些年我去了很多地方，我順著父親和母親的足跡走遍了大楚。我從百姓的口裡聽到了你們的過往。我知道了，如今這個大楚是怎麼來的，我也明白了，今天的興盛建立於什麼地方。我是衛七郎和北鳳將軍的孩子，可能與生俱來便繼承了父親和母親品性。我同你們一樣，我不想讓百姓受苦，也不想讓他人蒙難。看見別人因為我的努力而得到幸福，我很開心，看見這個國家繁榮昌盛，我就覺得我的心裡，有熱血翻滾，讓我覺得，我這一輩子是值得的。」

「我也曾經幻想過，有一天我不當皇帝該是什麼樣子，可是當我以一個普通貴公子的身分走在街上，當我發現我想做什麼事情都無能為力，當我想要幫助誰，卻要大費周章的時候，我就覺得。還是當皇帝更好。」

「我很感激你們給了我這樣的機會，讓我能有得選擇。如今，我想選擇留在這裡。」

「這個決定不是貿然作出的，」趙順神色鄭重，卻又帶著笑容：「我是走遍了很多路，看過了很多人，最終才決定，我要留在這裡。」

衛韞沒說話，他靜靜看著趙順。

其實趙順的長相，已經能清楚看出來那與衛韞相似的輪廓，衛韞一瞬間覺得，趙順彷彿是二十歲的自己，端正跪坐在自己身前，認真而清晰地開口——

我留在這裡，為蒼生，為家人，也為自己。

聽到這話，顧楚生澈底放下心來。

三人靜靜看著趙順，他們才發現，轉眼二十年，這個孩子真的澈底的長大了。

他們三人又和趙順聊了幾句，終於出了趙順的寢宮，三人走在長廊上的時候，顧楚生突然頓住腳步，仰頭看著星空。

「我發現，」顧楚生帶著一絲笑意：「這星星和二十年前相比，好像沒有什麼變化，可是我們卻老了。」

「是呀，」楚瑜嘆息：「他們都長大了。」

「我們的時代，結束了。」

衛韞開口。楚瑜和顧楚生轉頭看他，片刻後，三人對視一笑。

他們的時候時代結束了，可那些熱血、那些榮光，卻將永垂青史，永存時光。

無論是後世褒貶不一的顧楚生，還是被當作英雄的衛韞，亦或是活於傳奇話本的楚瑜，他們這一生，也不算辜負了。

——《山河枕【第二部】家燈暖》正文完——

番外　趙玥

一、

純熙七年秋末，下了一場傾盆大雨。

趙玥就是在那天晚上進的宮，他進去之前已經服下了假死的藥，等醒來時已在宮外，顧楚生站在棺槨外，他看著他，沙啞著聲道：「殿下，長公主已將一切安排好了，替身已死，從此以後您就在長公主府，聽長公主安排吧。」

趙玥沒說話，他靜靜看著顧楚生，顧楚生捏著棺槨的手微微顫抖，他如今年不過十五，看上去卻已十分沉穩，趙玥從棺材裡坐起來，清了清有些乾澀的嗓子，卻是問：「你父親呢？」

「父親……已去了。」

這一點趙玥並無意外，顧楚生將他與顧大人交給淳元帝換取他的信任，然後當著淳元帝的面讓他受刑而死，這樣才能澈底打消淳元帝的疑心。顧楚生的父親已經暴露了，無論如何，他都是要死的。

趙玥沉默無言，顧楚生退了一步，躬身道：「殿下，請快些。」

趙玥點點頭，他由旁邊侍衛扶起來，舉目四望，周邊全是屍體，這裡卻是一個亂葬崗。那些屍體裡有些人他還認識，他神色動了動，片刻後，他轉過身去，看著顧楚生，平靜道：「日後，我是誰？」

「您是長公主的面首。」

「我叫什麼？」

「要等長公主賜名。」

「你要去哪裡？」

「不久之後，便啟程去昆陽。」

「顧楚生，」他神色平靜，回頭看了那山崗的屍體一眼，卻是道：「我想問你個問題。」

「您說。」

「這件事，是長公主安排的嗎？」

顧楚生愣了愣，片刻後，他點頭道：「是。」

趙玥沒說話，片刻後，他低低笑起來。

「好。」他點著頭，一面笑，一面道：「孤這條命，便給了她。」

饒是顧楚生有一顆七巧玲瓏心，十五歲的他卻仍舊沒有明白，那時候的趙玥是什麼意思。

直到最後他才明白，趙玥說命給了她，便是真給了她。

二、

趙玥原是秦王世子。

大楚初建時，太祖趙輝與李榮乃結拜兄弟，兩人一同平定天下，趙氏為帝，李氏為輔，然而天下兵馬盡歸李氏。

趙玥的母親是李家的養女，她性格溫和，為人謙讓，打從趙玥記事開始，他就記得，自己的母親一直告訴她，這世間所有的惡人，都有其原因，要學會原諒惡，要學著保護善。

他年少時聽不懂，只知道跟在母親身後，學著她做的一切。

那時候秦王府是非紛雜，他母親只知道忍讓，那時候李家勢大，他父親似乎受了氣，便一股腦撒在了他與母親身上。他母親不想惡化家族與秦王的關係，於是從未同別人多說過什麼。

他記得有一次，他被他的弟弟推到水裡。

他在水裡撲騰，他聽見所有人在旁邊笑。

他感覺湖水灌進口鼻的絕望，感覺整個人要死的恐懼，直到最後，他被他母親從湖裡撈上來，他抓著他母親的手，咳嗽著，顫抖著抬起手，指著他那完全不記得名字的弟弟道：「他想殺我……」

他母親愣了愣，他抓著她的衣角，沙啞道：「母妃，他想殺我，妳下令處罰他！」

他母親沒說話，母子倆被人圍觀著，像兩條狼狽又溫順的犬，明明有著獠牙，卻沒有任何殺傷力。

他從未如此悲憤，如此委屈，他抓著他母親的袖子，提高了聲音，怒道：「母親！他想殺了我！妳明白嗎？他要殺我！」

他母親還是不懂，他推開她，掙扎著要去打那位推他下水的少年，然而他母親卻是一把抱住了他，沙啞著聲音道：「玥兒，算了吧，他還小，不懂事。」

趙玥微微一愣，他不可思議地回頭。

他想問，什麼叫不懂事？

他也才七歲，為什麼他不小，他要懂事？

那些委屈鋪天蓋地，然而當年的他卻不明了是從何而來，他只是哭著掙扎，他母親就拼命抱他，直到最後，一個清亮的少女聲響了起來：「喲喲喲，這是做什麼呢？」

眾人都愣了，旁邊反應得快的侍女趕忙跪了下來，高聲道：「見過縣主，縣主金安。」

隨後趙玥便看到，一個簪花少女衣著華貴，手提馬鞭，從花園後面施施然走了出來。

她美得張揚明亮，雖然不過十二三歲的年紀，卻已經能看出日後那逼人的風華。

她鳳眸朝著周邊一掃，笑著落在趙玥身上。

「發生了什麼？」

她出聲詢問，旁邊侍女正想開口，就看那姑娘馬鞭指著趙玥：「我要他說。」

「春華……」他母親在身後無奈道：「妳別鬧。」

「蕊姐妳別多說，妳那性格多說幾句我耳朵疼。」

說著，她的目光落在趙玥身上，笑咪咪道：「來，你說說，發生了什麼？」

「剛才他將我推下水去，」趙玥一把甩開拉扯著他的母親，走向那少女，氣憤道：「我聽見他們在笑我，他們誰都不來救我，我是秦王世子，我母親是王妃，可他們誰都不來救我，只有我母親……」

他的話雖然斷斷續續顛三倒四，卻足以讓人知道他經歷了什麼，少女神色越來越冷，等他說到最後，少女猛地衝過去，在眾人猝不及防間，將他那一直滿臉得意的弟弟一腳踹到湖裡。

「我李家出來的人，什麼時候輪得到你們這麼作踐？」

那少女怒喝，在眾人驚呼間，指揮著人將方才那些下人一腳一腳踹下去。

「一群下人，見了主子還敢不救，都他媽找死！」

少女一面罵一面打，趙玥看得目瞪口呆，等末了，少女轉過頭，笑咪咪看著趙玥母子。

「姐姐，」她帶著火氣，但面上卻依舊保持著笑容：「爹讓我過來看你過得好不好，說如果過得不好，不如跟我們回家。」

「我……」趙玥母親慢慢道：「我過得很好……」

趙玥沒說話，他捏緊了自己母親的衣角，李春華笑了：「當真？」

「當真。」

「好。」李春華點點頭，看向趙玥，笑著道：「那你呢？你也過得好？」

趙玥抿緊了唇，李春華蹲下身：「玥兒，」她聲音溫和：「我是你小姑姑，你要是過不好，我帶你走。」

「我……」

「他也過得好，王爺待我們……」

他母親急忙開口，然而趙玥看著李春華的眼睛，他看到了光和希望，於是他忍不住開口：「我跟妳走。」

這話出來，所有人都愣了，然而在說出口後，他就再沒後悔。他上前一步，死死抓住她的袖子，仰頭看著她，咬牙道：「小姑姑，帶我走。」

三、

於是她帶他離開。

那時候的李氏在朝廷已經是風頭無雙，他一個世子入京，在李氏住下，卻是誰都說不得什麼。

他那時有些膽小，同誰都不熟，只跟在李春華身後，李春華說什麼，他聽什麼。

於是他知道了他的母親是李家的養女，知道了這個叫李春華的少女是她的小姑姑，知道了原來他有一個家，誰都不能欺負他。

他那時怕黑，李春華每天都在他屋裡，給他講著故事，講到他睡著才走。

有一次他問：「小姑姑，等我長大了，晚上妳是不是就不陪我了？」

李春華就點頭：「是啊。」

「妳不陪我了，我怎麼辦？」

聽到這話，李春華就笑了：「我不陪你了，你還有媳婦兒啊。」

「我有了媳婦兒，小姑姑就不陪我了嗎？」

「對啊。」

「那我不要媳婦兒了。」他認真開口：「我只要小姑姑。」

聽到這話，李春華被他逗笑了，她溫柔了神色，慢慢道：「你睡吧，只要你一直這麼乖，我就一直陪著你。」

「怎麼才算乖？」

李春華認真想了想：「當一個善良的人？」

說著，她笑了：「為人愛眾生萬物，為男兒護國護家，為自己不忘本心，這大概就是乖吧。」

這話說得太深，她以為趙玥聽不懂，然而趙玥卻已經明白。

他將李春華的話刻在心裡，他聽她的話，學著做她喜歡的人。

她本只是一縷微光，卻足以照亮他的人生。

四、

他在李家待了六年，從一個孩童變成翩翩少年。

他性格溫和，在京中頗有名聲，那時皇帝終於不滿李氏，開始處處打壓。他雖然只有十四歲，對這些事卻足夠敏感，開始為李家擔憂起來。

而這時候李春華卻還是什麼都不懂的模樣，看見趙玥發愁，便彈著金指甲告訴他：「怕什麼呀，天塌下來有小姑姑頂著呢。」

他靦腆笑笑，卻什麼都沒說。

然而形勢急轉直下，那年宮宴，他隨著李春華一起去宮中赴宴，整場宮宴之中，趙氏對李氏言談之間多加羞辱，他沉得住氣，李春華也沒有多說，直到皇帝離席，大家各自散開後，有個人在酒後搖搖晃晃來到他面前。

那人醉了酒，上來便朝他一腳踹了過來。在場人所有人都愣住了，趙玥抬頭認出來，那便是當年推他入湖的弟弟趙書，如今他母親正得盛寵，在秦王府作威作福，如果不是他在李家，李家還沒徹底垮，或許他已經是秦王世子。

他沒敢還手，他深知如今不能給李家惹事，而趙書明顯是認出了他，帶了幾個好友，借酒裝瘋對他拳打腳踢，在場人拉的拉勸的勸，卻都沒勸住他們，也就是這時候，他聽到一聲暴喝，就看見李春華從人群中衝了過來，一個酒瓶砸在趙書頭上，她擋在他面前，像隻小豹子一樣，渾身帶著酒氣，怒道：「你們在做什麼？你們以為自己在打誰？秦王世子，也是你們這幫雜種動得的？」

「妳算什麼東西？」趙書怒喝：「妳也敢這麼同本公子說話？打！給我打！」

場面一時混亂起來，她被推倒在地，他這輩子頭一次這麼憤怒，他奮兒起身，卻被她猛地拉過去壓在身下。

「別動。」她咬著牙道：「不能動。」

他微微一愣，他感覺拳頭砸在她身上，他想著她這麼柔弱的一個人，平時了磕磕碰碰都要「哎喲」半天的嬌姑娘，此時此刻，該有多疼。

可他又明白她的意思。

她砸了趙書，皇帝追究起來，肯定要拿這事兒做文章。而趙書打了她，皇帝便沒了理由。

他捏緊了拳頭，他突然特別恨，特別恨自己，沒有權勢，沒有能力，護不住她。

他紅著眼，咬著牙關。

那場鬧劇結束得很快，回去的時候，他給她上著藥，聽著她炫耀：「你看我砸他那一下，是不是特別帥，特別厲害？」

他沒說話。

好久後，他突然道：「反了吧。」

李春華愣了愣，趙玥抬起頭，他渾身都在發抖，他看著李春華，顫抖著聲道：「小姑姑，我忍不了了，我……」

「別說話。」李春華抬手捂住他的嘴，她溫柔看著他，聲音柔和：「玥兒，別說話。這不是小孩子該想的事。」

「我不小了。」

他盯著她：「我十三歲了。」

李春華愣了愣。

片刻後，她卻是笑了。

「玥兒，在長輩眼裡，你一輩子都長不大。」

趙玥沒說話，後來那一輩子，他都恨極了這句話。

五、

那件事皇帝果然沒有追究，可是存了心想要找事，總能找到。

沒過多久，皇帝就以「不合規矩」為由，將他送回秦王府。

秦王府離華京千里之遙，他得到這個消息時，整個人都愣了，他去找了李春華，李春華卻沒見他。他拼命拍打著李春華的門，焦急道：「小姑姑，想想辦法，我不能走，我不要走……」

「玥兒，」她聲音從房門裡傳來，有些疲憊：「回去吧。你是秦王世子，終究要回去。」

他愣在原地，好久後，他慢慢道：「我回去後，小姑姑什麼時候來接我？」

李春華沒說話。

趙玥便自言自語道：「我知道，現在非常時期，小姑姑，我等妳，我等妳來接我。」

說著，他勉強擠出笑容：「小姑姑，我這就啟程，我不讓妳為難，我這就回去。」

李春華沒說話，等趙玥聲音走遠，她自己都不知道自己是怎麼了，驟然爆哭出聲。

趙玥當天回了秦王府，回來當天，他被領到一個破爛的廂房，進去之後，他才發現裡面都是藥味，他母親躺在床上，已是病了很久。

他坐在他母親身邊，看著他病床上的母親。

對方笑了笑，艱難道：「回來啦？」

「嗯，」他聲音平和：「小姑姑讓我回來，說過一陣來接我們。」

他母親其實已經不大聽得清楚他說什麼了，她躺在床上，只是一個勁兒點頭：「回來就好，回來就好。」

從那天開始，他開始好好照顧他母親，他每天都會在床上畫上一横，代表著一天過去，他等了李春華又一天。

秦王不喜他們母子，他們在秦王府比下人還不如。他自己在院子裡種了菜，勉強過日子，卻經常被人糟蹋。

被人毆打是家常便飯，好在有幾位兄弟在打完他後，聽他討好說話，會「大發慈悲」賞他點銀子，讓他能去買點吃的。

他明白這是什麼手段，這便是打個棍子給個甜棗，無形之中要廢了他。

不是從身體上，而是精神上。

他們試圖廢掉這個秦王世子，讓他日後成為一個被人恥笑的貨色，所以他們熱衷於羞辱他，從精神上擊潰他，讓他跪著侍奉他們，亦或是不斷承認自己是個窩囊廢，這都是家常便飯，甚至於更過分的也有。

他努力想去打聽李春華的消息，卻都寥寥無幾。

直到有一日，趙書從京中回來，他似乎受了氣，衝到趙玥房中一陣打砸，然後將他母親從床上拖下來，當著他的面打了他母親。

「你們李家沒一個好東西，以為攀上高枝就了不起？還敢找我麻煩？」

「賤人！」趙書一面打，一面憤怒道：「李春華這個賤人！」

這是他回到秦王府後，再一次聽到李春華的名字。

在被人毆打的劇痛中，他很想問問趙書，她怎麼了，她過得好不好。

可他來不及，他只能護著自己母親，直到趙書打夠了，帶著人離開。

他渾身劇痛，看著已經昏死過去的母親，他終於感覺到害怕。

他衝出去，叫著人，他要大夫，他必須要找到大夫。

可是沒有人，沒有任何人。

所有人都拒絕他，甚至笑著道：「世子，玉夫人說了，娘娘沒有病，不需要大夫。」

他終於絕望，他回到屋中，看著床上喘息著的母親，他清楚知道，如果不找大夫，他母親一定會死在這裡。

他咬了咬牙，終於背起了他母親，從他早就看好的一個狗洞，趁著夜深，悄悄爬出了秦王府。

那是冬天，他身上只有幾個銅板，穿著單薄的衣服，冷得瑟瑟發抖。

他去醫館，但所有人都要他提前給診金。

他沒有，無論如何說，都被一次又一次趕了出來。

那天很冷，他感覺自己母親身體變得冰涼。

他求著對方，終於在即將天明的時候，聽到他母親道：「玥兒……我想回家。」

說著，她睜開眼睛，那時大雪紛飛而下，她目光裡帶著懷念。

她說：「玥兒，帶我回華京，我想回家。」

六、

於是他背著她回家。

十四歲的少年，他都忘記了走了多久。

他就記得自己一路沿街乞討，很少有人給他錢，他就去撿殘渣剩飯。他沒有搶，沒有偷，沒有做任何壞事，因為他牢記李春華說過，她喜歡他乖。

他得做個好人。

冬天寒冷，所以他母親的屍體沒有很快腐爛發臭。

他就背著那硬邦邦的屍體，走了好久好久的路，終於來到了華京。

然後他來了李府，敲響了李府的大門。

李府張燈結綵，他不知道是什麼喜事，直到見到正在試喜袍的李春華。

那時他滿身臭味，狼狽不堪。李春華站在銅鏡面前，穿著嫁衣，神色有些疲憊道：「你母親我會安排人好好下葬。你好好洗個澡，明天我讓人送你回去。」

他沒說話，就靜靜看著李春華。

他腦子有些混亂，好久後，他終於道：「妳要嫁人了？」

「嗯。」

「嫁給誰？」

「薛寒梅。」

「為什麼？」

趙玥問得有些急切，李春華沒說話，趙玥著急道：「妳是為了同薛家結盟嗎？你們是不是打算有什麼動作了？你們可以用其他法子，薛家現在一定會站在李家這邊，就算妳不嫁給他……」

「我喜歡他。」

李春華突然開口，趙玥整個人都懵了。李春華艱難笑起來：「玥兒，你別想這麼多。我是因為喜歡他才嫁給他，我會過得很好。」

「那……」趙玥有些發蒙，他下意識開口：「那我呢？」

「你？」李春華有些不理解。

趙玥喃喃道：「妳說過，如果我乖，妳就陪我一輩子……」

「孩子話。」李春華笑起來：「我早晚要嫁人的，怎麼可能真的陪你一輩子？」

趙玥沒說話了，他腦中天旋地轉。

他想阻止她，想要她停下來，他看著她鮮紅的嫁衣，意識到她要嫁人，她要離開他，獨屬於另一個男人，他感覺自己嫉妒得快發瘋。

他整個人都在顫抖，有什麼在他內心突然明瞭。

「如果……」他顫抖著聲：「如果……我娶妳呢？」

「玥兒，」李春華皺起眉頭：「不要說孩子話。」

「如果我娶妳，是不是妳就可以不嫁給別人，不離開我，一輩子同我在一起，只疼我只愛我只陪我一個人？」

「趙玥！」李春華怒喝：「你說什麼混帳話？」

「我說混帳話？」趙玥笑起來：「我怎麼說混帳話了？妳今日嫁給薛寒梅，不就是看重了他家中權勢嗎？若我也有權有勢，若我也能把這天下送妳，妳是不是也嫁給我？」

「趙玥！」

「妳這樣……妳這樣……」趙玥眼淚落下來：「又與妓子何異？」

「那又怎樣？」李春華終於忍不住，暴怒道：「我能怎樣？還是你能怎樣？你說得對，我與妓女無異，誰出得起價碼是誰來我都能賣，你也一樣，可你出得起嗎？」

李春華走過來，她把趙玥罵愣了，他呆呆地看著她，看她含著眼淚道：「我已經選擇了我能選擇的最好。我走了我能走得最好的路，趙玥，你如果給不了我權勢，你別攔著我的路。你什麼都沒有，你就是個長不大的孩子，要人護著陪著，你為什麼要娶我？因為我以後要走了，要當別人妻子，不能再保護你了。所以你害怕。可我憑什麼保護你一輩子？」

李春華猛地提高了聲音，抓緊胸口的衣服，嘶吼著：「我也會怕會疼會惶恐會絕望，我憑什麼又要照顧你一輩子？」

「我沒有……」

「你沒有什麼？你懂什麼？你一個連母親都護不住的少年，同我說什麼嫁娶？」

李春華嘲諷道，她仰起頭，逼回自己的眼淚：「回去吧，別說這樣的話了。」

趙玥呆呆地站在原地，他看著面前少女，總覺得有什麼不對。

好久後，他才道：「如果我得了權勢……是不是就留得住妳？」

李春華背對著他，停住腳步，趙玥喃喃道：「如果我有權勢，是不是我母親，就不會死？」

說著，趙玥扶著牆，撐著自己，直起身來：「我現在什麼都沒有了，我這輩子，只有妳，還有我母親。我母親死了，妳也沒有了……小姑姑，妳讓我怎麼辦？」

「回去吧。」李春華哽咽道：「你回去等著，我會想辦法。」

說著，她閉上眼睛：「天塌下來，總輪不到你們這些小輩來撐。」

趙玥沒說話，好久後，他笑起來，「妳不會來接我的，對吧？」

李春華沒有回應，趙玥閉上眼睛：「我知道，我知道。」

「小姑姑，」他沙啞道：「這輩子，我不會再等妳來接我了。」

「我知道，我等不到，妳也不回來。」

「路我會自己走，人我會自己留。小姑姑，」他張開眼睛，輕輕笑開：「再見。」

說完，他轉身出去。

那天晚上，他洗乾淨了自己，第二日，給自己母親找了個選葬的位址，然後回到了秦王府。

回到王府之後，他直接找到了秦王，他跪在地上，在對方一腳踢過來之前，說得第一句話便是——

「父王，李氏將反，秦王府得早做準備。」

七、

一個窗戶上只要破了一個洞，很快這個窗戶就會被人澈底破壞。

從那一句「李氏將反」開始，他規劃著，幫秦王澈底躲避了李氏謀逆那場劫難，成為趙家僅有的倖存者，遠居於德州。

他一面在朝廷中聯絡忠於趙氏的老臣、賄賂重臣，以牽制朝廷和秦王府的關係，一面暗中發展，招兵買馬，在各地安插眼線⋯⋯

他害死了薛寒梅，聯繫上了北狄⋯⋯

直到最後，他兵發謀逆，卻因秦王好大喜功中了衛家埋伏，被一網打盡。

他本以為自己要死了。

卻沒想到，卻還是活了下來。

跪坐在長公主府，他看著女子身著金縷衣，從屋後款款而來。

而後她席地而坐，抬眼看向他。

她神色虛浮疲倦，再不復少年明朗。他面上笑容溫和從容，卻也失了天真。

她看他一眼，淡道：「以後留在這兒，你就叫梅含雪吧。」

趙玥笑著看著她：「這麼多年過去，小姑姑還念著薛寒梅？」

長公主沒說話。

她又怎麼會告訴他，當年聯姻的對象本有四個，她之所以相中薛寒梅，就是因為她從薛寒梅身上，找到幾分熟悉的影子。

她一直疑惑那影子是從哪裡來，直到她看到了如今的趙玥。

成年之後的趙玥，和她當年在薛寒梅身上所看到的影子，近乎一致。

然而彼時她也不知道這意味著什麼，等許多年後，她終於明白，卻已是太晚了。

她不答話，趙玥便含著笑，展袖叩首，柔聲道：「奴才梅含雪，見過長公主。」

他的頭輕觸地面，地面上是她的衣角，冰冷的觸感從額頭一路蔓延到頭頂，他想——無論他是梅含雪還是趙玥，她愛的是薛寒梅還是趙玥，他最終都會擁有權勢，擁有天下，擁有她。

這一次，他一定要同她，走到最後。

無論生死。

番外　宋世瀾

一、

宋世瀾第一次見蔣純，約莫是在十一歲。

他是宋家庶子，宋家雖然也是華京頂級世家，但子嗣眾多，因而除了世子之外，其他子嗣與普通世家公子並無差別。只是少時他並不明白這個道理，看著父親和世子宋文昌相處，心中總有些期盼，希望有一日父親能像對待宋文昌一樣對待他。哪怕沒有那樣優渥的條件，能有幾分父子之情，那也極好。

因此他從小十分努力，就是渴求著能得了族中老師贊許，在父親面前美言一二，讓他與父親多多親近。然而他後來卻漸漸發現，這並不會有多大作用，無論他如何讀書，如何習武，得了多少誇讚，他的父親都並不會因此，將他看做宋文昌一樣的存在。

但少年人總帶了幾分不服氣，除了努力他別無他法，他的母親秋夫人瞧著他努力的模樣，只會同他說：「兒，你得認命。」

可他從來不認，他想，同樣是人，除了他是庶子，他不比宋文昌少什麼，憑什麼他要認命？

他便同他母親說：「母親，妳別擔心，日後榮華富貴我會為妳掙，妳就安心享福就好。」

秋夫人無言，好久後，只是將他摟在懷裡，嘆息道：「傻孩子。」

那時年少氣盛，也不懂得收斂，他鋒芒畢露，只想著憑著自己去爭去搶。

秋夫人乃史官子女，家中清貧，她那時想要一對玉鐲子，但侍妾月銀卻無力支撐買一堆上好玉鐲，於是宋世瀾一心想給母親買一對玉鐲。

十一歲那年秋獵，聖上許眾家公子，誰若能在秋獵中撥得頭籌，就許他一個願望。宋世瀾便深入密林，他設下陷阱，又與狼搏鬥，終於獵下一頭野狼。

他滿身是血拖著狼從林子裡走出來，宋文昌卻攔住了他。

「你把狼給我。」宋文昌面色傲慢：「我便讓我母親給你母親漲些月銀。」

宋世瀾喘息著，他捏著帶血的弓，冷著神色，目光又狠又野，像足一匹孤狼。

「我不給。」他說：「我獵到的東西，憑什麼給你？」

「憑什麼？」宋文昌冷笑，「就憑我是世子你是庶子！你一個庶子若是拔得頭籌，你讓我的臉往哪裡擱？把野狼拿過來，」宋文昌有些不耐煩，「可別敬酒不吃吃罰酒。」

宋世瀾聽著這話，忍不住笑了。片刻後，在宋文昌沒反應過來之前，他翻身而起，猛地衝了出去。

他如離弦之箭，抓著狼，拖著滿身的傷，從密林之中直奔而出。

人群爆發出歡呼之聲，他抬頭看向那些等候著他的人，在馬衝過女眷的看臺時，他聽到一聲小小的驚呼。

他回過頭，發現是一個小姑娘，她捂著嘴，面露詫異。

他不知她是不是嚇到了，便溫和笑了笑，從姑娘身邊打馬而過，隨後提著狼單膝跪下，將狼送了上去。

「承恩侯府宋世瀾，」太監聲音尖利響起，「獵得狼王！」

二、

他得了那一對玉鐲子。

付出的代價是三十個板子。

他的父親和大夫人都無法容下他，他們容不得一個搶了世子光彩的庶子。

他的父親怒罵他：「獵了狼王本是好事，你怎麼不給文昌？給了文昌，那就是給我們承恩侯府掙個臉面，你自己拿著，是個什麼事兒？難道日後還要給你一個庶子繼承侯府不成？你身為兄長，身為家臣，不為你弟弟考慮，不為世子考慮，不為侯府考慮，就想自己逞能，你也不想想，你算什麼東西？」

三十個板子很疼。

他母親哭著撲在他身上，去替他挨這個板子。他趴在長凳上，聽著他父親叫罵，聽著他母親哭喊，咬著牙挨著板子。

他想起他獵的那頭狼，牠被所有人圍追堵截，牠倉皇逃竄，走投無路。

最可怕的不是你拼死反抗，而是哪怕拼死反抗，也沒有結果。

打完板子，他和她母親回到自己院子裡。他發了高燒，他抓著秋夫人，沙啞道：「母親，我錯了嗎？」

秋夫人哭著抱緊他。

「兒啊，」她叫著他，「你沒錯，可出生在承恩侯府，身為庶子，你做這些，便是錯了。」

出生在承恩侯府，姓宋為庶子，你爭你搶你努力，那便是錯了。

他生出一種從未有過的絕望，彷彿這一輩子，似乎就如此到頭了。

於是那天晚上他跑了。

他帶著傷，打暈了下人，咬著牙翻牆跑了出去。

他跌跌撞撞出去，其實他也不知道自己要去哪裡，他就是想去一個地方，他不受欺凌，他所有努力能得到回饋，他所有優秀會被承認。

少年人的願望太簡單太直白，可他完全不知道自己該去哪裡，於是他想起別人說過，護國寺的和尚慈悲為懷，他想著，不管怎麼說，先去找個地方活下來吧。

於是他咬著牙撐著自己到了護國寺，那天下著小雨，他發著燒，帶著傷，一步一步走在護國寺臺階上。那條路太長，他爬到一半，就再也扛不住，一路滾了下去。他摔進林子，再也沒有了力氣，便躺在那裡。

他又冷又害怕，同時又生出了些無端的盡頭之感，覺得這一輩子如此了，似乎也並沒有什麼。

然而便就是那時候，他聽到一個小姑娘的驚叫聲：「呀。」

說著，一雙溫暖的手抬起他，帶著驚訝道：「宋公子，你怎麼在這裡？」

三、

那人便是蔣純了。

那時候蔣純也就十一歲，他們同年。她跟隨著她家大夫人去護國寺上香，她姐姐讓她下山來買點心，便遇到了他。

她將他背起來，送到了林中一座竹屋，留了些糕點和水給他，又拆了他的衣服給他細細綁著傷口。

他問她，你是誰？

她便笑，我乃左將軍蔣宏之女。

「嫡女？」

「庶女。」

蔣純垂下眼眸，宋世瀾趴著，有了幾分不好意思，便道：「妳怎麼識得我？」

「前幾日宋公子獵狼之時，我在。」

蔣純笑了笑，她其實長得不算特別耀眼的美麗，不過清秀而已，但她氣質溫和柔軟，讓人心生親近。

他看了她一眼，想起來那日那聲「啊」，便想了起來，他不由得道：「妳那日似乎有些擔心我？」

他對人的情緒感知得清楚，蔣純被他的敏銳驚到，露出詫異之色，片刻後，她便調整過來，笑了笑道：「宋公子真是敏銳。」

「妳擔心我做什麼？」

「宋公子如今這樣出現在這裡，難道不該擔心嗎？」

聽到這話，宋世瀾抿了抿唇：「妳早猜到我有今日？」

「什麼身分，做什麼身分的事。」蔣純嘆了口氣。

宋世瀾聽到這話便怒了，翻身起來道：「妳便覺得，我當認命了？我是庶子，這便是我的命？」

「這不是命，」蔣純按住他，認真道：「這只是身分。」

命不可以改，身分卻能改。宋世瀾被這番話說愣了，片刻後他反應過來。

什麼身分做什麼身分的事兒，想要做出格的事兒，那就得改了自己的身分。

「我們這樣的身分，就得學會忍得，讓得。便就是爭，也得把血吞下去，力求一擊必中的爭。韓信忍得胯下之辱，宋公子，」蔣純抬眼看他，認真道：「您得學會忍得。」

宋世瀾沒說話，他靜靜看著這個人的眼睛。

她乾淨又平和，如秋日下波瀾的湖水，波光粼粼。

她照顧完他，便起身離開了去，他吃完她給的糕點，咬牙回了承恩侯府。

此時已是入夜，他逃出去的事情，竟是沒有一個人發現，便就是被他打量的下人，都不知道是誰打暈的自己，反而報了有刺客，全府在抓那個不知名的刺客。

他回到屋中去，秋夫人在床上躺著，她病了，咳嗽著。

宋世瀾去了她身邊，給她倒了水，秋夫人咳嗽著道：「兒啊，別爭了，也別氣了，啊？」

「好，」這一次，他笑起來，溫和道：「母親，我不爭了。」

四、

聖上賜了他兩個鐲子，他把兩個鐲子分開來，一個給了母親，另一個藏了起來。

他也不知道是要給誰，他隱約知道，但卻不知道該如何給那個人。

那時他只是感激，他很想去給對方親口道一聲謝謝，卻一直沒有靠近對方的機會。

從那以後，宋世瀾突然變成一個很平凡的孩子。

他所有的一切，都是普普通通，但他的普普通通，又比其他兄弟，恰恰好那麼一點點。

他脾氣越來越溫和，他總在幫忙別人，尤其是宋文昌。他替宋文昌寫文章，為宋文昌出謀劃策，他是一個再好不過的哥哥，讓宋文昌這個草包出去，在世家公子中顯得並不是蠢得那麼耀眼。

他做這一切大夫人看在眼裡，對他母親和他都好了許多，他父親對他也溫和了不少，常常誇讚他。

他收起自己的爪子，從一隻老虎變成了貓，所有人都覺得宋大公子脾氣好，慢慢就忘了，這曾經是十一歲就獵回狼王的男人。

忘記這件事的是所有人，也包括了蔣純。

他總是遠遠看著她，從十一歲開始，所有的聚會、宴席，他都會把目光投注在那個姑娘身上。

她慢慢抽條，長大，十五歲的姑娘，露出了女子最初的模樣。

大楚的女子，十三歲開始定親，十五歲及笄便可出嫁，緩一些的，十八歲已是大姑娘了。男子除了將門世家中的庶子，其他華京的公子，大多要在二十歲行冠禮之後，才會正式娶親。故而在蔣純開始正式參加大楚男女相親的「春宴」時，宋世瀾也不過是跟著幾位年長的表兄，去那宴會上，隨意逛上一圈。

春宴之上，每位入席的青年都會有一株桃枝，每個人的位子上都會寫上他們的名字，遇到喜歡的人，便可以將手中的桃枝交給對方，若不願意對方知道，在對方離席走動時，便可放在對方桌上。

宋世瀾十二歲開始參加春宴，他去的第一年，蔣純沒有接到任何桃花，於是在蔣純和姐妹在亭中踏青時，他學著其他公子，將手中的桃枝輕輕放在蔣純的桌上。

回來的時候，堂兄不免都笑話他。

「世瀾小小年紀已經會送花了，不知是送給哪一位小姐啊？若是喜歡，還是早早定下來得好，不然到了姑娘十五，怕是等不了你了。」

宋世瀾笑笑，其實那時候也不知道什麼喜歡不喜歡，就只是單純覺得，這個姑娘幫過他，那他也不想她在春宴上一株桃花都收不到，讓他人笑話。

五、

他送了她三年桃花，每一年都是悄悄送過去，誰都不知道。

原是沒有人送她花的，或者送也如他一樣，只是輕輕放在桌上，這樣的感情，不過就是好感或者喜歡，遠不會論及婚嫁。

直到蔣純十五歲那年，當時他正在和朋友聊天，就聽見周邊鬧鬨起來，他循聲看過去，就看見衛束正被衛家幾位兄弟簇擁著往前推。

衛家都是武將，十分能鬧，整個宴會上都是他們的聲音，他看見那個人高馬大的衛束捏著桃花，被他身後的衛榮推著道：「二哥快去，快點過去！」

衛束抿緊了唇，他旁邊朋友笑起來：「喲，衛二公子這是看上哪家姑娘了？」

「無論哪個姑娘，」宋世瀾笑著道：「能嫁入衛府，都是好事。」

衛府那樣的門第，哪怕是庶子，也是其他人家高攀不得的。

話剛說完，衛束和旁邊衛珺似乎說了什麼，深吸一口氣，大步朝著女眷中走去。

女眷中的人驚叫起來，直到最後，他停在一個藍衣少女面前。

那少女正坐在自己位子上，低頭剪著花枝，她似乎從未想過這些鬧劇會與她有關，直到頭頂一個有些緊張的男聲響起，叫她：「蔣二姑娘。」

蔣純剪著花枝的手微微一頓，她抬起頭來，有些茫然地看著衛束。

衛束看著她的表情，面色十分鄭重，他彎下腰，將手中的桃花交到蔣純手裡。

做完這件事後，所有人起鬨笑起來，衛束紅著臉，低聲道：「蔣二姑娘，我……我很喜歡妳。不日我會讓母親上門提親，妳……妳答應嗎？」

蔣純被這話驚到，她忙低下頭，小聲道：「婚姻大事，父母之命，還望二公子詢問家中長輩。」

「沒，」衛束笨拙擺手，「他們我肯定會問的，我就想問問妳。」

他有些害羞道：「妳……妳答應嗎？」

他問出話來，所有人都不敢答話，宋世瀾遠遠看著兩個人，一言不發。

等了許久之後，眾人才聽她道：「我聽家中長輩的。」

衛東舒了一口氣，衛家若是上門提親，這滿華京，怕是沒有不答應的。

他笑著點頭，趕忙道：「好，這就好。二姑娘，」他拱手行禮，「我這便回去準備。」

說完，衛東高高興興回頭，衛家子弟一行人打打鬧鬧，吵嚷著要讓衛東喝酒。

等衛東走後，春宴也接近尾聲，所有人開始收拾著東西，準備離開。

蔣純低著頭也開始收拾東西，宋世瀾走到她面前。

蔣純抬頭看他，有些迷惑，她看著面前這個少年，他也就十五出頭的模樣，容貌俊美，氣質溫和。他拿著一株桃花，靜靜看著她。蔣純覺得他有些熟悉，又想不起來哪裡見過。四年畢竟太長，若是沒什麼關係的人，也就忘了。

宋世瀾看出她眼中的陌生，他什麼都沒說，彎下腰去，將那一株桃花珍而重之放在她面前。

「公子？」

她輕聲發問，他沒有回話，轉頭離開。

六、

不久後，蔣純定親。她定親後不久，衛家軍和城南軍比試了一次。

宋世瀾屬於城南軍，衛家幾個公子出來，個個都是頂尖，除了楚臨陽勉強板下一局，幾乎是碾壓性勝利。

宋世瀾在軍中本也算好手，只是他向來脾氣溫和，這種打架的場合，大家也不太能想到他，衛束站出來的時候，原定是另一位士兵上去迎戰，然而在對方站起來時，宋世瀾卻突然按住了對方。

「我來。」他聲音平靜。

他走上臺，衛束看著他，頗有些詫異。衛束比他大四歲，看上去高壯很多，他有些擔心道：「宋公子，你怎麼……」

「聽聞二公子武藝高超，」宋世瀾微笑，「世瀾特來請教。」

話剛說完，他沒給衛束拒絕的機會，直接衝了上去！

他打得又狠又勇，廣袖翻飛之間，世家公子的貴氣與一股孤勇混雜。

衛珺在高處望著，同旁邊兄弟輕嘆：「當年宋公子十一歲入林俘狼王，我還以為這份孤勇已折於宋家，原來只是韜光養晦，生於宋家，可惜了。」

旁邊衛家子弟聽著，忍不住點了頭。

若宋世瀾生於衛家，雖然嫡庶有別，但衛家不會有宋家那樣的嫡庶大防，眾兄弟友愛和善，宋世瀾所學所有，大可用在戰場上。

然而他沒有這樣的運氣。

那天他和衛束打得難捨難分，直到大雨傾盆，兩個人互相壓制著對方，血和雨水混雜著流下來，最後他頂住衛束重重一擊，將衛束踹下了高臺。兩個人躺在地上喘息，衛束先站起來，他高興道：「能和宋公子交手，在下三生有幸！」

宋世瀾閉上眼睛，他撐著自己站起來，朝著衛束點了點頭，疲憊得一句話說不出來。

那一架讓他斷了一根肋骨，他休養了兩個月，那是他這輩子做過最出格的事兒。而那份感情，也就止步於此。

他去參加她的婚禮，他看著衛束背著她進了大門，那時候他想，其實這也不錯。

他未來大約能娶個更好、更有權勢的女人。

而她嫁得好，過得好，他也沒什麼可擔心的。

他走他萬骨枯的功成路，她過她平安無憂的日子。

沒什麼不好。

七、

從那之後，他沒再掛念過她。

他是宋家完美的宋公子，他長袖善舞，和所有人打著交道。

他輔佐宋文昌，成為承恩侯府最得力的公子，宋文昌哪怕看不起他，卻也不得不承認他的才能，不得不去依靠他。

他打磨著爪牙，等著哪一日，一擊必中。

這些年他母親離世，辦了秋夫人葬禮的第二日，他就要去邊疆。那天清晨他先去了護國寺，他在寺廟中虔誠拜過佛珠，在他磕頭的時候旁邊也有人跪了下來，他轉過頭去，看見已經梳著婦人髮髻的蔣純。

這時候她身邊已經有了一個稚兒，那孩子還很小，由下人抱著。她虔誠叩首，他動作遲鈍了片刻，卻仍舊假作不認識一般站了起來。

而後他走出寺廟大門，剛準備下山，他就被人叫住。一個侍女拿了傘，同他道：「公子，快要下雨了，我家夫人說給您送把傘。」

「妳家夫人是……」

「衛家的二少夫人。」那侍女笑起來，「方才您在拜佛，二少夫人看見了，說您也是要去沙場的將士，便讓我們給您送把傘。沙場凶險，」那侍女嘆了口氣，「你要小心啊。」

宋世瀾沒說話，他從那侍女手中接過傘，一時間竟覺得有些哽咽。

那把傘陪著他去了疆場，後來又陪了他許多年。

他走過屍山人海，看過陰暗險阻，每次下雨他看見那把傘，都會覺得內心一片寧靜。

那傘的主人似乎是他少時一場華夢，她美麗又遙遠，讓他心生掛念，又不可觸及。

他本來以為，他們一輩子便是如此。

直到純熙九年，衛家滿門，除衛韞之外，具葬於白帝谷。

大楚上下，舉國皆驚，他得知消息的第一瞬間，腦中閃過的便是那女子清麗的面容。

他已經許多年沒見過她，他也不知道那人如今是什麼樣。

他吩咐了下人去打聽衛家的消息，而後便投入這一場劇變。這一場劇變，對於整個朝堂來說都是一場全新的洗牌，所有人都不敢鬆懈。每個人都在打聽消息，準備籌碼，等著開牌那一天。

他本以為衛家會就這樣跌到谷底，誰曾想衛家卻重新站了起來。

當時許多人還以為，衛家不過就是苟延殘喘，他卻毅然選擇了和衛韞結盟。

他幫衛韞，衛韞替他殺宋文昌。

宋文昌一死，世子之位便非他莫屬。

他本當這不過就是一場交易，直到他與北狄軍糾纏在汾水附近的西郡城。

那時宋文昌好大喜功，被逼出戰，然後被困於小橋縣。他父親逼著他與北狄硬碰硬，救出宋文昌，然而他和衛韞早有約定，為了逼姚勇出血，他要保存宋家實力。

他正兩難時，他突然接到蔣純的求救信，她來了汾水。

汾水就在西郡城邊上，蔣純有一位故人在汾水，她本是來解故人之困，卻剛好遇到北狄攻打汾水。

他二話不說，領兵出城。他帶兵入汾水時，兵荒馬亂，他在人群之中，焦急道：「衛二夫人！衛二夫人？」

他太清楚，這樣混亂的攻城戰中，女人可能遇到的遭遇，他心亂如麻，最後不由得大喝：「蔣純！」

他大喊著她的名字：「蔣純，妳在哪？」

便就是這時候，他突然聽到一聲大喊：「宋公子！」

他駕馬回頭，看見人群之中，提劍而立的女人。

她穿著水藍色的長裙，披著銀白色的披風，一手拉著一個孩子，手中長劍還燃著血，她抱著孩子朝著他跑過來，焦急喊他：「宋公子！」

他騎著馬過去，一把握住她的手，將她和孩子拉到馬上。

她似乎跑了很久的路，整個人都在喘息。

她抱著孩子，他一手攬著她的腰，一手用手中長槍殺出一條路來。

「我奉大夫人之命前來，協助您刺殺宋文昌。人我已經帶來了，今日您攻下汾水，明日再攻一城，北狄被您激怒，必定開始強攻小橋縣。我們會趁亂刺殺宋文昌，嫁禍給北狄，您可盡力營救他，這樣一來，您父親也不能再說什麼。」

宋世瀾不說話，蔣純有些疑惑：「宋公子？」

「知道了。」宋世瀾聲音有些沉，似乎有些不高興，他皺起眉頭，冷著聲道：「妳為什麼來這種地方？好好不在華京待著，過來做什麼？」

「大夫人怕派其他人過來，你不放心。」

「妳來了我更不放心。」

這話說出來，蔣純有些詫異，她抬頭看他，面前男人面色冷峻，他帶著她從沙場一路馳騁而過，將她放到安全處，隨後便道：「妳且先等等我。」

說完，宋世瀾便回過頭去，一頭扎入了戰場。

蔣純在屋子裡吩咐來帶的暗衛趕往了小橘縣，隨後便在城中等著宋世瀾。等到天明時分，她站在城樓上，看著青年水藍銀紋長衫，提著長槍駕馬而入。那一瞬間，有什麼從她腦海中猛地閃過。

等宋世瀾回來的時候，她看著宋世瀾，輕輕笑了。

「我想起來了，」她說，「宋公子，您當年十一歲的時候，還一個人獵了一匹狼呢。」

宋世瀾聽到這話，不由得笑了。

「我不僅獵了一匹狼，我還在護國寺，被夫人救過一命。」

蔣純微微一愣，片刻後，她猛地反應過來：「呀，」她詫異道：「我都忘了！」

八、

蔣純來了之後，她的暗衛殺了宋文昌，宋世瀾拿到世子之位，便給老侯爺下了毒，隨後控制住整個宋家。

此時整個戰場已經亂起來，宋世瀾接了衛韞的命令，和北狄膠著著。

宋世瀾不放心蔣純回去，便同她道：「妳且先留著，等時間合適，我便送妳回去。」

蔣純並不打算給宋世瀾添亂，並且她故人的孩子在戰亂中斷了腳，也需要休養，便留在了宋世瀾身邊。

宋世瀾如今已經將近二十一歲，卻還是孑然一身。他身邊沒有女眷，蔣純經歷了最初的匆匆忙忙後，便觀察起宋世瀾的生活。

他每日飲食極其簡單，吃飯時間完全沒有個固定時候，有些時候回來晚了，吃得著急，便讓廚子直接熱兩個饅頭也是常有的事兒。家裡完全沒人安排打理，衣服破了個洞也沒人注意。看上去溫和的貴公子，其實過得十分粗糙。

蔣純最開始只是調整自己和孩子的飲食，那時候宋世瀾並不會固定回來，她見了兩次宋世瀾隨意拿了個饅頭蘸湯吃後，終於在第三天，讓人去問了宋世瀾回來的時間。

宋世瀾以為蔣純有什麼事，便同下人道：「和二夫人說，我再過半個時辰就回來。」

蔣純得了消息，便在家中準備布菜，等宋世瀾回來的時候，他看著等在門口的蔣純等人，便站在那裡愣了。

蔣純朝他微微一笑，卻是什麼都沒說，同他道：「近來看世子飲食上不大規律，便冒昧給世子準備了些，一日勞頓回來，總該吃頓好飯的。」

「多謝二夫人了。」宋世瀾笑了笑，面上客客氣氣，然而他在喝下第一碗熱湯，看著布置好的飯菜，感覺旁邊有一個人坐著的時候，內心卻是驚濤駭浪。

他頭一次覺得，自己有個家。

吃完這頓飯，他轉頭看向蔣純，面上帶了幾分懇求：「二夫人，世瀾有一事相求。」

蔣純愣了愣，隨後忙道：「世子，您請說。」

「世瀾一個人過慣了，家裡也沒個人管著，您也看到了，雖然公務上世瀾可以處理得井井有條，但家中的確一團亂麻。世瀾斗膽，想請二夫人幫忙世瀾整頓一下家中庶務。」說著，宋世瀾解下一把鑰匙，交了過去：「這是我府中倉庫鑰匙，二夫人在這些時日，想如何動府中大可動一下，所有擺設、用人、規矩，都想請二夫人幫忙整頓一下。」

「這不好。」聽到這話，蔣純趕忙道，「宋世子，這些事，您當請一個人來管才是。我一個外人……」

「非常時行非常事。」宋世瀾說得認真，「實不相瞞，二夫人，您看我其實也已經到了婚配的年紀，的確是該找個人來幫忙。可是如今這局勢下我不可能匆忙成親，讓下人管家又找不到一個合適的人。我信得過二夫人，還請二夫人給我在府中立出一套規矩來，等日後二夫人走後，我不至於後院失火。」

聽到這話，蔣純有些不好拒絕了。

宋世瀾是衛韞盟友，他能好，那是再好不過的。

蔣純猶豫片刻，終於點了頭，接過了那串鑰匙。

九、

之後的時日，宋世瀾在外和北狄打著遊擊戰，蔣純便在家裡管家。

起初她小心翼翼，但後來她便發現，宋世瀾是當真不管府中任何事的，無論她做什麼，他只會說：「好。」

她閒來無事，便開始大展身手。挪了這裡的花，移了這裡的盆，調整了食譜，建立了一套府中基本運行的制度。她分出了各種丫鬟侍從等級，又給宋世瀾培育了心腹……

她每天都等宋世瀾回來吃飯，因為她在，宋世瀾每日都會想辦法固定時間回家。

蔣純也不知道那份感覺是什麼時候誕生的。

就是悄無聲息間，她從「宋世瀾是個不錯的人」，慢慢就變成了「宋世瀾極好極好」。

宋世瀾做每一件事都很有分寸，他似乎從來不會犯錯。有一日她看他寫字，他每一筆都寫得小心翼翼，她不由得道：「世子這輩子做事兒，都這麼小心嗎？」

宋世瀾微微一笑：「是啊。」

「為什麼呢？」

「庶子出身，」宋世瀾垂眸看字，神色平和，「又哪裡容得我做錯什麼？」

蔣純微微一愣，那片刻，她突然覺得，自己的心似乎突然疼了一下。

她突然有些憐惜這個人了。

「那這輩子，」她忍不住詢問，「世子就沒有過不小心的事兒嗎？」

「有。」宋世瀾微微一笑。

蔣純不由得道：「是什麼？」

宋世瀾沒有說話。

他將話止於唇齒，他太清楚知道，什麼話該說什麼話不該。對於蔣純而言，此時此刻他不過就是衛韞的盟友，一切都不過是看衛韞的面子，他不敢說太多。

但那句話他知道。

他這輩子唯一不小心的事兒，就是喜歡她。

他們兩一直待到楚瑜被困鳳陵城，北狄直取天守關。

宋世瀾帶兵前去支援天守關，打了極其漂亮的一仗，緊接著趙玥稱帝，衛韞去北狄生死不明，楚瑜死守在鳳陵城。

衛家瞬間沒有任何可以主事的人，她便去找宋世瀾，同他道：「宋世子，我要去找我婆婆。」

宋世瀾微微一愣，片刻後，他慢慢道：「此刻局勢太亂……」

「正是因為局勢太亂，」蔣純面色平靜，神色沉著，這樣的冷靜讓她顯現出一種無法言說的剛毅，這是一種難以摧折的堅強。她靜靜看著他，出聲道：「我才得回衛家，幾位公子還有婆婆都在等著我，回去主持家中庶務。」

聽到這話，宋世瀾沒有出聲。

他垂著眼眸，握著筆。

他突然特別清楚地意識到，她是衛家人，她嫁給了衛束，哪怕衛束死了，她也是二少夫人。

他想說好，然而卻說不出來，可他也沒有什麼理由留下她。

「我已經找到了家中人所在，今日便啟程。」然而對方似乎也不需要他的回應，便直接道，「宋世子，告辭。」

那一聲告辭出來，他終於沒忍住，一把抓住她的手。

「別走了。」

蔣純回過頭來，她皺起眉頭，眼中滿是警戒：「宋世子？」

他閉上眼睛，輕嘆了口氣：「蔣純，別離開宋家。」

「宋世子什麼意思？」蔣純冷著聲道，「如今我小叔身陷虎狼之地，你莫不會以為能以我要脅衛家做些什麼？宋世子，你……」

話沒說完，他便猛地將她一把拉到懷裡，捧住她的臉狠狠吻了過去。

蔣純愣了片刻，隨後拼命掙扎起來。

她下手幾狠，一腳踹到他身上後，旋即一巴掌就抽了上去！

清脆的耳光響徹屋子，蔣純怒喝：「你放肆！」

宋世瀾沒說話，他抬眼看她。

那眼神讓蔣純愣了愣，她想起他少時，提著狼王駕馬而過時的模樣。遮掩了這麼多年，那個要拿到什麼，拼死也要取得的宋世瀾，依舊還是這樣。

「我什麼意思，」他聲音平靜，「妳現在知道了嗎？」

蔣純說不出話來，宋世瀾回身去拿披衫，他神色平淡，彷彿什麼都沒發生過。

「妳要管衛家，我可以幫著妳管。妳現在不答應我，那也沒事，妳別答應別人就好。」

「我送妳回去。」他停在她面前，唇邊帶了笑意，「這輩子，我等得起。」

十、

他知道不能打草驚蛇。

他知道不能做得太過。

衛束才離開，她和衛束的感情他很清楚，他不願意去和一個死人爭。

於是他就一直等著。

起初別人問，他就是笑笑，但他總是去衛府走往，旁人也就看明白了。

她的拒絕悄無聲息，不過就是當著他的面穿白衣服，戴白花，領著他去衛家祠堂看著衛束的牌位，同他說上自己和衛束過往的事兒。

他從來不介意，永遠一副笑咪咪不明白她說什麼的樣子。

一年、兩年、三年。

他的耐心好得出奇，讓人覺得害怕。

但其實他心裡知道，自己耐心並不好，他只是能忍。

可忍耐終究是有盡頭的，衛陵春一日日長大，他越長大，她便越是躲著他。

他無可奈何，乾脆上門提親。

他們的感情一直如此，他逼著她，她卻不肯出頭。直到最後，他被鎖在太平城。

他得知自己染病的當天夜裡，他坐在屋子裡，看著月亮。

他突然就特別想她，然而等想到她，又忍不住想，他死了，她會不會鬆了口氣，再也沒人糾纏了。

然而沒幾日，他就看見那女子輕騎而來，她停在城門前，抬頭看他。

「宋世瀾，」她揚聲大喊，「開城門！」

他呆呆地看著她，那一瞬間，他突然覺得，這一輩子，值得了。

十一、

後來她嫁給他，成為王妃。他帶著她去了瓊州，那裡是宋家的範圍。

他們在那裡悠閒度日，沒有人知道她的過去，但她卻總是惦記。

她懷孕的時候，性格敏感。她經常在夜裡無法入睡，他便抱著她，陪著她一起。

有一天夜裡，她忍不住問他：「你是什麼時候開始喜歡我的？」

「嗯？」

「宋世瀾，」蔣純嘆了口氣，「我嫁過人，又生過孩子，你喜歡我，不覺得遺憾嗎？」

宋世瀾想了想，好久後，他嘆了口氣。

「那又怎麼樣呢？」他輕聲開口：「這一輩子，我也沒喜歡過別人啊。」

蔣純聽到這話不由得笑了：「騙人，」她笑意盈盈，「春宴上的花，總送過幾個姑娘吧。」

宋世瀾抿了抿唇，嘆息出聲，他將人攬在懷裡，蔣純不滿道：「說話啊，莫不是不敢說了？」

「還記不記得，妳十二歲時候，一株桃花都沒收到。」

「你胡說，」蔣純忙道：「我收到了！」

「一株。」

宋世瀾肯定開口，蔣純微微一愣。

宋世瀾笑起來：「我送的。」

蔣純睜大了眼，宋世瀾低頭親了親她的額頭。

「傻姑娘，妳走之後，我便再沒送過桃花。」

自卿離席，再無桃花。

最初和最後，都是妳。

番外　顧楚生

楔子

顧楚生聽見下雨的聲音，他站起身來，停在窗戶邊上。

如今他近花甲之年，身子骨早不如前，這場夜雨有點冷，他忍不住輕咳。

顧顏青走進來，看見他站在窗前，忍不住道：「父親，你怎麼又開窗了？」

顧楚生笑了笑，他神色溫柔：「今夜雨下得好。」

顧顏青嘆了口氣：「您還病著，便別看夜雨了。」

顧楚生沒說話，他笑著走到案前，端起藥碗，小口小口抿著。

「德州的水患如何了？」

「父親，」顧顏青有些不開心了，「您就別操心這些了，好好養病吧！」

顧楚生輕輕咳嗽，他搖了搖頭：「放不下心，總想問著。」

「您啊，就是差個枕邊人，」顧顏青有些無奈，「父親，母親已經去了這麼多年了，您也該放下了。您找個人吧，老的少的，有個人陪著就好。」

「小孩子，管什麼大人的事？」顧楚生輕聲叱喝。

顧顏青忍不住爭辯：「父親，我孩兒都會叫爹了。」

「那你也是我兒子。」

顧楚生立刻反駁，顧顏青還想說什麼，顧楚生突然打斷他。

「行了，我知你要說什麼。只是顏青，」他聲音平和，「這世上所有事都能將就，唯感情不能。」

「若不清楚自己要什麼，就什麼都別拿。」

顧顏青急切想要反駁，卻在觸及顧楚生表情時停下來。

顧楚生似乎又陷入了某種回憶，他神色溫柔：「而且，我已得到過，便不強求了。」

「我這輩子還有太多事兒要做，我記著她，便已經夠了。」

一、

顧楚生對於楚瑜最初的印象，來源於楚錦。

顧楚生還在娘胎裡時，他父親從蘭州太守升任為工部侍郎，回京路上，他們遇到一群山匪，她母親受驚產子，危急之下，是楚建昌路過相救，他們一家人才保得平安。顧楚生的父親是個知恩圖報的人，當下許諾，日後顧楚生就是楚家半子，為他取名楚生，其意為，為楚家而生。楚建昌被顧楚生父親所感動，於是顧楚生剛剛出生，兩家就定了姻親。

顧楚生出生後不久，謝韻便有了身孕，而後生下了一對雙胞胎，兩位都是女孩。當時戰亂，楚建昌戰場上為鎮國侯擋了一劍，衛家為了感恩，便與楚家定下親事。衛家定親，顧家自然不敢爭搶，最後便定下來，嫡長女楚瑜與衛世子衛珺定親，次女楚錦與顧楚生定親。

外面盛傳，楚家這兩門頂好的親事，都是楚建昌用命換來的，這倒也不假。

因為考慮到衛家乃將門世家，顧家書香門第，於是楚家將兩個孩子分開來養，楚建昌帶著楚瑜在西南邊疆長大，生於詩書之家的謝韻則帶著楚錦在華京長大。

西南那時戰亂頻繁，孩子又受不得車途勞頓，於是楚瑜整整十二年，一直在邊塞，不曾回來。

十二歲之前，顧楚生沒有見過楚瑜。他年幼時身子骨不好，總是在家裡喝藥，唯一的玩伴，也只有楚府的楚錦。他們從小就知道，未來他們會是夫妻，於是楚錦很照顧他，會為他熬藥，會給他擦汗，會甜甜地叫他：「楚生哥哥。」

而這一聲稱呼，也會讓顧楚生牢記自己生來的責任——他是楚家的半子，為楚家而生。

於是他從小把楚錦當成自己的妻子來照看，縱使年幼時，他尚不懂得妻子該是怎樣。

那時候楚瑜雖然不曾回家，但楚家卻都是楚瑜的傳說。每一次楚建昌和楚臨陽回來，都會和家裡說這個嫡長女，而謝韻記掛著這個嫡長女，哪怕楚臨陽和楚建昌走了，也會把他們說的事兒拿出來，反反覆覆地說。

例如楚瑜性格爽朗，武功高強，例如有勇有謀，善良機敏。

誇得久了，楚錦便十分討厭楚瑜，常常同顧楚生說：「我姐姐啊……就是個鄉野村婦，蠻人。」

後來長大些，楚錦學會了繞彎子，便換了詞兒道：「我姐姐啊，性格率直，只知道舞槍弄棒，日後到華京來，也不知道會吃什麼虧呢。」

楚錦心中九曲十八彎，顧楚生又何嘗不是七巧玲瓏心？哪怕換了詞兒，他心裡也明白楚錦的意思。小女兒家的心腸，小小的惡毒，他並不介意。

反正，他是楚錦的丈夫，護著楚錦，也是應當的。

二、

他懷著對楚瑜的敵意，一直到十二歲。

十二歲時，他隨著父親來了西南邊疆，他父親主持西南一項防禦工程的修建，他就跟著來學點東西。

他和他父親到的那天，是楚建昌親自來迎接，那時還是清晨，遠遠見得鵲飛山月帶曙光，光落下之處，是一支隊伍，為首的是楚建昌，身後跟著兩位少年，一位年長些，穿著黑色勁裝，他揣測著當是楚臨陽，而另一位……卻是一位姑娘。看上去十一二歲的年紀，穿著紅色的勁裝，頭髮用髮帶高高紮起。

她長得其實很漂亮，和楚錦的漂亮不同，她眼窩很深，睫毛很長，眼睛又大又亮，流淌著華京女子少有的朝氣和明朗，是一種帶著明豔的漂亮，刺得人有些睜不開眼。

彼時他剛睡醒不久，穿了一件紅色廣袖華袍，袍子上用金線繡著雲紋，頭上戴了玉冠，外面披了一件帶著絨領的白色披風，貴氣中帶了些許可愛。

他父親帶著他來到楚建昌面前，他規規矩矩和楚建昌行過大禮，帶了種少年少有的老沉道：「見過楚伯父，見過世兄，見過……」他目光落在楚瑜身上，猶豫了片刻，終於還是選擇了和楚錦一樣的稱呼，「楚瑜妹妹。」

他見禮時，都會看向對方，於是在喚著那聲「楚瑜妹妹」時，他那雙漂亮的眼便落在她身上。

少女聽著他喚她，微微睜大了眼，隨後突然一下就縮到了楚臨陽身後去。

楚家人都有些尷尬，楚臨陽保持著微笑去拉扯楚瑜，壓著聲道：「妳做什麼？出來！」

「不行不行，」楚瑜脆脆的聲音響起來，「這個小公子太好看了，我怕我嚇到他。」

顧楚生：「……」

生平第一次，有了被調戲的感覺。

這種感覺不太好，於是他想，這果然是楚錦說的，鄉野村婦。

當天夜裡，他歇在了楚府，西南有著和華京截然不同的氣候，夜裡星光璀璨，帶著淡淡花香，有女子在遠處用他聽不懂的曲子高歌，這樣的環境下，他忍不住想要撫琴一首，便抱著琴去了院子，剛踏入院子，他就聽見花園裡傳來楚瑜的聲音，似乎是在同其他人說話，興奮道：「哎呀你們不知道那顧楚生，長得可俊慘了，我今天一看他，心跳就快起來，他看著我叫我楚瑜妹妹，我突然就懂三娘說的，骨頭酥了半邊是什麼意思……」

旁邊女子聽著都笑起來，一個女人抿著唇道：「大小姐，妳還小呢，懂什麼呀？」

顧楚生聽著這些女子又開始談論自己相貌，他心裡想，果然粗俗。

於是抱著自己的琴，又退回了自己屋裡。

隔了幾日，楚瑜便找上門來，她甩著鞭子，大大咧咧道：「顧大哥，我哥說你在屋裡也憋壞了，讓我來照顧你，要不我帶你逛逛吧。」

顧楚生面上冷若冰霜，楚瑜被這個態度冷到，有些不好意思地摸了摸鼻子：「那個，顧大哥，是不是我說錯什麼話了？」

「楚大小姐並沒說錯什麼，」顧楚生神色平淡，「只是我與大小姐年紀畢竟不小了，大小姐帶我出遊，怕是不妥。」

「有什麼不妥？」楚瑜一臉茫然。

顧楚生斜睨她一眼，頗為鄙夷道：「大小姐連男女之防都不懂嗎？」

「我又沒拉你抱你親你，我怎麼和你沒有男女之防了？」楚瑜有些不高興了，皺著眉頭道，「你是我未來妹夫，你還當我會看上你不成？」

聽到這話，顧楚生冷冷一笑，卻是不信。他親耳聽到楚瑜對他的非分之言，哪裡還會信楚瑜這些鬼話？

楚瑜見他不願意出去，也沒有繼續說下去，只是道：「不去就不去，那我自個兒去了。」

三、

楚瑜不帶他去，顧楚生畢竟年少，憋了半個月，終於還是忍不住，開始出去閒逛。他時常見到楚瑜，原因無他，人多的地方，往往有楚瑜存在。

他見過她領著人打馬從街頭飛竄而過，也見過她在校場和人摔跤一身泥濘。他發現楚瑜這個人，走哪兒都是焦點，而且這個人，真的太熟悉這個城市，吃喝玩樂，都是這個城市最有意思的。於是他開始悄悄跟著她，吃她吃過的飯館，點她點過的菜，去她去過的酒樓，走她走過的路。

他端著華京世家那份架子，過著楚瑜過的日子，竟發現，也頗有滋味。

少女的人生鮮活動人，和華京那些世家貴女一點都不一樣。

而後他也發現，楚瑜對他或許真的沒什麼非分之想，因為楚瑜其實沒多大文化，形容詞極其匱乏，但凡見到一個好看一點的男人，都要和人說「我終於明白什麼叫做骨頭酥了半邊」，顧楚生聽得笑起，覺得楚瑜這姑娘，骨頭大概早就碎成渣了。

這樣的女人……

他想了想，還好是衛珺娶了，要換做他，怕是早就被這麼不安分的女人給氣死。

他愛楚錦那樣的女子，懂規矩，識大體，擅筆墨，懂音律。

不過——如果楚瑜不是他妻子，遠遠看著這麼靈動的姑娘，似乎也是不錯。

他就這麼跟在楚瑜身後，跟了她大半年，偶爾楚瑜和他遇到，也就不鹹不淡打聲招呼，喊一聲：「嘿，你在這兒呢。」

久了，他也會朝她笑笑，偶爾請她喝杯水酒，倒也相安無事。

直到他十三歲那年，陳國突襲，徐州城破。

當時楚建昌主力不在，楚瑜一個人出去玩。楚臨陽提著長槍催促他：「你出城去，替我找到我妹妹，帶她立刻退到晏城去！」

他知情況緊急，便帶了披風，佩著長劍，駕馬衝了出去。

他在荒野上四處尋找楚瑜，徐城破城時，他終於找到楚瑜，當時她滿臉茫然，帶著驚恐慌亂，一個人站在原野上，看著狼煙滾滾的徐城。那一瞬間，他終於覺得，畢竟是個小姑娘。

他朝她疾馳而去，伸出手，高聲道：「楚瑜，上來！」

楚瑜呆呆抬起頭來，看見了他，而後她目光驟然亮起來，高喊道：「顧楚生！」

「上來，」他叫她，「我帶妳走。」

楚瑜有那麼片刻，她猶豫著，抓上他的手。而後他攬住她，用披風將她裹在懷裡，訓斥道：「出來怎麼穿這麼點兒？」

下著雪的天，不怕凍死嗎？

楚瑜這次沒有耍寶，她安靜抱著他，聽著他的心跳聲，馬蹄聲。

他以為她是怕了，便心軟了些，忍不住道：「妳別擔心，我會護送妳去晏城的。妳父兄都不會有事兒，我陪著妳。」

楚瑜抱著他，好久後，她才低低說了句「哦」。

四、

他帶著她跑了一夜，終於護著她到了晏城。

到了晏城後，她情緒有些低落，他當作嚇到了，也沒多想。

後來幾日，他去看她，她都躲著他，他也不知為何。少年脾氣高傲，多被拒絕幾次，也就不去了。誰也不是誰的誰，犯得著這樣被人作踐麼？

那時候他不懂，姑娘不喜歡一個人，才能坦坦蕩蕩，若是喜歡了，只能畏畏縮縮。

他畢竟是楚瑜的未來妹夫，楚瑜那樣的性子，哪裡容得自己多想什麼？

他一直沒有再見到楚瑜，直到回京。回京那天，他特意旁敲側擊，讓楚臨陽去給楚瑜報了信，然後他想等著楚瑜來送她，心裡想著，哪怕只是朋友，楚瑜也當來送送他。

誰曾想，他從白天等到黃昏，仍舊沒等到她來。他也不知道自己是氣個什麼勁兒，把簾子一放，怒道：「走。」

他心裡想，日後楚瑜來華京，他也絕不去接他。

他說到做到。徐城之亂後，楚建昌終於覺得邊塞不安穩，送楚瑜回了華京，他聽聞她來了，也沒去見她。直到他被父親帶著去楚家赴宴，他才看見楚瑜。

回到京中的楚瑜，彷彿一隻被斬斷了翅膀的鷹，在人群中格格不入。她見到他，也彷彿不認識一樣，她既然不認識他，他也不會刻意交好。

只是偶爾她踩著裙角摔下去，眾人發笑時，他會提醒楚錦，讓她扶她一把。

他本以為人生就一直是如此，日後他步入官場，迎娶楚錦，為國家效力，為君主盡忠。

直到純熙七年，他十五歲，秦王謀反。

秦王謀反之初，他便察覺了他父親的不對勁，他聰慧，頃刻便猜到了他父親要做什麼。

他父親對開國趙氏有著濃厚感情，更受過秦王禮遇，秦王落難，他不會不顧。

然而在趙玥出現在他家時，他還是震驚了。哪怕那時候的趙玥，已經被他父親改頭換面成為一個普通家僕。

他知道自家的底細，也知道皇帝的手段，他明白，以他那單純父親的手段，決計保不住趙玥。然而趙玥已經到了顧家，無論如何，顧家難逃一死。

於是大雨之夜，他讓家中暗衛在外搜索了一圈，確認找出了其他暗衛蹲點的痕跡後，他知道，顧家在劫難逃。

他父親哭著苦求他。

「我可以死，趙氏血脈不可斷啊！」

顧楚生面色慘白，他看著自己父親痛哭流涕的模樣，終於道：「我有一個辦法。」

趙玥在屋中從容飲茶，聽到他的話，他抬起頭來，看著顧楚生，顧楚生轉頭看向趙玥，顫抖著聲道：「我聽聞，世子與長公主交好？」

趙玥垂眸不言，許久後，他輕輕一笑：「我也不知他會不會救我，但你可一試。」

顧楚生去試了。

他派人聯繫了長公主，得到了回復，長公主在宮中安排了人，而他要做的，就是把顧家從這件事中抽出來，給趙玥一個「死亡」，讓淳德帝安心。

他親手提著劍，送著自己的父親入宮，他舉報了他父親，為了表現自己的忠心，他又親手斬了他的父親。

淳德帝看著他滿手鮮血跪在地上，終於放心下來，嘆了口氣道：「難得你小小年紀，就有如此忠心。也罷，我留你顧家。只是死罪可免，活罪難逃，你今年似乎該入宮當太子伴讀？罷了，你去昆陽吧，從一個縣令做起，於你而言，也是磨煉。」

他千恩萬謝，走出宮門時，他沒敢洗手。他將染了血的手藏在袖子裡，一時不知道該去哪裡。

他像一個遊魂，這世間已沒有他容身之處，他憑著直覺走去，等反應過來時，卻是停在了楚家的巷子裡。

他不知道自己是來找楚錦，還是楚瑜，他只是茫然地站在那巷子，然後看見了兩個年輕公子。

一個看上去約莫二十三四，另一個卻只有十三四。年長那位身著素衣，頭戴玉冠，年幼的則是身著黑色勁裝，頭髮用髮帶高高豎起，兩縷頭髮垂在額邊，露出精緻的美人尖。

那少年正在翻牆，青年就含笑看著，顧楚生見到他們，愣了片刻後，便反應過來。

年少的他不識得，年長的他卻是知道的。

衛世子，衛珺。

衛珺在這裡，那少年自然是他的親弟弟衛韞了。

他默默看著他們，瞧著他們的動作，便也就知道是什麼意思了。

明年楚瑜就要出嫁，衛世子想來看看等了這麼多年的新娘子是什麼模樣，也是正常。

然而卻無端端有股火燒在心間，他雙手籠在袖間，冷冷看著這兩兄弟，壓著聲道：「衛世子，夜半三更領著自己兄弟做這種事兒，怕是有失分寸吧？」

聽到這話，衛韞有些心虛，又有些惱怒。衛珺沉默了片刻，尷尬笑了笑，同衛韞道：「小七，我說你不要這麼頑皮，你這隨便翻牆的習慣也不知什麼時候才好？下來吧，為兄帶你回去。」

衛韞：「……」

這一番話說得坦蕩又誠懇，衛珺轉過頭，看著顧楚生，行了個禮道：「小弟總有夜遊爬牆的習慣，我才追到此處，還未來得及阻攔，讓顧公子看笑話了。」

顧楚生沒說話，他目光冰涼如水。

衛珺沒理會他，招了招手，衛韞便跳了下來，衛珺拱手道：「告辭。」

隨後便領著衛韞，轉身離開。

顧楚生靜靜看著兩人的聲音，感受著手中鮮血黏膩。

憑什麼？

他想。

憑什麼他們活得這樣容易，要什麼有什麼，而他卻什麼都要失去。

顧家倒了，他父親沒了，他親手斬了他父親，他一無所有。楚錦不會嫁給他的，他太清楚這個女人了。而楚瑜……

他心中突然大悸。

楚瑜不是他的。

那是衛珺的妻子，不是他的。

五、

顧楚生一年未曾出門。

他父親已經沒了，淳德帝卻祕而不報，裝模作樣開始審問眾人，彼時朝中人人俱危。而他就躲在自己的房間裡，他什麼都不幹，就在裡面看書，作畫，喝酒。

他覺得自己的人生，大約就毀了。

他知道他努力可以東山再起，可是東山再起又怎樣，他能比得過衛珺嗎？

他日日買醉，沒有了父親管束，家中就他最大，誰也不敢說他什麼。

一年之後，守孝期滿，他也該奔赴昆陽上任。而這時候，楚瑜年滿十五，與衛家也定下了婚期。

他下意識迴避了楚瑜的婚期，即將離開華京前西，楚錦來找了他。

「楚生哥哥，」她哭著求他，「你退親吧。我姐姐喜歡你的，我不能做對不起我姐姐的事。」

他面色平靜，聽著楚錦的哭聲，那聲音楚楚可憐，然而他內心一片平靜。

他太清楚楚錦的性格了，他忍不住笑了：「其實不是妳姐姐喜歡我，是妳不願同我去昆陽吧？」

楚錦微微一愣，顧楚生看著她呆愣的模樣，她像一朵嬌花，生來就該供養在華堂之上，用最精緻的瓷器養護。

她來退婚，是對他此刻的人生，所有的結果一次宣判——他顧楚生不配擁有她。

她和他一樣清醒，一樣自私，一樣冷靜刻薄。

他靜靜看著她，想起她年少時叫著他楚生哥哥的模樣。他嘲諷笑開：「我不會退婚。」

「可是阿錦，」他抬手覆在她臉上，神色平靜，「跟了我，妳不會後悔的。」

聽著這話，楚錦憤怒尖叫。她質問他——顧楚生，你配嗎？你看看你的樣子，你配得上我嗎？

他沒說話，握著茶杯的手，微微顫抖。

楚錦回去之後，也不知道是發生了什麼，他離開華京前夕，楚瑜突然給他送了一封信，說要陪他一起去昆陽。

他想這姑娘一定是瘋了，然而在看到信那片刻，他內心卻有了半分柔軟。其實楚瑜陪他去昆陽，對他而言是一件好事，當然也是一件壞事。

好在以楚瑜的身分和能力，大概會給他很多幫助。壞在以衛家的門第，怕容不得這樣奇恥大辱，也容不得他。

可衛家家風不會讓衛家做出太出格的事兒，這件事無論如何看，都包賺不賠。

他理當收下那封信，然而看著那筆跡，想著那姑娘策馬飲酒的模樣，他突然笑了。

「讓她別來。」他低聲開口，同下人道：「好好嫁給衛珺，我不喜歡她，讓她別來了。」

六、

然而她終究是來了。

她星夜兼程，策馬而來，用佩劍挑起他的車簾，露出她明豔的面容。

他說不清自己那一刻是什麼感受，只覺得似乎是光照滿了大地，然而在黑暗太久的他，竟感覺有那麼些惶恐不安。

於是他輕聲叱喝：「妳來做什麼？」

「來陪你啊。」姑娘笑咪咪開口，隨後她認真下來，靜靜看著他：「顧楚生，以後我會陪著你，你別怕。」

少年沒說話，藏在衣袖下的手緊緊抓著膝上衣衫，他盯著她，不敢開口，因為他怕出聲的時候，沙啞的音調會洩露他的內心。

楚瑜見他不說話，笑了笑，她放下簾子，招呼著她帶來的人，提聲道：「啟程！」

她說到做到，她真的放下了親事，放棄了衛珺，千里而來，陪伴他。

他在黑夜裡看著姑娘的面容，完全不知道，到底是發生了什麼，但他知道的是，那天夜裡，她累了抱著劍，靠在他肩頭睡過去時，他突然覺得，自己有一天會回去。

有一天，他會回到華京，會報了自己的家仇，會比衛珺衛韞更強，會一人之上萬人之下，會……配得起她。

只是那時候，他尚不知自己真正內心，他只是覺得夜風有些冷，他抬起手，將她攏在懷裡，用袖子搭在她的身上。

楚瑜背棄了衛家的婚事，自然是不可能再回去了，如果他不要她，她就無處可去，於是他娶了她。

他反覆告訴自己，他是為了報答她的恩情，是為了不讓她回去淪為別人的笑柄。然而當他聽說衛家上了戰場，前線就在昆陽不遠處的白城，而楚瑜自請幫忙押送糧草時，他抿了抿唇，卻是同楚瑜道：「先把親成了吧，妳一個姑娘家做這些，總是不成體統。成親後我陪妳。」

楚瑜驟然回頭，面上滿是驚喜，像是落滿了星光。

那是很簡單的婚禮，誰都沒有。他們自己拜過了天地，便算了。

那天晚上他很笨拙，楚瑜性子直，還笑話他。他惱了，背對著她不說話，她又低著聲來哄他。他又氣又無奈，最後抱著她的時候，他突然覺得，似乎這樣一輩子，也挺好。

那時他覺得日子很甜，過得很好，直到衛家戰敗的消息傳來。

衛家滿門除了衛韞，都戰死在白帝谷。

他本不想告訴楚瑜，卻還是讓楚瑜聽到了這個消息。那天晚上她沒回房，她站在院子裡，一夜未眠。

他披著衣服站在長廊，嘲諷道：「妳這是做什麼？死的又不是妳丈夫，妳犯得著這麼惺惺作態？」

「是我負他。」楚瑜閉著眼，聲音裡帶了哽咽：「衛世子，是我薄他。」

他聽著這話，整個人驟然火起。

他想起月光下那個青年含笑的模樣，想起衛珺那一身榮光。這個男人，生得光彩死得磊落，他清楚知道，楚瑜沒見過他，若楚瑜見過他，怕不會來昆陽找他。

她不來找他……那又如何？

他告訴自己，楚瑜喜不喜歡他，都無所謂，都不如何。他不稀罕、不在意、沒關係！

然而他還是覺得心口發悶，在華京時那種絕望和羞辱籠罩了他，他忍不住衝過去，拉住她道：「妳給我回去，妳和他什麼關係？妳負他什麼了？我才是妳丈夫，妳回去！」

她不動，他拉扯她，兩人糾纏之下，楚瑜猛地甩開手，大吼了一聲：「你要做什麼？」

他本不過一介書生，哪怕有些三腳貓功夫，楚瑜使了真功夫，在她面前也是不夠看的。

他被她砸在地上，撞在門上，疼得他倒吸了一口涼氣。楚瑜愣在原地，顧楚生微微喘息，楚瑜有些不知所措：「對不起……我……」

「妳說什麼對不起？」顧楚生冷笑，他捏著拳頭，巨大屈辱將他淹沒，他撐著自己站起身，嘲諷道：「妳且懷念你那死在白帝谷的未婚夫去吧，妳要太想他，我送妳一封休書，你們結個陰親，也未嘗不可。」

聽到這話，楚瑜臉色煞白。顧楚生見她終於變了臉色，心中終於暢快一些，他轉過身去，自己回了屋子。

等他一個人時，他才發現自己到底做了些什麼。

為什麼他會這麼焦慮？為什麼他會為了楚瑜這麼失態？

惶恐鋪天蓋地湧來，似乎直指一個答案。這個答案讓他驚慌失措，他忍不住掀翻了桌子，疾退著抵到牆上。

他不喜歡楚瑜。

他想，他這輩子，不會喜歡任何人。

七、

他和楚瑜相處的過程，一直是針尖對麥芒。

少年人脾氣都大，楚瑜罵不過他，他打不過她。

那是他人生最落魄的時候，他所有都依靠著楚瑜，楚瑜見過他所有狼狽的模樣，卑躬屈膝、被人羞辱，那都是常事。

他曾在夜裡獨自哭泣，是楚瑜強行開了大門將他抱在懷裡，任由他痛哭流涕。

他曾得罪鄉紳被逼著磕頭認罪，是楚瑜衝進了宅院，和別人打得滿身是血，手提長劍都不肯跪下，同他說——顧楚生，站起來。

楚瑜罵他軟骨頭，他恨楚瑜惹事不知時務。

他們兩一面爭執，又互相依靠。她可以為了他拋頭顱灑熱血，他也能為了她無所不用其極。他們一起押送糧草，一起走過北狄，天冷的時候，他知道她怕冷，會將被子多給她一些，然後擁抱住她。

她總是說不用，他便罵她：「妳有沒有半分女人的樣子？」

他後來回想起那些時光，那時候他們雖然爭執，但其實相愛。他當欽差被追殺，她能扛著他跑，笑著同她說：「你看，你還是得仰仗我吧？」

他就惡狠狠罵一句：「滾。」

她陪他待在北方五年，她幫著他一路平步青雲，衛韞平定了北方，他在昆陽，擔任白、昆兩州州牧。當時京中局勢混亂，六皇子與太子爭奪皇位，而他卻暗中與衛韞統一了戰線。

他們都是與淳德帝心中有仇的人，哪裡會讓他李家再坐一個不受控的天子上去？他們要的是六皇子和太子兩敗俱傷，再扶一個傀儡上去。於是哪怕他幾乎已經掌控了整個北方的財政大要，卻遲遲不肯入京，只一味當著衛韞背後的金庫糧倉。

這讓淳德帝惶惶不安，頻頻向楚家施壓，楚瑜不滿，他便讓她去查長公主，同她道：「要是妳能把長公主從太子這條船上拉下來，咱們就回華京，讓妳爹輕鬆點。」

她抿了抿唇，卻是問：「你拿我家人當過家人沒有？」

他輕嗤：「妳家人與我何干？」

然而等回了書房，他的侍衛卻嘆了口氣，同他道：「爺，何必賭氣呢？要不是為了楚將軍，您拖兩年再回去，不是更好嗎？」

他沒說話，他也不知，自己到底是為了個什麼。

楚瑜當真查到了太子的把柄，長公主也與太子鬧僵，長公主親筆來信，讓他回京。他也不再推辭，施施然回到華京，從兩州州牧直躍戶部尚書。

而這時，他們已經成親近五年，她始終沒有孩子，別人都暗暗笑話顧楚生，說他不會生。他惱得在酒宴上掀翻了同僚的桌子，成了華京一大笑話。

她什麼都不知道，只是每天高高興興喝藥，去校場和人摔跤，全然沒有半分顧大夫人的模樣。

他為她四處尋醫，終於找到了一個大夫告訴他們，她習武的路子是極陰的路子，這本沒什麼，但這些年她受傷太多，以至於傷了底子，體質偏寒，加上這武功路子，便不易有孕，而且長此以往，陰陽失調，日後怕是病症不斷。

他得了這話，猶豫再三，終於同她道：「妳那一身武功，便廢了吧。」

她愣了愣，隨後罵了他一聲：「有病。」

「妳總不能讓我一輩子連個孩子都沒有。」他終於有些安耐不住，大吼：「日後妳是尚書夫人，妳還要這一身武功做什麼？妳是覺得我護不住妳，還是不想要我護妳？全華京都把我當成笑話，妳為我想過沒有？」

楚瑜沒說話，她背對著他，她聽出她話語裡的難過，好久後，她慢慢道：「我只是覺得……每個人，都當有自己的人生。」

這話刺傷了他，他也不知道自己是怎麼，他聽見這話，他就覺得很害怕，他冷著聲音：「妳不需要有妳的人生，妳只需要當好顧大夫人。」

她沉默不語，他越發心慌，忍不住道：「妳若不當，自有人來當。」

「那便讓人來！」楚瑜猛地提了聲，回過頭來，手握腰刀，冷著聲道：「我倒要看看，誰敢來！」

「好，」顧楚生點著頭：「妳且等著。妳以為妳算什麼東西？妳以為這顧府，當真只有妳一個女人不成了？」

說完這話後，他衝出去，他滿京城亂竄，然後遇見了楚錦。

楚錦穿著婦人衣衫，頭上頂著一隻銀色髮簪。這麼多年，她似乎從來沒變過，她轉過頭來，叫了他一聲：「楚生哥哥。」

那一聲驚醒了他，他第一次意識到，他真的回來了。

他顧楚生，終於從泥地回來，他終於有能力，再去捧回那朵嬌花。

楚錦彷彿他一輩子的執念，他輕輕一笑，有了定奪。

八、

他決定迎娶楚錦，楚錦這一次沒有抗拒，甚至對他曲意奉承。對比著楚瑜的剛烈，溫柔可人的楚錦，真是再好不過的解語花。他喜歡和楚錦聊天，也開始喜歡上了外面的生活。

納采、問名、納吉、納征、請期……

他背對著楚瑜，悄悄將一切都做了。在定下婚期那天，楚瑜突然臉色蒼白著回家，他們已經很久沒說話了，他以為她是知道了他要迎娶楚錦的事，卻不想她卻是突然同他說：「楚生，我們和好吧。」

顧楚生微微一愣，楚瑜走上來，擁抱住他，低聲道：「他們說你的話，我聽到了，是我不事。我這一身功夫，我找師父廢了。楚生，我會好好當顧大夫人，我不會再讓人笑話你了。」

顧楚生沒說話，好久後，他抱住她，慢慢道：「妳別怕。」他也不知當說什麼，他只是抱著她冰涼的身子，沙啞著聲道：「以後，我會護著妳的。」

他把婚期推遲了，一切彷彿沒發生過一樣。

楚錦並沒有催促，她甚至悠閒等著他。他問楚錦，妳哪裡來這樣的自信。楚錦微微一笑：「楚生哥哥說得奇怪了，我這份自信，不是哥哥給的麼？」

「哥哥要的東西，」她將手搭在他胸口，神色溫柔，「哪一件，是沒得到的？不過是一時憐惜，還能憐惜了一輩子不成？姐姐是楚生哥哥的妻子，我入門，她也不會如何。畢竟，她喜歡你，不是麼？」

她喜歡他，所以會包容他。若她不包容，那就是不夠喜歡。

他也不知道從何時起，這成了他做事的一貫邏輯，他總是在測試她對他的感情，反反覆覆。

於是他拉下她的手，點頭道：「妳說得是。」

他和楚瑜過了一段似如新婚的日子，楚瑜身體調養好了，終於有了身孕。

那時楚瑜很高興，她不刺他，他說什麼，她都樂呵呵接下去。他也說不出重話。

他看她給孩子做衣服，看她笨拙又溫柔的模樣，內心也感覺被什麼填滿。有時候他們兩個人一起試著給孩子做衣服，但兩個人都不會做針線活，誰都做不好。

楚瑜肚子一日一日大起來，他什麼都忘了，就一心一意等著這個孩子出生。

他的喜悅感染了所有人，朝堂上所有人都恭賀他，除了衛韞。有一日他和其他同僚聊著做父親的事時，衛韞從旁走過，淡然道：「下作之人，堪配為父？」

這話讓他冷了神情，他盯著衛韞，平靜道：「衛侯爺這是什麼意思？」

「家中妻子有孕，在外仍有紅顏知己，」衛韞眼中帶著譏諷，「顧大夫人若知此事，也不知會不會後悔，當年千里迢迢，去救起這麼一個狼心狗肺的東西。」

聽到這話，顧楚生臉色大變。

他生平最恨的，便是說起當年楚瑜私奔來救他這件事。

他勾起嘴角，嘲諷道：「那不也是拋下你哥來的麼？衛世子看不住人，這能怪我？」

「我哥看不住人？」衛韞抬眼看他，神色平淡得似是不屑看他一眼，「你若讓楚瑜見我哥一次，她還會去找你這賊子？」

說著，衛韞冷笑：「真是瞎了眼。」

這話讓顧楚生幾乎無法喘息，他正要說什麼，就看小廝衝過來，告訴他楚瑜早產的消息。

他急急忙忙衝回家中，聽著楚瑜在房內大喊，他急得來來回回，走來走去，罵著下人道：「怎麼看夫人的？怎麼把她看成這樣的？」

「大人，」管家終於忍不住，小聲開了口：「夫人知道錦夫人的事兒了。」

聽到這話，顧楚生腦子嗡了一下。

他張了張口，一句話說不出來。

九、

楚瑜生產完後，他去看她。

她很虛弱，他就站在她邊上，一句話都不敢說。好久後，他終於坐到她身邊，伸手握住了她的手，低低說了句：「辛苦了。」

楚瑜疲憊睜開眼，她目光很涼，卻是說了句：「放開。」

「沒事兒，」他艱難擠出一個笑容，「我陪陪妳。」

「髒。」她又吐出一個字。

顧楚生搖了搖頭，溫柔道：「我不覺得髒。」

楚瑜靜靜看著他，好久後，她終於解釋，「你髒。」

顧楚生的笑容僵住了。

他看著楚瑜，楚瑜眼裡是藏不住的厭惡，他沉默片刻，內心有什麼湧上來。

他突然笑了。

「妳後悔嗎？」他問她。

她閉上眼，神色疲憊，他笑出聲：「妳後悔了是不是？當初就不該選擇我，不該和我在一起。妳該嫁給衛珺，甚至衛韞，都好。」

「可他死了！」顧楚生站起來，他狂笑，「他死了！妳沒有退路，楚瑜，妳這輩子，註定只能跟我在一起，妳知道嗎？」

楚瑜沒說話，她顫抖著眼睛，眼淚浸了出來，看上去可憐極了。

他覺得那眼淚是剜在他心上，讓他又痛又絕望，這中間又帶了那麼幾分欣喜，這種自虐後帶來的快感，才讓他覺得，楚瑜在給他回應。

「既然，喜歡楚錦，」她沙啞道：「又為什麼，娶我？」

「既然，要娶她，」她每一個字都帶著哭腔，「又為什麼，不放我？」不放她。

那當然不放他。

他腦海中彷彿有一頭巨獸，咆哮著問——他憑什麼放她？

她嫁給了他，有了他的孩子，這一輩子，下一輩子，她都是他顧楚生的妻子。

可這些話他不想說，他怕說了，便會映照出他那顆狼狽的內心。

於是他平靜道：「不是妳求的嗎？」

「楚瑜，」他淡淡開口，「妳一輩子是顧大夫人，我會照顧妳一輩子。」

楚瑜沒說話，她低笑開口：「顧大夫人？」說著，她猛地睜開眼，用了所有力氣，將手邊的杯子砸了過去，怒吼：「我不稀罕！」

那杯子砸得他頭破血流，如這場感情。

他們兩個人，都掙扎得鮮血淋漓，他自己都不知道，到底是哪裡出了錯。

十、

他迎娶了楚錦，本來是平妻，但最後，仍舊只當了一個貴妾。

楚錦笑咪咪同他道：「當貴妾沒關係，只要後院是我主事就行。」

於是他去問了楚瑜，問她願不願意交出中饋。當時他想，她只要服個軟，那就行了。

可她沒有，她抱著孩子，直接同長月道：「把帳本鑰匙全部交過去吧。」

她甚至沒看他一眼。

這個孩子出生後，她就再沒同他說過話。如無必要，她甚至都不會和他出現在同一個場合。那深深地厭惡他明顯感知到，他甚至覺得，在楚瑜的生命裡，只有那個孩子，他無足輕重。

他想要她同他說話，於是他總去找她麻煩，他逼著她把主臥讓給了楚錦，當著下人的面責備她。她很少理會，除了說到她的孩子。然而她的反擊從來又狠又毒，她熟知他一切過往，一切狼狽，總是在別人面前，把那不堪的過去堂而皇之說出來，然後看他怒極，她似就開心了。

他們兩就這樣拼命傷害對方，卻不像少年時那樣，有了痊癒的空間。

有一天夜裡，他喝醉酒了，他太想她了。於是他偷偷去見她，他看見她抱著孩子，溫柔又圓滿。

「顏青啊，」她說，「娘以後和你就成一個家，我們誰都不要了，好不好？」

孩子咯咯發笑，而他入贅冰窟。

誰都不要了，那是不是，他也不要了？

他突然很恨那個孩子，他突然覺得，那個孩子似乎搶走了他的一切，他瘋了一般衝過去，把孩子一把搶走。

「楚錦缺一個孩子，」他平靜道，「給她養吧。」

她終於有了反應，她瘋了一樣反撲他，他讓下人按住她，帶走了那個孩子。

他把孩子交給了楚錦，第二天醒來時，他終於覺得有些累了。他突然不想再管她了，於是他再也不過問她，他以為這樣下去，一輩子就過了。直到長月受罰。

她跪在他面前，哭得不成樣子，她終於求他了。

然而她求的卻是一封休書。

折騰了這麼久，這麼多年，她終於要離開他——為了一個下人。

他忍不住怒笑，他想問她，在她心裡，他算什麼？他幾斤幾兩？一個下人而已，就能讓她想要離開他？

他想教訓她，誰曾想，那個下人卻死了。

得知長月的死訊時，他有一陣慌亂，他匆匆趕到了楚瑜房間，卻見她跪坐在屋中，手裡抱著一把劍。

她神色茫然中帶著死寂，他站在門口，小心翼翼叫她，「夫人。」

楚瑜沒有說話，好久後，她低下頭，撫摸著劍，平靜道。

「大人，」她說，「乾陽母親來信，她身子不好，需要人照顧，我去吧。」

顧楚生微微一愣，他說不出任何話，好久後，他終於道——好。

十一、

她走了。

他想，這未必不好。糾纏了這麼久，他也累了。

反正……他也不喜歡她。

無關的人，去了就去了。

然而他又忍不住想，如果她求饒回來，那便回來吧。

她畢竟是顏青的母親，是他的妻子。

他一直等著她求饒，然而她在乾陽，卻是彷彿消失了一樣。

她沒有給過他一封書信。

她的丈夫，她的孩子，彷彿都和她沒了關係。

他期初還會憤怒，後來這份憤怒就化作了冰冷，與她僵持。

僵持了許多年，她終於給了他一封信，那封信與其他眾多書信夾雜在一起，沒有人特意提醒他，等他看到的時候，已經是好久之後了。那是她請求他，說她想回來，看看他父親。

他看著這話便笑了。

不看丈夫，不看孩子，只惦念著她父親？

於是他回絕了她。

他等著她說對的答案。

然而好久，他終於又收到她的信。

「妾身病重，已近微末，唯願再見父母，了卻殘願，望君念舊時情誼，莫再相攔。」

看著這信時，他想，楚瑜這又是要什麼花招。

然而他卻清楚知道，楚瑜或許說的，是真的。

如果不是病重，按照她的脾氣，想見，大概便來見了，哪裡還需他的懇許？

他連夜備馬，給宮裡送了摺子。楚錦領了顏青過來，詢問道：「大人，可是出了什麼事？」

顧楚生冷著聲道：「楚瑜病了，說想見家人，我接她回來。」

楚錦愣了愣，片刻後，她垂下眼眸：「我去吧。」

「妳又想做什麼？」他皺起眉頭。

楚錦這次失了笑意，她抬手拂過自己的髮，平靜道：「若是她撐不回華京，也總得見見家人。」

顧楚生沒有說話，最後他允了。

他星夜兼程，馬不停蹄。到了府中後，他先去換了身衣服，然而也就是換衣服這間隙，她便去了。

他來時，只得了她一句，若得再生，願能與君，再無糾葛。

他顫抖著將她抱緊懷裡，死死抱緊了她。

十二、

很多東西，要失去了才知重要。

很多人，要離開了才知相愛。

她走後，他花了二十年，一點一點承認，他喜歡她這件事。

最後他為了她與衛家的婚契，死在了衛韞劍下。

而後他重生歸來，他本以為他會和楚瑜重新開始，卻不曾想，錯過的人，便是永遠錯過了。

他恨過，絕望過，不擇手段過，卻在最後終於明白，愛這件事，本也只是一件單方面的事。

他替衛韞抗下了所有罵名，成了那個叛國之臣。

楚軍大獲全勝後，他便被大臣下獄。

他本該死的，卻是衛韞和長公主等人力保了他，還讓他繼續當上了丞相。

起初天下都是罵聲，後來便漸漸小了。

他這一生都放在了國家和百姓上，沒有娶妻，沒有納妾，更無風流韻事。

哪怕他被人罵了一輩子，記入史書時，也不忘將他當叛臣那一筆濃墨重彩寫上，可當朝的百姓，大多卻尊敬著他。

因為是他開了城門，保住了華京百萬百姓，這一點，百姓比誰都清楚。

雨漸漸小了，他和顧顏青說完話，也有些累了。

他回了床上，躺下睡了。顧顏青端著藥碗出去，他妻子站在門口，看見他出來，忍不住嘆了口氣道：「你父親又同你說那個沒影的夫人的事兒了？」

顧顏青點點頭，有些無奈道：「人老了，便記糊塗了。當年他一個人從昆陽爬上來，哪裡有什麼夫人的幫助？我父親啊……也不知什麼時候才會清醒了。」

顧楚生躺在床上，聽著顧顏青的話，忍不住揚起了嘴角。

他們都當他糊塗了，可他卻知道，自己一點不糊塗。

他記得很清楚。

他愛那個人，他的妻子，一輩子活在他的腦海裡，他的心裡。

你看，時至今日，他仍舊能清晰想起——那姑娘駕馬而來，在夜雨裡挑起他的車簾，朗聲開口：「顧楚生，你別怕，我來送你。」

這一輩子，他愛過黎民百姓，愛過秀麗山川，愛過大楚廣川脈脈，山河巍巍。

而他最愛，便是那個姑娘。

他彆扭了一輩子，忐忑了一輩子，他自卑又驕傲，不安又執著，用了一輩子，終於得承認——他喜歡她，獨獨喜歡她。

番外　魏清平

一、

在大楚有一個公認的事實，這世上若論哪一位女子最好命，那便得是魏王之女，魏清平。

魏王是大楚少有的幾位異姓王爺，遠在西南邊境，坐擁精兵。年輕時也是風流倜儻的翩翩公子，得眾多女子歡心。

而魏清平的母親，則是百草閣閣主之女江花容，當年大楚第一美人，醫術超凡出眾，愛慕之人數不勝數。

兩人在行走江湖過程中相遇，而後魏王迎娶江花容為正妻，先生了世子魏廣川，又生下魏清平。然而在魏清平出生後不久，魏王被江花容捉姦在床，追求一生一世一雙人的江花容扔下一封「休夫書」與魏王和離，回到百草閣，繼續當著百草閣少閣主。

所有人都以為魏王一定會十分惱怒這個女人，誰知魏王搖身一變，開始了深情追妻的戲碼，一追就是十幾年。

有著對妻子的遺憾和愛，魏王對兩個孩子十分寵愛，身為女兒的魏清平被江花容認定為百草閣的繼承人，一年有半年待在百草閣，魏王每次接送魏清平時，就能接觸到妻子，於是魏王對魏清平更是討好非常，任何人見了，都得感慨一句——溺愛。

魏清平不僅有了良好的出身，父母超常的愛，和諧的家庭，而她自己本身也很爭氣。小小年紀，就生得貌美非常，醫術上天資出眾，武學也不落下乘。可以說，上天幾乎把所有寵愛都給了她，讓旁人嫉妒萬分。

大約人生太順風順水，十三歲時，魏清平就覺得，這日子過得沒有意思，於是她同父母商量過後，便開始了她雲遊江湖的人生。

她憑藉著出眾的醫術，到處治病救人，在江湖上傳出了玉菩薩之名，年近十八，仍舊沒考慮婚事，也成了出了名的「老姑娘」。只是生來條件太過優越，哪怕是老姑娘，也是追求者無數。對於這樣毫無難度的人生，魏清平覺得——

挺沒意思的。

二、

她開始覺得人生有意思，大概是從遇見秦時月起。

那是在她去河西的路上，她本是受人所托，去河西義診，當時她的馬車停下，侍從去周邊接水，就留她一個人在馬車裡看書。她正翻著書時，突然有人直直衝進了馬車，短刀抵在她的喉間，冷冷看著她道：「下去。」

魏清平沒說話，她注視著面前的年輕人。對方看上去二十出頭，渾身染血，面上血和污泥混合在一起，唯獨一雙眼睛亮得驚人。魏清平這輩子頭一次被人打劫，覺得頗有些意思，便聽了他的話，將書放在一邊，跟著這個年輕人下了車，等著看他接下來要做什麼。

對方見她完全不反抗，也沒有再為難她，抬手試圖往她頸部重重一擊，魏清平猜想他是想弄暈他，便非常配合的「暈」了過去，倒在草坪上，一言不發。

對方見她暈了，這才回過身去，從旁邊草叢裡拖了另一個人出來。魏清平悄悄睜開眼看這個人，他明顯也是強弩之末，只是憑著毅力在支撐自己，而被他拖著的人則已經完全沒了意識，兩人每一步都走得很艱難，這個青年卻沒有放棄，咬著牙拖著另一個人，艱難往馬車挪移。

魏清平有些看不下去了，她算了算時間，在心裡默默計時：「三、二、一……」

剛剛默念完畢，那個青年就再也支撐不住，直接倒了下去。

魏清平站起身來，好奇走到青年身邊，半蹲著檢查一下兩個人的傷勢。

這時她的丫鬟鳳兒端著水回來，剛回來，就看見了一臉好奇蹲在兩個血人身邊的魏清平。鳳兒尖叫起來，水盆「哐」一下掉在了地上，拔出劍來便衝到了魏清平身前，氣勢洶洶道：「郡主，我保護妳！」

魏清平看著面前發著抖的丫鬟，沉默了片刻後，終於忍不住道：「我認為，當務之急，妳去再打一盆水來，比較重要。」

三、

秦時月醒來的時候，他的傷口就被魏清平處理乾淨了。

他被魏清平拖到了一家客棧，他醒來第一件事，便是下意識去摸劍。

然而劍沒在，於是他便翻身下床，匆匆往外走去，剛走出內閣，就看見魏清平坐在位子上，淡定喝著茶。

秦時月頓住腳步，暗中握緊了拳頭，打量著面前這個女人。這個女人不簡單。

他思索著。

「醒了？」魏清平抬眼看他，眼裡帶著好奇，「你和你那位朋友都受了傷，這傷口很奇怪，不像是江湖人，倒像是軍隊裡的人動的手。尤其是你那位朋友，還中了劇毒，你們是誰？不是江湖人士吧？」

秦時月沒說話，他目光落在了魏清平腰間，那裡掛著一個玉牌，上面寫著「百」。

看著她的長相，聯想到她最初讓他暈倒的手段，以及這個腰牌，秦時月大致推斷出來，這應當就是江湖人稱玉菩薩的魏清平。

這一次衛韞是私下違背和趙玥的協議去河西買馬，然後被趙玥派人埋伏。此事絕不能走漏風聲，而魏清平作為魏王子女，立場難辨。若是直接殺了她……怕是會徹底將魏王變成敵人。然而就這樣放縱著，終究是個禍患……

秦時月一時思慮萬千，魏清平見他不說話，不由得皺起眉頭，以為他和過往那些看她看呆了的男人一樣，都沉迷於色貌之中。她有些不滿，站起身道：「其實你不說，我也大致猜出來了。我看到你那位朋友的腰牌……」

魏清平這話讓秦時月神色一凜，他下定了決心，就在魏清平說著話的瞬間，他猛地朝著她衝了上去，同時一隻手將耳朵上那顆像黑珍珠一樣的耳環卸下，含在了嘴裡。魏清平見他突襲，神色大變，袖刀從袖中直接探出，便朝著對方身上直刺而去。正常人面對這樣一刺必然要躲閃，然而這個青年卻是用肉身直直撞上袖刀，鮮血飛濺之間，他一把按住她的頭，猛地吻了上來，同時將一個小小圓滑略帶了些冰涼的東西用舌頭推如她唇齒之中。

她睜大了眼睛，一時竟是被驚得整個人都僵了。而對方將東西推入她口中之後，毫不留戀離開了她的唇，就在她近在咫尺之處，喘息著道：「子母蠱，我死，妳死；我疼，妳疼。」

聽到這話，魏清平驟然反應過來，她怒得一腳踹開了秦時月，秦時月直直撞在屏風之上，隨後魏清平便發現有各種疼痛在身上浮現起來。

陳國的子母蠱，有母蠱的人活著，被下了子蠱的人才活著。母蠱死了，子蠱就要死。唯一化解的辦法，只有母蠱主動召回子蠱。

「救下我家主子，我會主動召回子蠱。」秦時月捂著傷口，喘息著道，「郡主，非常時刻，對不住了。」

「白眼狼……」魏清平顫抖著手，提劍指在秦時月面前，因為疼痛和憤怒，她頭一次失了風度，她盯著秦時月，怒喝：「你且等著死吧！」

四、

魏清平說讓他死，卻是不敢讓他真死的。

他因為受傷太重昏死了過去，她卻得撐著給他治療傷口。他的每一分疼痛都會傳達到她身上，令這輩子沒吃過什麼的她惱怒不堪，恨不得一針扎死手下這個人。她咬著牙給他清理了傷口餵了藥，疼痛總算減輕了些，她坐在一邊緩著氣，暗暗勸說自己，現在且先留著他，等把子母蠱的問題解決了，她便廢了他！

秦時月一睡睡了三天，倒是衛韞先醒了過來，這次魏清平學乖了，不敢輕易讓衛韞靠近，拿了個枷鎖將衛韞鎖在了床上，坐在一邊和醒過來的衛韞對峙。衛韞看著自己身上的鎖，又抬頭看了看魏清平，終於忍不住道：「姑娘這是何意？」

「這得問你那位兄弟。」

這話讓衛韞呆了呆，他最後是和秦時月一起逃出來的，她說的「兄弟」，自然是秦時月了。於是他忙道：「我那位兄弟如何了？」

「他好得很。」魏清平神色中帶了些憤怒，「我救了你們，他卻餵了我子母蠱，你說他能過得不好到哪裡去？」

秦時月這一番做派衛韞並不奇怪，他上下打量了魏清平一眼，笑了起來：「可是清平郡主？」

「你們一個兩個，」魏清平冷笑道，「眼睛倒挺好。你是衛韞吧？」

衛韞笑著不言，如果真的是魏清平，熟悉朝廷各種規矩的郡主在看到他懷裡的印章時知道他是誰，這並不奇怪。

魏清平見衛韞沉默，她便想起秦時月的做派來，冷哼了一聲，站起來道：「為著大楚，我也會醫好你。但是！別給我再找事兒了。你和你那朋友，再別打什麼花花腸子。」

「這是自然。」衛韞認真開口道，「非常時機行事，冒犯了。」

魏清平沒搭理他，起身走了。

衛韞醒後隔了兩日，秦時月也醒了。他醒來時，衛韞正坐在他身邊，他睜眼看到衛韞，忙起身道：「侯爺……」

「先躺著。」

衛韞按住他，低聲道：「別把傷口掙開。」

秦時月應了一聲，躺在床上，卻是道：「您還好吧？」

「我沒事。」衛韞笑了笑，他面色有些發白，魏清平提著藥箱走了出來，冷著聲道，「外傷沒事，不過我可得說清楚，他那毒一般的藥吃不好，死了我可不負責。」

這話讓秦時月臉色白了白，衛韞忙道：「你別擔心，我回去讓沈無雙看看。」

魏清平嗤笑了一聲，沒有搭理他，到了秦時月面前，冷著聲道：「上藥！」

秦時月看了她一眼，見她面色蒼白，就知道是子母蠱的效果。他沉默了片刻後，同魏清平道：「郡主，我給您一個方子，麻煩您找給我一下。」

「拿來。」

對於方子，魏清平是很感興趣的，哪怕看這個人不順眼，卻也不會拒絕。秦時月口述了一個方子，魏清平聽著這些材料，皺起眉頭道：「這些藥是做什麼的？」

「蠱蟲是用藥餵養的，」秦時月平靜道，「這藥是讓蠱蟲沉睡，暫時斬斷的法子。」

「那你怎麼不把蟲子取出來？」

秦時月沉默下去，衛韞有些尷尬笑起來：「子母蠱入體之後……至少要五個月才能取出。」

聽到這話，魏清平頓時變了臉色，她實在沒忍住，一巴掌抽了過去，秦時月抬手極快，一把抓住了魏清平的手，他皺著眉頭，卻是道：「郡主，打在我臉上，你也會疼的。」

魏清平重重喘息，她這輩子沒見過這種人，沒受過這種委屈，她忍著了片刻，終於坐下來，怒道：「行針！」

五、

魏清平按著秦時月的方子去給他抓了藥，熬成藥汁後按照秦時月的話喝了下去。喝下去不久，她就感覺一切恢復了正常，倒是秦時月的面色又白了幾分。她站起身來，活動了一下，見自己的確沒了什麼障礙，衝到秦時月面前，抬手就是一耳光！

「這一耳光你給我記好了，」她冷著聲道，「本郡主是救人沒錯，但也不是無底線讓人欺辱的！」

「對不起……」秦時月面色慘白，他痛苦閉上眼睛，慢慢道：「非常時機，實屬無奈，還望郡主海涵。」

「我若是不海涵呢？」

「郡主要怎樣，便怎樣。」

「我要你以死謝罪呢？」

秦時月沉默了片刻，魏清平正打算嘲諷，秦時月慢慢開口道：「那，等戰亂平息，衛家安定，時月便回來將命賠給郡主。」

這話讓魏清平愣了愣，過了一會兒後，她悶悶道：「算了，也不是大事。你叫衛時月？」

「秦時月。」

「秦時明月漢時關，萬里長征人未還。」魏清平順口回了話，點了點頭道，「好名字。」

說著，她彎下腰來，低頭道：「我給你看看傷口。」

秦時月應了一聲，她剝開他的衣服，頭髮垂落在他身上，她的頭髮冰涼柔軟，帶著一股說不出的香味。秦時月愣了愣，他感覺有種異常的情緒鑽進了心裡，他一時也分辨不出是什麼，就是呆呆看著這個姑娘，在對方抬頭的瞬間，像是被什麼猛地驚到一般，朝著身後急急躲去，一頭撞在了床欄上。魏清平被他的動作搞得愣了愣，好半天，她才反應過來，不由得皺起眉頭：「你不願意讓我看就直說，這樣矯情姿態做什麼？」

「不……不是……」

秦時月也不知道要如何解釋這樣慌亂的躲閃，他紅著臉，慌忙道：「我……我……我也不知道……」

魏清平看出他似乎有些不知所措，她有些無奈，嘆了口氣道：「算了，你的傷口開始結痂了，再過幾日才能沾水，這幾日你就用水擦一擦……」

「我們何時能動身啟程？」秦時月卻是開口問了這一句，魏清平皺了皺眉頭，「你們還是再養一養……」

「怕是來不及。」

秦時月實話實說：「我至少要護著侯爺回去。我們已經在河西耽擱太久了，要趕緊回到白城去。」

魏清平雖然漂泊江湖，但也不是完全不管朝廷之事的，她明白秦時月的意思，這次衛韞是偷偷出來，自然不能耽擱太久。沉默片刻後，魏清平道：「這樣吧，我送你們回去，你和侯爺躺在馬車裡養傷就好。」

「如此，」秦時月一板一眼道，「不勝感激。」

「秦時月，」魏清平挑眉，「你倒是挺不客氣的。」

「今日郡主相救之恩，日後必當相還。」

「還？你拿什麼還？」魏清平冷笑，她也不知道自己是怎麼，大概是在這人手下吃了太多虧，又不能拿他怎麼樣，心裡憋著股氣，總想懟他，於是嘲諷道，「區區一個家臣，能還我什麼？」

秦時月沉默下去，似乎開始認真思考。魏清平覺得彷彿是一拳砸在軟棉花上，力道都沒了。

她冷哼了一聲，轉身收拾了藥箱，站起身來，轉身走了出去。

六、

因為趕路，秦時月醒來當天下午，魏清平就帶著兩人回去。兩個男人坐在馬車裡療傷，魏清平和丫鬟坐在馬車外駕馬。鳳兒有些憤恨，一路都在低罵：「郡主千金之軀，居然為他們駕馬，他們這些賊子真是膽大包天……」

魏清平沒告訴鳳兒衛韞的身分，聽著這些話，也沒多說，就任由自己這個小丫鬟磋磨兩人。

兩人的外傷慢慢好起來，但秦時月氣色卻一直不見得好，他總是蒼白著臉，一副沒精打采的模樣。魏清平給他診了幾次脈，都發現並無異相，只是母蠱有些躁動。子母蠱這事兒是她心上邁不過去的坎，她知道母蠱躁動，也不想法子，就隨它折騰。

到白城前夜，趙玥的人再一次追上了他們，衛韞和秦時月毫不戀戰，領著兩個女人一人一匹馬就往前衝去。

魏清平上馬慢了些，就落在了後面，所有殺手都朝她湧了過來，將她團團圍住。

秦時月回頭一看，大喊了一聲：「侯爺先走！」

隨後便提劍狂奔了回去。

衛韞身上帶傷，又懷揣機密文書，咬了咬牙，便領著丫鬟先走了去。

那天下了大雨，魏清平一回頭，就看見青年如同一道驚雷，一把孤冷的劍，破開了人群，朝她直奔而來。

他同那些殺手一路廝殺，拉著她且戰且退。他在殺砍中爆發出一種驚人的生命力，整個人如同一把行走的劍，揮砍於世間。

他把自己當做武器，當做盾牌，每次她差點受傷，就會被他猛地拉入懷中，以血肉之軀，生生為她當下所有傷口。

他們一路逃到密林，接著密林地勢，他終於殺光了所有人，而這個時候，他整個人已經彷彿從血水中撈出來一樣。他的血染滿了她的白衣，魏清平靜靜看著他，神色複雜。

他喘息著，用劍撐著自己，靠在樹上，凝視著她：「郡主無礙吧？」

「秦時月……」魏清平喃喃道：「你到底……怕不怕死？」

聽到這話，秦時月艱難笑開。

「自然是怕的。」

「那你還要為我擋？」

魏清平驟然提聲，秦時月沉默了下去。魏清平惱怒開口：「說話！」

「卑職只是覺得，此事本不該牽扯殿下，更不該讓殿下受傷。」他終於開口，魏清平正要接著罵，就聽他低著頭，捂著傷口，小聲道，「而且女孩子，留疤就不好看了。」

魏清平愣了愣，那一瞬間，她感覺有什麼流淌在心裡，暖洋洋的，讓人忍不住軟了心腸。

七、

那天是魏清平把他背回白城的。

秦時月受傷太嚴重，後面都有些意識不清，於是魏清平背著他，艱難走了許久，終於見到了來找他們的衛家軍。

而這時候，也差不多靠近白城了。

魏清平感覺自己這輩子的狼狽都給了秦時月，她到了白城後，鳳兒一面給她洗澡，一面哭：「郡主遇到他們就沒有過好事兒，咱們趕緊走吧。」

魏清平沒有說話，鳳兒接著哭：「郡主，咱們……」

「別說話。」魏清平道：「讓我安靜一下。」

鳳兒的哭聲卡在了脖子裡，憋了回去。

屋子裡只聽嘩嘩水聲，魏清平也不知道為什麼，滿腦子都是秦時月將她抱在懷裡，為她擋刀的場景，又不自覺轉到了喂下子母蠱的那個吻，想來想去，她竟然忍不住，慢慢紅了臉。

洗完澡後，魏清平重新裝扮好，才去了秦時月的房間。沈無雙正在給秦時月看診，他雖然一身的傷口，但都是外傷，並沒有什麼大礙，沈無雙見魏清平進來了，笑了笑，叫了聲：「少閣主」之後，便趕緊溜了出去。

房間裡就剩下魏清平和秦時月，兩人本都不是會說話的，於是房間裡呈現出一種詭異的安靜。好久後，還是秦時月開口道：「郡主過來有何貴幹？」

「哦，」魏清平垂下眼眸，「就來看看你。萬一你死了，我就遭殃了。」

聽到這話，秦時月眼中露出愧疚，忙道：「郡主放心，五月一過，我立刻為郡主取出子蠱。」

「嗯……」

魏清平點了點頭，自然而然抬手握住了秦致遠的脈搏，過了一會兒後，點了點頭道：「不錯。」

「得郡主照顧。」秦時月笑起來，魏清平應了一聲，秦時月直覺魏清平有什麼不一樣，但又說不出來。兩人安安靜靜就這麼坐了一會兒後，魏清平起身道：「那我走了？」

秦時月點點頭：「郡主慢走。」

魏清平猶豫了片刻，也不知道自己是在等什麼，終於還是起身走了。等屋中空留香風，秦時月竟然莫名覺得，有那麼幾分失落。

八、

魏清平在白城閒得無聊，每日除了義診，便以關心母蠱的名義，回來看看秦時月。他們兩人在一起，常事魏清平翻著書，秦時月便發著呆。然後魏清平只要叫一聲「秦時月」，他就能在第一時間應下來。

過了大半月，秦時月的身體終於好了許多，這時衛韞本被魏清平用藥壓著的毒復發，魏清平和沈無雙聯手問診，終於確定下來，如果要澈底拔毒，必須要去取天山雪蓮回來入藥。只是天山艱險難爬，雪蓮也不知道哪裡能尋，加上去之不易，又要快去快回，一時竟也找不到要去的人。

這消息傳到了秦時月耳裡，他沉默了片刻，便去沐浴更衣，隨後找了軍師陶泉，帶了一組人要去天山。

衛韞聽到這話，撐著自己勉強起身，喘息著道：「胡鬧，母蠱在他體內，他能去做什麼？」

「母蠱怎麼了？」魏清平微微發愣，她對蠱的確不太瞭解，沈無雙嘆了口氣，有些無奈道：「郡主，他用藥封了子蠱和母蠱共鳴的聯繫，母蠱焦躁，便一直在他身體裡作妖。所以他此時此刻，一直承受著母蠱所帶來的疼痛，他這樣的情況去天山，實在是太危險了。」

說著，沈無雙有些無奈道：「也不知道這子蠱是給了誰……」

話沒說完，就看見魏清平急急回了後院。

秦時月正在收拾東西，魏清平一進來，就看見正彎著腰的秦時月。

這是他們打從見面來他第一次好好收拾了自己的行頭，他長得俊俏，眉目似冰雕玉琢，線條乾淨俐落，帶著拒人千里之外的冷。他雖然沒有衛韞那種驚人的俊美，卻十分耐看。

他聽見她進門的聲音，便直起身來，他靜靜看著她，抿了抿唇，卻是道：「郡主，我要去天山了。」

「我知道。」魏清平咬牙開口，秦時月猶豫了一會兒，終於道：「您不用擔心，子母蠱這事兒，其實我已經封了子蠱和母蠱的聯繫，就算我死了……」

「閉嘴！」

魏清平怒罵，她捏著拳頭，憋了半天，終於道：「你一定要去天山？」

「沒有人比我合適。」

「好，」魏清平點頭，「我陪你去。」

「您不用……」

「我樂意！」魏清平皺起眉頭，「本郡主要做什麼輪得到你囉嗦？我要去天山，你陪著就好！」

秦時月微微一愣，片刻後，他終於道：「您放心，」他說，「我不會讓您有事。」

魏清平冷哼了一聲，說著，她走到他面前，抬手按在他胸口，聲音溫和下來：「疼不疼？」

秦時月有些不明白，魏清平抬眼看他：「我聽說，母蠱會讓你覺得很疼。」

聽到這話，秦時月也不知道為什麼，有些笨拙笑開。

這樣的關心讓他覺得很高興，他也不知道該說什麼，只是道：「不疼的。」

他溫和道：「這點疼，我受得。」

魏清平啞然，她呆呆看著面前的人，她想問，如果這都讓你覺得不疼，那你以前，該過得有多疼啊？

九、

找藥是一件很著急的事，當天晚上，兩人輕騎出行，日月兼程奔赴天山。

一路上都是秦時月在照顧她，雖然是趕路，但他一直很細心。連喝的水，都小心翼翼給她暖著。

一開始他們還會搭帳篷睡覺，一般都是他守夜。慢慢到後來，她就靠著他就睡了。

她喜歡問他小時候的事，他就給他說。

比如他家裡原本住在白城，北狄入侵時，家破人亡，只留了他一個孩子，被衛家收留，當了家臣。

比如他從十二歲隨軍，一路走到今天。

他的語調都很平淡，魏清平靠在他肩頭，卻從這最平淡的話語裡，聽出了波瀾壯闊。

他從來不敢拒絕她的要求，幾乎是她讓他做什麼，他就做什麼。

她走路累了，他就背著她，他們上天山，他幾乎背了她一半的路。

她喜歡靠在他背上的感覺，那是一種從未有過的安全感，忠誠又可靠。

不過她每次都計算著他的體力，總在恰到好處的時間下來，替他背著東西接著走。

天山很大，他們在雪山上呆了將近七天，夜裡太冷，他們不得已擠在一起。他總是很僵，完全不敢碰她，她一開始也很緊張，然而過了兩天后，有一天晚上他睡熟了，她看著他的唇，鬼使神差的，她突然抬頭親了親。

秦時月整個人澈底僵了，他那樣敏銳的人，哪怕是睡夢中，也不會被冒犯了都不知道。可他不敢動，魏清平知道他醒著，便伸出手，摟住了他的脖子。

「郡主……」

秦時月掙扎著皺起眉頭：「這……這……」

「別說話。」魏清平摟著他，親吻著他的唇，緊張又霸道開口，「你不親我，我會生氣。」

秦時月不說話，他明顯在掙扎，然而魏清平挑逗著他每一根神經，最後他閉上眼睛，翻過身，便將她壓在了身下。

他的吻笨拙又溫柔，就像他這個人。

等吻完之後，她亮著眼睛，開口道：「想不想娶我？」

秦時月垂下眼眸，沙啞道：「想。」

「喜不喜歡我？」

這次秦時月不說話了，魏清平皺起眉頭：「說實話。」

好半天，秦時月終於小聲說了句：「喜歡。」

「嗯？」

秦時月閉上眼，似乎是認命了一般：「喜歡！」

魏清平咯咯笑起來，她摟住他的脖子，溫柔道：「我也喜歡你。」

秦時月臉紅得厲害，明明是在雪山之上，整個身子卻彷彿是著了火。

「別鬧了，」他小聲開口，「好好休息，明天找藥。」

魏清平知道他要找藥，也不鬧他，抱著他道：「等下山後，你去我家提親吧？」

「嗯。」

「秦時月，」魏清平忍不住笑，「是不是我讓你做什麼，你都做？」

「嗯。」

「你怎麼這麼乖？」

秦時月不說話了，魏清平抬眼看著他，有些不滿道：「你能不能說幾句情話來聽聽？」

秦時月漲紅了臉，一句話說不出來。魏清平見他半天說不出什麼，擺了擺手，有些無奈道：「算了算了，我不為難你了，睡吧。」

說著，她往他懷裡縮了縮。秦時月認真想著，好久後，他突然道：「清平，你為什麼要叫清平？」

「我怎麼知道？」魏清平有些困了，「得問我父王。」

「我知道。」

秦時月有些高興，魏清平愣了愣，她抬起頭來，疑惑道：「為什麼？」

「因為，」秦時月紅著臉，「你長得好看。」

魏清平沒理解，她就聽秦時月小聲道：「雲想衣裳花想容，春風拂檻露華濃。若非群玉山頭見，會向瑤臺月下逢。」

魏清平聽著這話，看著面前的人笨拙抬眼，小心翼翼看著她，問了一句：「這算不算情話？」

這豈止是情話？

那一刻，魏清平想，這話簡直是冬日後的春光，夏日裡的涼風，直直要將人的意志消磨全無，恨不得把那一顆心，全都掏給他去。

十、

他們在天山上找到了藥，便回了白城。

而後那陣子，魏清平就留在白城，他陪她逛街，陪她看書，陪她練劍，做所有她喜歡的事。

他出身不好，便由她教著禮儀，教著寫字。

他們出去逛街，她犯了懶，便都是他背著。

他出去打仗的時候，她就在背後等著他。有一次戰後他沒了力氣，躺在戰場上，然後他就聽見她的聲音，卻是她提了劍，綁了白布在額頭上，一具一具屍體翻找著他。

翻找到他時，她眼睛裡壓著淚，他看著她笑，卻是問她：「在頭上繫個白布做什麼？」

她說：「我怕你死了，有人比我快。」

他躺在地上，朗笑出聲，抬手就將她攬在了懷裡。

她咬住牙關，伸手去推他。

他回來那天，她給他上藥，他就一直笑，他拉住她，溫和道：「我們的事兒，是我上門提親，還是妳同妳父母先說一聲？」

魏清平猶豫了片刻，隨後道：「我去先同母親說一聲吧。」

於是她去了一封信。

過了一個月後，秦時月在回家路上，遇到了一個老者。

那老者帶著一堆僕人，他恭敬等著他，笑著道：「是秦將軍嗎？」

「您是？」

秦時月有些迷茫，對方笑了笑：「在下百草閣的管事，姓范。」

那老者是江花容的手下，來也只為了一件事。

「您與郡主雲泥之隔，同她在一起，那是誤了她。閣主與王爺都不會同意這門婚事，您若真把郡主放在心上，能否不要閣主與王爺難做？」

這話勸得直接了。

他聽愣了，可那麼一瞬間，他卻是清楚明白，對方說得對。他有些不知道該說什麼，好久後，他終於是點點頭道：「我知道了。」

回去之後，魏清平正在練字，她朝他打著招呼：「時月你過來看看，這首詩我寫給你的。」

秦時月走到桌前，魏清平同他說這首詩多好，可他其實看得不太明白。

他呆呆看著面前的人，面前人出身高貴、貌美聰慧，喜歡他這樣的人……實在是自毀前程。

他沉默了好久，終於道：「郡主……」

「嗯？」

「我想，您是不是，該去其他地方義診了？」

魏清平聽到這話愣了愣，好久後，她才反應過來：「你這話是什麼意思？」

「我的意思是……」秦時月艱難道：「我覺得，咱們不太合適……」

魏清平沒說話，好久後，她說道：「我明白了。」

說著，她放下筆，直接走了出去。

他看著她的背影，一時居然有那麼幾分想哭。

他在這種事上向來笨拙，也不知該怎麼發洩，於是找了沈無雙去買醉。

他喝得醉醺醺回家，躺在床上，夜深人靜，感受著房間裡她曾經留下的氣息，他也不知道是怎麼的，二十出頭的男兒，竟就忍不住哭出聲來。

他在床上蜷縮著，壓著聲音哭。魏清平坐在橫梁上靜靜看著，聽他一聲一聲叫她「清平」。片刻後，她閉上眼睛，彈了點藥粉落下去，而後她翩然落下，秦時月呆呆抬頭。

他看著姑娘，宛若神明。對方直接掀開他的簾賬，片刻後，她便脫了鞋，上了床去。

秦時月整個人都呆了，直到她脫去他的衣服。

「做夢呢。」

她輕輕誆哄他：「時月，夢醒啦，我就走啦。」

聽到這話，秦時月伸出手，猛地抱緊了她。

她頭一次知道，秦時月有這樣強勢的時候，他抱著她，眼淚落在她的肩窩，反復叫著她的名字，求著她：「妳別走。」

「清平，妳別嫌棄我，我會掙軍功，我會配得上妳……」

「清平……」

他閉上眼：「妳怎麼這麼好？」

「妳為什麼，要這麼好啊？」

十一、

酒總有要醒的時候。

第二天秦時月醒來時，整個人都是懵的。魏清平則是在床上大大方方打了個哈欠道：「起這麼早做什麼？再睡睡？」

「我……妳……我……」秦時月整個人語無倫次。

魏清平抬眼看他：「你你我我什麼？睡一覺而已，別太放在心上。我若要嫁人，誰還敢嫌棄我這個？」

秦時月漲紅了臉，魏清平直起身來，拍了拍他的臉，小聲道：「同你混了這麼久，一點甜頭都沒嘗到就想讓我走，也太便宜你了。」

秦時月不敢說話，目光死死盯著床板，魏清平推了他一把：「愣著做什麼？我要洗澡。」得了這話，秦時月趕緊下床去，他不敢叫人，便自己去給魏清平打了水，而後他守在屏風外面，整個人都是呆的。魏清平洗完澡，換了衣服，從屏風後面走出來。她神色坦蕩，平淡道：「我要去其他地方義診了，明天就離開白城。」

「哦……」

「這事兒你別太放在心上，大家各取所需，下次我來還找你。」

這話魏清平說得一副坦蕩模樣，但仍舊忍不住紅了耳根。好在秦時月根本不敢抬頭，憋了半天，只問了句：「還會……找別人嗎？」

這話把魏清平氣笑了，她扭頭就往外走，秦時月拉住她，低聲道：「我會好好攢軍功。」

「不需要。」魏清平甩開他，「知道什麼叫世家嗎？呂布縱使一代，那也是草莽！」

秦時月沒說話，低著頭，只是道：「那也別找別人。」

「我若找了呢？」魏清平挑起眉，秦時月猛地抬頭，似乎是怒極，他盯著魏清平，兩人視線在空中交鋒，許久後，卻仍舊是他敗下陣來。他扭過頭去，悶聲道：「若是著了別人，便不要來招惹我了。」

聽到這話，魏清平忍不住笑出聲來。

她也沒多說什麼，轉身走了出去。走到一半，她突然頓住步子：「秦時月，」她溫和道，「好好當將軍，你這樣的兒郎，當是誰都折辱不得的。」

誰都不可以，她家人也不可以。

十二、

他們開始分開，然而卻又總是相逢。

她會在夜雨裡千里迢迢來他面前，坐在他窗臺上，只說一句：「有點想你。」

而他最常做的事，就是等待。

他從不拒絕她的要求，永遠等待著她，陪伴在她身邊。

有一次衛韞問他：「若是郡主要你離開衛家，你隨她走嗎？」

秦時月微微一愣，好久後，他才道：「盡了我的責任，天涯海角，我都隨她走。」

「你要是一輩子都娶不了她呢？」

「那便一輩子守著她。」

他不敢在人前同她太近，因為他怕讓人看出他們的關係，有流言蜚語纏上她。

然而私下裡，他卻是她一個人的秦時月。

他們一直如此，似乎是在一起，又似乎是沒有，直到元和六年，她被困在疫區。得到消息的時候，他下意識就想去找她，可她太清楚知道他的脾氣，她同他說，每個人有每個人的責任，他若來了，她看不起他。

於是他只能咬著牙在戰場上，想快一點結束這場戰鬥。而後在戰爭結束的第一瞬間，他千里奔赴疫區，在見到她的那一刻，他再不顧人言，狠狠報緊了她。

他突然明白當年魏清平去死人堆裡翻他的心情，他才明白，面前這個人隨時有可能消失，而他也並不是如他所言，守她一輩子就夠了。

若不能娶她為妻，他一生都有遺憾。

於是第二天，他就清點出了自己所有財產，然後親自奔赴了魏王府。

他進門後剛提出要求，就被魏王的人打了出來，然而他不肯走，固執跪在王府門口，一動不動。

他生來嘴笨，也不知該說什麼，只能這樣跪著。

魏清平來的時候，他已經跪了近十天，魏清平衝到他面前，氣得整個人都在發抖。

「起來，」她說，「這魏王府，哪裡輪得到你跪？」

他苦澀笑開：「沒事，」他說，「我想娶你嘛，該吃苦的。」

「你起來，」魏清平紅了眼，顫抖著聲道：「我不願看到你跪。」

他搖搖頭，不再說話，魏清平吸了吸鼻子：「要跪是吧？好，那我同你一起跪！」

說著，她便直接跪在了地上，他忙去扶她，她卻固執不動，這時候魏王走了出來，看見魏清平跪在門口，不由得道：「乖女兒，妳這是做什麼？」

「他因想娶我跪在這裡，我想嫁他，又怎麼能讓他一個人跪？」

「乖女兒，」魏王苦著臉，「妳別鬧了，妳嫁人父王自然是高興的，可妳也選個有身分的啊。哪怕不是高官厚祿，至少該是世家出身……」

「不是世家出身怎麼了？」魏清平驟然冷了臉色，她站起身來，顫抖著聲道：「你可知邊疆守著百姓的是誰？你可知這麼多年浴血奮戰的是誰？你說的世家公子，他們在家中舞文弄墨的時候，是誰在邊疆用骨血護著大楚江山？他不是世家怎麼了？他的風骨，哪一點又不如世家？」

這話把眾人罵愣了，魏清平看著魏王，眼中含了眼淚：「他付出得比別人多，他走得比別人難，就因為他沒出身在世家，哪怕他真心愛我疼我，視我如珠如寶，用命拼了高官厚祿，也不配娶我，是嗎？」

「可這樣的人都不配娶我，誰又配呢？」

「父王，」魏清平哭出聲來，「我只是想嫁個喜歡的人，有這麼難嗎？」

魏清平這輩子沒怎麼哭過，這一哭，把兩個男人都哭愣了。好久後，卻是秦時月開了口。

「算了……」他低啞著聲道，「我……我都可以的。也不是一定要成親。我不讓你為難了，清平，我們還和以前一樣……」

「我想嫁個喜歡的人，他理應是這個國家的英雄，可他不是世家，就不可以嗎？！」

魏清平提了聲音，魏王沉默，好久後，他終於道：「也不是不可以……」

說著，他話鋒一轉，隨後道：「可他發誓，一輩子只有妳一個人。」

「這是自然。」秦時月立刻開口，認真道：「我這一輩子，只喜歡清平一個人。」

他說得鄭重又認真，帶著幾分孩子氣。魏清平忍不住笑了。

「傻子。」

她輕輕推了推他的頭：「你真是個傻子。」

十三、

他們的婚禮是在魏王府辦的，嫉妒秦時月的人便在外笑他是入贅，然而他卻也不在意。

成婚當天晚上，秦時月掀了蓋頭，看著魏清平笑意盈盈看著他。

「別人都說你入贅，你生氣嗎？」

她開口問他，他愣了愣，隨後笑起來。

「只要同妳在一起，」他打得溫和：「怎樣都可以。」

番外　楚臨陽

一、

楚臨陽生於武將之家，楚家祖上出身草莽，在開國功臣中屬於末流，沒有世家的底蘊，沒有滔天的權勢，楚臨陽出身的時候，楚家的處境，在華京也不過就是個普通貴族。

好在後來戰亂，他父親人雖然傻，但勝在憨勇，立下不少功績，加上常年在西南邊境活動，西南沒有衛家那樣常年呆著的駐軍，久而久之，他父親就訓出了一隻勉強可算是楚家軍的軍隊，常年鎮守西南。

為此華京裡瞧不上他父親的人也時常嘲笑，西南那地界，實質上是「時無英雄，使豎子成名」。

但無論如何，楚臨陽稍微大些的時候，他們楚家在華京，終於也算是有頭有臉的人了。他的大妹子楚瑜許給了衛家世子，小妹楚錦許給了顧家大公子顧楚生，算起來，他家未來，無論如何，都應該差不到哪裡去。

差不到哪裡去，但和謝家比起來，終究還是差了些的。

他母親就是謝家人，儘管他母親只是一個偏房中的嫡女，那華京傳承了幾百年的名門貴族，有著世人仰慕的風流和高傲，他們家的兒女，哪怕只是個偏房嫡女，都能嫁的他父親這樣普通貴族正房中的嫡子。

他的父親脾氣暴躁，他的母親脾氣懦弱，一個隻會大吼大叫，一個只會哭泣埋怨，生於這樣的家庭，他也不知道自己是怎麼長大的，且，不僅長大了，還長得頗為端正，十三歲的少將軍，十五歲在西南便已經商鋪滿地，人稱楚財神。多少貴女趨之若鶩，只是他心思不在女人身上，也不想去搭理。

但年紀上去了，他父母就開始著急，他母親打從他十五歲就問他「有沒有什麼想法」，儘管華京體面人家的嫡子都是二十成婚，可他母親還是催促，覺得至少先訂個婚。他被催得煩了，便擺了擺手道：「我看上了謝家的嫡女謝純。」

「什麼？」他母親愣了，他抬眼，淡道：「怎麼，我配不上不成？」

謝韻半天說不出話，她是不覺得自己兒子配不上謝純，可是……這攔不住謝純看不上他啊。

二、

謝純這個人，謝家嫡女，父親是內閣大學士，姑姑乃當今皇后，其兄弟任一，無不都是風流人物。

而她本人，雖然容貌比不上楚瑜楚錦堪稱華京第一，但卻有股子說不出的仙氣，加上才思敏捷，琴棋書畫無一不通，便雖然容貌上不是第一，卻成了眾位世家子心中正妻的最佳人選。

說那句話的時候，其實楚臨陽都沒見過她，然而這話卻依舊驚到了謝韻，謝韻思前想後，覺得與其讓兒子抱著沒有可能的期望，不然給兒子拓寬道路，華京女人這樣多，多見幾個就有心思了。

於是她和楚建昌打聽了楚臨陽的行程，裝著病把楚臨陽哄了回來，然後哭著鬧著把楚臨陽逼上了春日宴。

楚臨陽以前一直待在西南，幾乎沒來過這種地方，他拿著一株桃花，覺得這宴會上的人傻透了，彈琴作畫，寫詩下棋，這些東西，哪裡有打仗賺錢來得實在？

他坐在自己的位子上，憋得慌，就打算等宴會結束，趕緊回家離開華京。

然而就是這時候，人群中突然道：「王二公子給謝大小姐下帖論戰了！」

清談論戰，是他們文人雅趣，對比那些寫詩彈琴的，楚臨陽覺得，這件事要有意思得多。於是他端了杯酒，隨著人群過去。而後他就看見高臺之上，女子白衣藍綾，髮髻用玉簪高束，面色沉靜平和，舉手投足之間，將女子的柔美與世家貴氣混雜，讓人移不開目光。

她與王家二公子王瑄論的是儒法之爭，那些書面上的話，楚臨陽大多是不耐煩聽的，也聽得不太明白，他就看女子侃侃而談，唯一一句他聽明白了——外儒內道，方是正途。以儒為百姓之學，以道學為治國之道。順民養息，順天而為。若百姓需要開商，為何不開？

他有些詫異一個女子說出這樣的話，縱然最後是她認輸，然而在離席之時，他仍舊選擇把桃花放在她的桌上。

回去之後，楚瑜跑來問他：「哥，春日宴上誰最好看？」

楚臨陽想了想，認真道：「謝純吧。」

「哥，你想好娶誰沒？」

楚臨陽再想了想，遲疑了片刻，然後道：「還沒。」

三、

第二次見謝純時，便不是春日宴那樣的時候了。

那年西南洪澇，賑災銀兩不夠，他發給朝廷的摺子都被扣下，無奈之下，他只能回京來活動。他宴請了戶部的人吃飯，喝得爛醉如泥，卻也沒從這批人手裡摳出錢來，他一個人在酒樓院子裡跪在地上吐，吐完之後，他抬起頭來，就看見長廊上站著個姑娘，她神色冷淡，像月宮仙子落凡。

他愣了愣，對方從長廊上走下來，彎腰遞了一方絹帕給他。

「我看見你請了戶部的人，」她皺起眉頭，「可是西南出了什麼事？」

「妳識得我？」楚臨陽接過她的帕子，撐著自己站起來。

謝純平淡道：「我華京去沙場上的兒郎，我都識得。」

楚臨陽微微一愣，隨後點了點頭，說了句：「謝謝。」

而後他便要走，謝純卻拉住了他。

「西南到底怎麼了？」

她皺著眉頭，楚臨陽本不該說的，然而她拉著他那一刻，他卻覺得，這人彷彿是他絕境中的一棵稻草，於是他忍不住出了聲：「西南洪澇，缺錢。」

他將情況簡短說了一下，隨後嘆息道：「謝大小姐，這不是妳該管的，回去吧。」

「缺多少？」她卻是突然開口，楚臨陽愣了愣，他報了一個數，謝純點了點頭，同他道：「我明白了，七日後，我給你。」

楚臨陽睜大了眼，這不是一筆小數目。雖然錢的大頭他已經填了，可是剩下的也絕不是小數了。

他不知道這個女人要怎麼給他找錢，直到第二日，他聽說謝純在她的詩社裡募捐。她賣自己的詩，賣自己的畫。他聽她站在臺上慷慨陳詞，然後看她的畫售賣一空。不到七日，她便帶了銀子來給他，還是那副冷淡的樣子，也看不出喜怒，只是道：「楚將軍，一路小心。」

楚臨陽沒說話，許久後，他拱手道：「大小姐日後若有任何需要，楚某赴湯蹈火，在所不辭。」

「君戰沙場，已是足夠。謝純手無縛雞之力，不能為將軍同袍協戰，盡此綿薄之力，願君不棄。」

楚臨陽目光落在她單薄的肩膀上，她和楚瑜不太一樣，楚瑜生於戰場，哪怕身為女子，卻也不會讓人覺得柔弱憐惜。然而面前這個女子，卻似楊柳蒲葦，看上去不堪一折，卻又帶著一種無形的力量。

他曾經問過自己無數次為華京這批人征戰值不值得，而在這個女子送行這一日，他終於知道了答案。

值得。

四、

他帶著錢去了西南，後來便會時常想起她。他的性子，向來是想要什麼，就要得到什麼。卻生平第一次，生出了一種「不敢」的情緒。這個女人太美好了，其實他自己都知道，她不會喜歡他，他也配不上她。

他開始總是打聽她的消息，讓人給她送禮物過去。然而她偶爾回信，也只是問問西南的事。

他派人在她身邊打探，得到了許多消息。

諸如她和王瑄情投意合，相談甚歡，很可能兩家將要聯姻。

得這個消息時，他輾轉難眠。最後他千里奔赴回到華京，在謝家門口等了一夜，他本來想去問問她，若她上門求娶，有沒有那麼些可能。然而在清晨她出門時，他遠遠見到她笑意盈盈走向等在門口的王瑄，那一瞬間，他失去了所有勇氣。

他悄無聲息來了華京，又悄無聲息回西南，回去之後，才過了半年，就傳來了王瑄尚公主的消息。他愣了愣，毫不猶豫折馬回去。回去之後，他讓人守住謝家，也不知該幹些什麼。

而後他就看見謝純身邊的丫鬟送信去給了王瑄，他悄悄跟著過去，躲在房梁之上，聽見王瑄低聲訓斥過來的丫鬟，氣急敗壞道：「妳家小姐這是做什麼？尚公主是我能做的決定嗎？這是陛下賜婚，我又能怎麼辦？我若同她走了，我們兩家人怎麼辦？」

「可是……」丫鬟紅了眼，小聲道，「可是小姐懷了您的孩子……」

王瑄微微一愣，片刻後，他漲紅了臉道，「妳……妳別瞎說，誰知道那是誰的孩子？」

「王公子！」丫鬟被這話激怒，抬起頭道：「小姐只和您一個人有過交集，您這話……」

「我和她就只是醉後那一次，」王瑄急了，怒道，「哪裡有這樣的事兒？妳回去同她說清楚，這孩子不是我的，她別賴上我！」

說完，王瑄讓人把丫鬟趕了回去。丫鬟哭著回了謝府，她不敢將話說得太直接，只是道：「王公子說事關兩家人，他不願來……」

「他願不願來，是他的事。」謝純似乎有些疲憊：「可我等不等，卻是我的事。」

她說完，站起身來，讓丫鬟給了她披風，帶著劍和包裹，趁著夜裡，她便走了出去。

楚臨陽怕她出事，一直跟著她。

只見姑娘出了城，然後一直等在官道上。

她等了一夜，從夜裡等到黎明，她等那個人，始終沒有來。

天明的時候，她終於同丫鬟道：「妳且先回去吧。」

「小姐……」

「我再等一會兒，再等一會兒，他不來，我便回去。我想一個人靜一靜。」

說著，她把包裹交給丫鬟，沙啞著聲道：「妳先回去，把東西放好。」

丫鬟聽了她的話，猶豫片刻，終於走了。

等丫鬟走了，她下了馬車，便往山上攀去。

楚臨陽靜靜跟在她身後，她神色很平靜，一如既往，看不出任何情緒。時至此刻，她也只是面上有些憔悴，舉手投足間，仍舊不墮那份刻在骨子裡的優雅自持。

她好不容易爬到山上，走到懸崖邊上，風吹得她衣袖翻飛，太陽慢慢升起。他看見她展袖往前，楚臨陽終於不能只是觀望了，他猛地衝過去，在女子落崖那一瞬間，他猛地抓住她的手。

謝純抬起頭來，靜靜看著他，卻是道：「放手。」

男人沒說話，楚臨陽抓著她，一手撐著地面，猛地大喝了一聲，將她提了上來，撞在他身上。

「我不用你救。」謝純撐著自己身子起來。

楚臨陽躺在地上，閉上眼睛：「那妳就為了別人去死。」

謝純頓住了動作，聽楚臨陽道：「妳父母生妳養妳，妳就為了一個人渣去死，親者痛仇者快，把你學那些東西全都拋諸腦後，這樣妳滿意了？」

謝純沒說話，楚臨陽直起身子，一手撐著自己，一手搭在膝蓋上，看著她：「妳的一輩子就只有這麼點分量嗎？和一個男人睡了一覺，有了一個孩子，他不要妳，妳就去死了？謝純，我本來以為妳挺聰明的，怎麼也和那些女人一樣，傻成這樣？妳的一輩子，就是為了男人而生麼？」

「不是……」

「既然不是，妳求什麼死？」

「我讓家族門楣蒙羞……」

「妳怎麼蒙羞了？」楚臨陽嘲諷，「哦，喜歡了一個人，被人醉後霸王硬上弓了，懷了孩子，被人拋棄了，妳讓家族蒙羞了？喜歡一個人有錯嗎？剩下的事兒，妳是受害者，他王瑄不覺得蒙羞，妳蒙羞了？哪裡有這樣的道理！」

謝純渾身震了真，楚臨陽瞧著她，平靜道：「這世道不公正，可妳心裡得對自己公正。妳喜歡一個人，想和一個人親近，沒有錯。而他玷污了妳，是他的錯。我知道妳難，我是站著說話不腰疼，可是謝純，這世上每個人都有自己的難，死很容易，可死了之後，難的就是別人了。」

「妳想過妳的父母兄長嗎？妳想過所有愛妳的人嗎？妳想過妳好多想做卻未做的事嗎？謝純，妳別告訴我，妳生來這麼一輩子，除了找個男人嫁了，就沒有其他想做的事。如果這樣的話，妳讀那麼多書，妳學那麼多，妳努力那麼多，又是為什麼？」

謝純沒說話，她靜靜看著他。楚臨陽嘆了口氣，同她道：「行了，我送妳回去吧。」

謝純垂眼不語，楚臨陽走上前去，他拿了她一開始折了的樹枝，同她道：「走吧，我帶妳回去。」

「我不能回去。」謝純低啞道：「孩子的事情，瞞不住。」

「那妳想怎麼辦？」

楚臨陽抬眼看她，謝純抿著唇，她沒有說話，楚臨陽嘆了口氣，終於道：「算了，我和妳說句實話吧。」

他扭頭看著一邊，看上去十分鎮定，卻是道：「其實聽說妳和王瑄在一起的時候，我那天在謝府門口等了一晚上，我本來想問問妳，我娶妳行不行，可我不敢。」

「其實現在也不該問妳，妳嫁給我，應當是妳願意，而不是誰逼著妳。謝純，其實就算妳有一個孩子，可是該喜歡妳的人，還是會很喜歡妳。不過我也就是給妳提個主意……」楚臨陽垂下眼眸，「如果妳想留住這個孩子，我明日便可上門提親，到時候，我會當做自己的孩子好好看待。」

謝純微微一愣，楚臨陽接著道：「若妳不想為了孩子嫁我，那也可以，我還是會陪著妳。等我攢夠了軍功，我配得上妳，我還是會去提親。只是晚些年而已。」

謝純沒說話，她呆呆地看著他，神色複雜。

好久後，她才沙啞開口：「這對你……不公平。」

楚臨陽笑了笑。

「這世上哪裡有什麼公平不公平？若要說公平，這世上對妳們女人，又公平了？」

謝純沉默不語，楚臨陽等著她的回覆，好久後，她終於道：「這個孩子，我會打掉。」

「他出來，他要忍受太多不公，若不能給他一個好的人生，我不願這樣不負責任的讓他出生。」

楚臨陽點頭，謝純嘆息：「抱歉，楚將軍。」

她沙啞開口：「這樣狼狽遇到您，是我的失禮。」

五、

謝純回了謝府，回到謝府之後，便沒有了她的消息。

謝家將所有消息處理得很好，沒有透露一絲一毫出來。

王瑄尚了玉林公主，大婚的時候，楚臨陽見到了謝純。

她清瘦了許多，含笑看著新人，面上沒有一絲不愉。

楚臨陽一直看著她，他不日要啟程去西南，他怕去了，又不知是什麼時候再見。

她在人群中回頭看他，隨後朝他點點頭，微微一笑。那是少有的笑容，帶著過去不曾有的豁達和從容。

入席時，她出去庭院裡散步，他趕緊跟了上去，兩人在院子裡見了面，許久無語，最終卻是謝純先開了頭，溫和道：「楚將軍，又見面了。」

楚臨陽應了一聲，其實他有很多問題想問，卻也不知道該如何開口。卻是謝純先道：「聽說楚將軍不日又要去西南，不知何時啟程？」

「十日後。」謝純點了點頭，抬眼看他：「楚將軍可曾去過護國寺？」

楚臨陽微微一愣，片刻後，他反應過來，聲音低了許多，支吾道：「沒……沒去過……」

「不若改日我為將軍引路，去護國寺一遊吧？」

「嗯……」楚臨陽紅著臉，隨後忙道：「我會帶上我家小妹。」

謝純沒想到楚臨陽會說這話，她輕笑起來：「無妨。」

他們約了第二日，第二日清晨，楚臨陽便叫醒了楚錦和楚瑜。

兩個姑娘還在睡著，有些不情願地被拉起來，一起去了護國寺。到了護國寺後，謝純已經等著了，楚錦看出兩人有情況，便拉著楚瑜一路遠遠跟著，完全不靠近。

謝純領著楚臨陽往山上走去，從容道：「將軍此去西南，也不知道什麼時候才回來了。」

「應當不會太久……」

謝純點了點頭，繼續道：「那日之事，忘記感激將軍。」

「嗯。」楚臨陽點了點頭，憋了好久後，才道：「您身體可無礙？」

「休養了些時日，現在正配合著大夫給的方子調養，應無大礙了。」

謝純答得坦蕩，楚臨陽一時不知道該說什麼，謝純笑著道：「我家人倒是著急，如今總想著給我隨便找個人嫁了。如今楚將軍若是願意上門提親，怕是我家裡會一口應下。」

聽到這話，楚臨陽皺起眉頭，他看著謝純含笑的眼，想說什麼，卻被謝純的打斷：「可我卻是不會應的。」

「您說得對，」她笑著道，「我並不會因為這一件事就變得低賤，所以，我若要嫁給楚將軍，也當是因為喜歡。」

楚臨陽慢慢展開眉頭，他抿了抿唇，點頭道：「我明瞭了。」

他說道：「我改日上門提親。」

謝純睜大了眼，隨後忙道：「我不是……」

「您拒絕吧。」他認真道，「您拒絕，我再提，等您什麼時候想答應，便答應就是了。」

「我想娶的謝純，當是看得起自己，也撐得住門楣的謝純。」

六、

楚臨陽說到做到。過了五日，他寫了一張足足有兩丈長的禮單，然後讓謝韻和楚建昌去給他提親。

這樣數量的下聘，哪怕是謝家都被震驚，華京這才反應過來，這位打從西南來的財神爺，是位真財神。

謝家本想一口應下，但不知怎麼商量，最後終於還是拒了。

王瑄在宮裡聽到這消息，下意識說了句：「她還敢拒絕？」

這話傳到了楚臨陽的耳裡，第二日，王瑄便被人在巷子裡打了，被打了還算了，第二日醒來還衣冠不整躺在青樓裡，公主領人氣勢洶洶來了，侍衛當場打斷了王瑄的腿。

謝純知道這事兒的時候，微微一愣，好久後，才反應過來，卻是問了句：「沒查出來是誰打的吧？」

「沒呢，」丫鬟笑著道，「王家懷疑是老爺派人打的，卻也不敢上門來問。」

聽到這話，謝純抿唇笑起來。

「他們家不敢的。」她溫和道，隨後垂下眼眸，沒有多話。

後來楚臨陽去了西南，每個月都讓人送禮物去謝家。

他是個通透人，把謝家那些人的喜好摸得一清二楚，投其所好，送了不少東西。
謝家缺什麼，他能弄到什麼，搞得謝家上上下下都和謝純念叨。
「嫁了吧。」
「身分雖然低了些，但人真不錯。」
「嫁了吧。」
謝純抿抿唇，卻不說話。
她每天收到他的信，每日看著。他為了討好她去讀了許多書，認認真真做了筆記和想法給她寄回去。
得了空他就從西南回來，有時候是趕了好幾天的路過來，就見一面，然後就走了。
她終於開始學會了思念，開始因為這個人悲喜。有一次他來，收到了她做的新衣和糕點，楚臨陽愣了愣，隨後抿唇笑起來。
又過了半年，王瑄被派上西南戰場，然後死在戰場上。
她聽到消息的時候，愣了愣，她以為自己會難過，卻發現並沒有。
這個人彷彿是她生命裡的一道傷口，時間久了，她有良藥，慢慢的，竟連疤痕都沒有了。
她想的是另一件事，王瑄會死，楚臨陽也在戰場上，他會嗎？
她這麼想著，當天晚上，風雨交加，有個人敲響了她的門。
他是翻牆進來的，帶著濃重的血腥味和汗味，明顯是從戰場上下來後就直奔華京。

謝純開了門，看見他滿身的血，整個人都愣住了，楚臨陽看著她，緊張道：「對不起。」

「什麼？」她有些不明白。

楚臨陽輕輕喘息：「王瑄被包圍，我承認，我不願意儘量救他。可是若真的救他，犧牲的確太大了，我覺得不值得。」

「你怕我怪你？」

謝純反應過來，楚臨陽垂下眼眸。

「我得和你承認，其實我一直是個心眼很小的人，」他低低道，「也沒有太多善惡，我做事兒太極端，王瑄……其實他不死在今日，我也不能保證，他日我回華京，不會找著機會殺了他。」

謝純沒說話，許久後，她伸出手，擁抱住他。

楚臨陽渾身僵了僵。

好半天，他才說出一個字：「髒……」

「我不怪你不去救她，」謝純嘆息：「我只是害怕，臨陽，還好今日被包圍的，是王瑄，不是你。」

「臨陽，」她溫和開口，「我年紀大了，他們都笑我是老姑娘，你娶我吧？」

「誰說妳是老姑娘？」楚臨陽皺起眉頭。

謝純笑起來：「重點是這個嗎？」

「重點是讓我娶妳？」楚臨陽低頭瞧她：「可這件事，不是早就定下的嗎？就等著妳應下了。」

七、

楚臨陽洗漱乾淨，第二日，又帶著人去提親了。

謝家已經把楚臨陽提親這件事當成了串門子，早就習慣了，請楚家人喝了茶，謝大學士和楚臨陽聊著天，然後讓人去問謝純，本來以為又是拒絕，誰知道丫鬟回來的時候，激動得喊：「答應了，小姐答應了！」

謝大學士驚得一口茶噴了出來。

而這件事，也就定了下來。

楚臨陽給了謝純一場盛況空前的婚禮，整場婚禮幾乎是錢堆的，華京裡有人不免罵他庸俗，隨後說謝純嫁了這樣的人，也是失了格調。

而謝純在一片金燦燦中被楚臨陽掀起蓋頭，卻也覺得，其實楚臨陽這金燦燦的審美，也沒什麼不好。

婚後謝純主內，楚臨陽主外。謝純不太喜歡謝韻，而謝韻天生有些怕謝純，於是一個慫一個冷，倒也相安無事。

謝純打理著帳目，她在掌管中饋一事上極其熟練，因而哪怕有著謝韻這麼個主母，楚府的內務卻從未出過岔子，整理得井井有條。

謝純身子骨弱，楚瑜卻是個大力的，有一次見面一巴掌拍下去，謝純肩頭就青了一個巴掌印，楚臨陽頓時黑了臉，回去就在比武場上把楚瑜打得哭爹喊娘。從此以後，凡是見著楚瑜，楚臨陽都得把媳婦兒抱在懷裡，後退一步，謹防楚瑜動手。

後來天下紛亂，楚臨陽自立為王。

他做下這個決定當天，忍了好久，回到屋裡，同謝純道：「夫人，不若妳先回謝家，要是日後我這裡無事，我再迎妳回來。要是我出了事，妳在謝家……」

話沒說完，謝純卻是搖了搖頭。

楚臨陽微微一愣，看見謝純抬頭瞧他。

「謝家有謝家的選擇，我有我的選擇。」她溫和道，「臨陽，我是你的妻子，也是孩子的母親，我父親的選擇，我無法理解，但也尊重，而我相信，他也會尊重我的選擇。」

「我會陪伴你到最後一刻，若你真去了，我也會護住楚家。」

她說得極為認真：「我是楚家大夫人。」

楚臨陽微微一愣。

那片刻，他想起楚瑜。

他驟然發現，原來所謂大夫人，並不是誰都當得的。

他突然明白自己十八歲春日宴上對她那份驚豔來自於何處。

一個女人，不僅享受其權利，還承擔其責任，不卑不亢，從容風流。

那她這一生無論經歷什麼，無論手中提的是劍還是筆，胸中是江山還是家人，亦都將閃閃發光。

楚瑜如是，蔣純如是，魏清平如是，長公主如是，謝純，亦如是。

——《山河枕》番外完——

——《山河枕》全文完——

高寶書版集團
gobooks.com.tw

YE 073

山河枕【第二部】家燈暖（下卷）

作　　者　墨書白
責任編輯　吳培禎
封面設計　單　宇
內頁排版　賴姵均
企　　劃　何嘉雯

發 行 人　朱凱蕾
出　　版　英屬維京群島商高寶國際有限公司台灣分公司
　　　　　Global Group Holdings, Ltd.
地　　址　台北市內湖區洲子街88號3樓
網　　址　gobooks.com.tw
電　　話　(02) 27992788
電　　郵　readers@gobooks.com.tw（讀者服務部）
傳　　真　出版部(02) 27990909　行銷部 (02) 27993088
郵政劃撥　19394552
戶　　名　英屬維京群島商高寶國際有限公司台灣分公司
發　　行　英屬維京群島商高寶國際有限公司台灣分公司
法律顧問　永然聯合法律事務所
初　　版　2024年4月

本著作物《山河枕》，作者：墨書白，由北京晉江原創網絡科技有限公司授權出版。

國家圖書館出版品預行編目(CIP)資料

山河枕. 第二部, 家燈暖/墨書白著. -- 初版. -- 臺北市：英屬維京群島商高寶國際有限公司臺灣分公司, 2024.04
　冊；　公分. --

ISBN 978-986-506-963-6(上冊：平裝). --
ISBN 978-986-506-964-3(中冊：平裝). --
ISBN 978-986-506-965-0(下冊：平裝). --
ISBN 978-986-506-966-7(全套：平裝)

857.7　　113004070